Andrea Gerecke

Kein letzter Akt

CW Niemeyer

Die Romanreihe spielt direkt am Treffpunkt von Weser- und Wiehengebirge im Nordrhein-Westfälischen. Malerisch liegt das mittelgroße Städtchen an der Weser, die beide Erhebungen teilt oder vereint. Je nachdem, aus welcher Perspektive man das betrachtet. Alle Handlungen und Charaktere sind natürlich frei erfunden. Eventuelle Ähnlichkeiten ergeben sich also rein zufällig. Regionale Wiedererkennungseffekte sind indes erwünscht …

Über die Autorin:
Gebürtige Berlinerin mit stetem Koffer in der Stadt. Studierte Diplom-Journalistin und Fachreferentin für Presse- und Öffentlichkeitsarbeit. Kurz vor dem Jahrtausendwechsel Entdeckung der Liebe zum Landleben mit den dortigen kreativen Möglichkeiten. Umzug ins vorletzte Haus an einer Dorfstraße in NRW (Ostwestfalen). Arbeit als freie Autorin und überregionale Journalistin. Literarische Spezialität sind mörderische Geschichten, in denen ganz alltägliche Situationen kippen. Nach den Gutenachtgeschichten für Erwachsene „Gelegentlich tödlich" folgten „Warum nicht Mord?!" und „Ruhe unsanft".

Ab 2011 die Minden-Krimis innerhalb der Weserbergland- bzw. Niemeyer-Krimi-Reihe mit Kommissar Alexander Rosenbaum:
2011 „Mörderischer Feldzug"
2012 „Der Tote im Mittellandkanal"
2013 „Die Mühlen des Todes"
2014 „Tödliche Begegnung im Moor"
2015 „Finales Foul"
Dazu gesellen sich humoristische und satirische Texte, Prosa und Lyrik sowie im Jahr 2015 „Weihnachtsgeschichten aus dem Weserbergland". Veröffentlichungen in zahlreichen Anthologien, Zeitungen und Zeitschriften. Mitglied der Mörderischen Schwestern und des Syndikats sowie des Leitungsteams der Mindener Lesebühne. Literaturnetzwerkerin und -organisatorin.

Siehe auch: www.autorin-andrea-gerecke.de

Was wär ich
ohne dich,
Freund Publikum?
All mein Empfinden Selbstgespräch,
all meine Freude stumm.
(Johann Wolfgang von Goethe)

Alexander zuckte zusammen, als die Tür seines Büros plötzlich aufsprang und geräuschvoll an den Schrank dahinter schlug. Im Rahmen eine große, kräftige Gestalt, die er nicht auf Anhieb erkannte. Dennis Sommer schaute leicht irritiert in dieselbe Richtung.

Bis eben hatten beide Männer noch, ins Gespräch vertieft, konzentriert auf den Bildschirm des Computers geschaut, Alexander von seinem Schreibtischsessel aus und sein jüngerer Kollege stehend daneben.

Die Lampe auf dem Tisch erhellte nur einen engen Bereich. Der Gast stand im Dunkeln.

„Junge, das ist ja so was von finster bei euch! Gibt es mal wieder neue Auflagen von oben? Müsst ihr etwa Strom sparen ...?"

„Wolfhard?"

„Na, wer denn sonst. Moin erst mal allerseits."

„Bisschen spät für einen guten Morgen", entgegnete Alexander, blickte auf die Zeitangabe am Bildschirm, die ihm kurz nach 21 Uhr vermeldete, und kniff die Lippen zusammen. Das wollte er eigentlich gar nicht gesagt haben.

Aber so langsam keimte doch Freude in ihm auf. Er erhob sich, umrundete den Schreibtisch und breitete seine Arme aus.

„Womit hab ich das verdient, dass du mich beehrst, lieber Wolfhard?"

Alexander musterte seinen ehemaligen Mitarbeiter nun doch gründlich von oben bis unten. Der trug ein wirklich schickes blau kariertes Hemd und modische Jeans.

„Sag mal, bist du das tatsächlich oder ist es dein jüngerer Bruder?"

Wolfhard setzte ein breites Grinsen auf.

„Klar doch, ich bin's. Allerdings nicht mehr ganz so schwergewichtig wie bei unserer letzten Begegnung ... Beziehungsweise hat sich der Speck in Muckis umgewandelt, dank tatkräftiger Unterstützung!"

„Warte mal, das war ... das war: bei deiner Verabschiedung! So lange ist das schon her?! Ich kann es gar nicht glauben!"

Es klang ein wenig traurig und Alexander schüttelte fast bedächtig den Kopf.

„Na, an mir hat es nicht gelegen", entgegnete Wolfhard mit leicht vorwurfsvollem Unterton. „Du hast ja am Telefon immer Termine vorgeschoben, als ich verschiedentlich Treffen vorschlug. Manchmal hatte ich fast den Eindruck, dass du dich verleugnen lässt, wenn ich gar nicht zu dir durchdringen konnte!"

Dann winkte er mit einer Hand ab.

„Aber das ist Schnee von gestern. Willst du mich nicht mal vorstellen?"

Wolfhard schaute zu Dennis, der ihn schon die ganze Zeit über nicht aus den Augen gelassen hatte, scheinbar unbeteiligt danebenstand, aber nervös die Finger rieb.

„Sorry, ich bin so was von unhöflich. Also. Das hier ist Dennis Sommer, dein Nachfolger", sagte Alex und wies auf den jungen Kollegen, der gemessen an Wolfhard äußerst schmächtig wirkte. Außerdem war er nur knapp über eins siebzig groß, wenn er die Schuhe mit den dicken Sohlen trug, was heute nicht der Fall war.

„Und das hier", fügte Alexander an, indem er Wolfhard mit einem Arm umschlang und ihn an sich drückte, „ist mein alter Kampfgefährte Wolfhard Schmidt, der sich unlängst in den berühmt-berüchtigten Unruhezustand verabschiedet hat."

„Freut mich, Sie kennenzulernen", erwiderte Dennis betont höflich. „Alexander hat schon viel von Ihnen erzählt. Sie müssen ein super Gespann gewesen sein."

Auf Wolfhards Gesicht, das von deutlicher Frische gezeichnet war, legte sich statt der kurz aufgekeimten Skepsis nun ein Lächeln.

„Hat er das? Na, das freut mich aber sehr zu hören."

„Ich lass euch am besten allein", schlug Dennis vor. „Ihr habt bestimmt eine Menge zu bereden. Und das hier kann eigentlich auch bis morgen warten, glaube ich ..."

Er wies auf einen Stapel Akten, die auf Alexanders Schreibtisch lagen.

„Stimmt", entgegnete Alex, „unseren Bericht liest heute sowieso niemand mehr. Ich habe gar nicht gemerkt, wie spät es schon geworden ist. Dann mach dich mal auf die Socken, Dennis. Schönen Feierabend wünsche ich dir noch und beste Grüße an deine Frau."

Er unterbrach kurz und legte dann nach.

„Sei morgen pünktlich um acht im Büro. Du weißt ja, unsere Lagebesprechung!"

Dennis nickte Wolfhard noch grüßend zum Abschied zu, verließ den Raum und schloss die Tür hinter sich. Feierabend, was für ein Feierabend?, dachte er mit einem Stoßseufzer, als er die Hände tief in den Hosentaschen vergrub und über den Flur lief.

Alexander hatte sich inzwischen wieder hinter seinen Schreibtisch gesetzt, Wolfhard auf einen Stuhl davor, den er sich zurechtgerückt hatte.

„Wie immer der übliche Überstundenmarathon?“, erkundigte sich Wolfhard und Besorgnis lag in seiner Stimme. „Du machst den Eindruck, als ob du dringend Erholung gebrauchen könntest ...“

Dass sein einstiger Vorgesetzter käsig und grau aussah, wollte er ihm nicht so direkt sagen, außerdem würde er ja wohl gelegentlich selbst in den Spiegel schauen, meinte er bei sich.

Alex zuckte mit den Schultern und rekelte sich im Anschluss ausgiebig, während er dazu heftig gähnte.

„Sorry.“ Er hielt sich die Hand vor den Mund. „Du weißt ja, wie das ist. Das klassische Dilemma. Kann man nichts machen. Aber sag mal, wie kommt es, dass du so fit und durchtrainiert aussiehst? Das hast du die ganze Dienstzeit über, wo ich mit dir zu tun hatte, nicht gepackt. Ich kann mich eher noch an die eine oder andere Speckfalte erinnern und dein Japsen, wenn wir mal gemeinsam Sport gemacht haben. Hat dich deine Rita daheim auf Diät gesetzt ...?“

„Dein Charme ist mal wieder unschlagbar.“

„Kennst mich ja. Bin eben wie gewohnt direkt.“

„Die typische Berliner Masche“, knurrte Wolfhard versöhnlich. „Und im Grunde hat sie mir richtig gefehlt. In meinem häuslichen Umfeld gibt es das leider gar nicht. Und wenn ich es mal versuche, dann stoße ich immer auf Granit. Die sind alle so bierernst. Überhaupt keinen Humor, die Ostwestfalen ...“

„Wollen wir nicht noch irgendwo auf ein Bierchen hin, natürlich alkoholfrei. Ich nehme mal an, du bist mit dem Auto hier?“

„Ja, schon, aber nicht allein“, druckste Wolfhard.

„Wieso? Sitzt etwa deine Rita unten mutterseelenallein im Auto? Seid ihr unzertrennlich geworden?“, lachte Alex.

Jetzt stimmte Wolfhard ein.

„Nein, nicht Rita, aber Gonzo."

„Wer ist das denn?", wollte Alexander wissen und witzelte: „Habt ihr noch Nachwuchs auf eure alten Tage bekommen? Jetzt, wo ihr doch endlich genügend Zeit dafür hättet ..."

„Junge, Junge, du machst es einem aber nicht einfach, gelassen zu bleiben", zog Wolfhard die Stirn kraus. „Gonzo ist ein Airedale Terrier, sieben Monate alt, und er hält uns auf Trab. Ist der Garant dafür, dass ich jetzt so eine gute Figur abgebe. Wir konnten uns seine Anschaffung erst jetzt, nach Beendigung meiner Dienstzeit, leisten. So ein Vierbeiner ist nämlich ein Rudeltier und akzeptiert das Alleinsein nur vorübergehend."

„Aha, daher weht der Wind. Deshalb siehst du so fitnessstudiomäßig aus. Das nämlich hätte ich dir auch im Rentnerdasein nicht zugetraut, dass du dir inmitten lauter Sportbesessener einen abstrampelst. So im schicken Label-Outfit. Aber ein Hund ist ja super: spürt Verschüttete auf, ortet Sprengstoff und Drogen, führt Blinde, warnt Diabetiker vor Unterzuckerung!"

Spontan waren Alex allerlei praktische Vorzüge eingefallen. Dann fuhr er fort: „Hast du ein Bild von ihm dabei?"

Die Bemerkung, dass er mehr auf Katzen als auf Hunde stand, weil ihm Letztere zu unterwürfig vorkamen und er mehr den selbstständigen Willen seines Katers Albert schätzte, verkniff sich Alexander.

„Selbstverständlich!", zückte Wolfhard sein Smartphone und hatte mit wenigen Fingerwischern ein passendes Foto rausgesucht und auf Bildschirmgröße optimiert. Der Hund schaute neugierig mit großen, dunklen Augen in die Kamera, seine Ohren hingen angewinkelt herunter, das relativ kurze Haar kräuselte sich in satten Braun- und Schwarztönen. Er saß in seinem Korb auf einer roten Decke, auf der mit schwarzer Schrift „World Champion" stand.

„Hier", hielt Wolfhard das Gerät über den Tisch. „Wusstest du übrigens, dass am 10. Oktober alljährlich der Welthundetag begangen wird?"

„Oh, ist der aber hübsch", kommentierte Alexander spontan und ehrlichen Herzens. Was den Welthundetag anging, so dachte er nur daran, dass auch mal ein solcher internationaler Tag für Menschen und deren Schutz angebracht wäre, aber vielleicht gab es den ja sogar schon ...

„Sollte ich jemals in meinem Leben auf den Hund kommen wollen, dann würde ich genau so einen auch nehmen wollen. Waren die nicht irgendwann mal sogar als Polizeihunde im Einsatz?"

„Exakt! Sind in Großbritannien allerdings einst für die Fischotterjagd gezüchtet worden und nun muss ich immer aufpassen, wenn ich mit ihm an der Bastau spazieren gehe. Nicht, dass meine Rita demnächst eine Pelzstola bekommt! Wobei das schon ein sehr außergewöhnliches Weihnachtsgeschenk wäre. Ha, ha ..."

Wolfhard bog sich vor Lachen und Alexander ließ sich anstecken.

„Mensch, du hast mir so gefehlt", sagte Alex wehmütig.

Dass Dennis in der Nachfolge Wolfhard das Wasser nicht reichen konnte, verschwieg er, obwohl er gern darüber geredet hätte. Aber vielleicht doch nicht an diesem Ort und auch nicht zu Wolfhard. Man wusste ja nie, bei wem der sich nun wiederum mal verplapperte, zumal er doch einen großen Bekanntenkreis hatte. Außerdem war der Junge erst seit relativ kurzer Zeit in der Dienststelle. Möglicherweise sollte er ihm noch eine Chance zum Eingewöhnen geben.

„Du mir aber auch. Um noch einmal an die Fischotter anzuknüpfen", fuhr Wolfhard fort, „so abwegig ist das gar nicht. Der elegante Wassermarder galt zwar jahrzehntelang bei uns in NRW als ausgestorben, aber vor einiger Zeit fanden sich erste Spuren im Münsterland. Hat natürlich für Aufregung bei Säugetierforschern und Naturschützern gesorgt. Inzwischen gibt es sogar bei uns im Kreis Minden-Lübbecke Nachweise von dem sogenannten Rückkehrer ..."

Alexander weitete die Augen, biss sich aber auf die Lippen, um sich einen Kommentar zu verkneifen. Ihm fiel nur was ein, von wegen Wolfhard könne ja Futter sparen, wenn sich sein Hund bei den Ottern allein versorgen würde, aber es schien ihm doch zu ironisch und nicht angemessen. Immerhin freute sich sein Exkollege deutlich. Dann setzte Alex beim eigentlichen Thema wieder an.

„Und weshalb hat es dich ausgerechnet heute hierher verschlagen?"

„Wegen der Hundemafia!"

„Weswegen?"

Alexanders Stimme schwang sich eine Oktave höher.

„Brauchst gar nicht nachzufragen. Du hast schon richtig verstanden."

„Meinst du das ernst?"

„Ja, vollkommen! Weil ich im Zusammenhang mit der Anschaffung unseres kleinen Rackers – natürlich über einen seriösen Züchter aus Bielefeld, der uns von den Nachbarn empfohlen worden war – auf ganz katastrophale Zustände gestoßen bin. Ich habe auch schon in der Richtung ein Stück weit ermittelt, allerlei Beweismaterial zusammengetragen und würde jetzt dringend deine kompetente Unterstützung benötigen, weil ich allein in dieser Sache nicht weiterkomme. Es ist wie verhext."

„Hm."

Das klang eher nach Ablehnung.

„Was, hm? Ja? Kann ich auf dich bauen?"

„Du weißt schon, dass du hier bei der Kripo bist und es geht ja wohl nicht um einen ermordeten Hund ...?"

Alexander setzte ein schelmisches Lächeln auf. Er wollte seinen ehemaligen Kollegen auch nicht vor den Kopf stoßen.

„Spaß beiseite, Alex. Das ist eine ungeheuerliche Angelegenheit, du wirst mir zustimmen müssen, wenn ich dir die Details berichte ..."

Wolfhard blickte jetzt regelrecht unwirsch.

„Über die wir sicher mal bei passender Gelegenheit reden können", lenkte Alexander ein und schlug im selben Atemzug vor: „Ich hätte jetzt direktemang Zeit, weil die Mädchen in guten Händen sind. Heike hat sie heute von der Schule abgeholt und gleich im Anschluss was mit ihnen unternommen ..."

„Aha! Unsere Lieblingskollegin von der Spusi."

„Nichts aha! Die Mädchen mögen sie eben sehr gern. Außerdem sind wir lediglich Freunde, gute Freunde! Nach wie vor!"

„Das ist aber schade", murmelte Wolfhard.

„Was meinst du?"

„Ach, nichts. Bei mir klappt es heute nicht, wegen Gonzo. Bislang habe ich noch keinen Gaststättenbesuch mit ihm getestet. Das steht uns demnächst als

Training bevor. Aber schau doch mal in deinen Terminkalender, wann du mich dazwischenschieben kannst! Möglichst zeitnah, wenn ich bitten darf. Die Sache eilt schließlich! Es geht um Leben und Tod!"

„Bin schon dabei", sagte Alexander, schaute auf seinen Computerbildschirm und ging mit suchendem Blick die folgenden Tage im Kalender durch. „Nächsten Montag, 19 Uhr. Könntest mich von der Dienststelle abholen, wenn dir das auch passt", schlug Alex vor.

„Prima Idee. So machen wir das. Trag das bitte sofort ein, damit sich nicht wieder was dazwischendrängelt. Und jetzt fahr mal deine Technik runter und komm mit zu meinem Auto, dann kann ich dir unseren Familienzuwachs wenigstens kurz vorstellen."

Wolfhard fügte mit einem abschätzenden Blick auf Alexanders Garderobe noch an: „Musst nur mit deinen Sachen aufpassen. Er ist halt etwas stürmisch bei Fremden, eine Frage des Alters!"

Mit wenigen Tastenschlägen hatte sich Alexander aus dem Computersystem verabschiedet.

„Mach mal das Oberlicht an", forderte er Wolfhard auf, der schon aufgestanden war und sofort zum Schalter griff. Im selben Augenblick ging die Schreibtischlampe aus, die Alex deaktiviert hatte. Er erhob sich, sorgte am Ausgang wieder für Dunkelheit, beide Männer verließen den Raum und Alex verschloss die Tür hinter ihnen.

„Sag mal", fing Alexander jetzt an, „ich wollte dich das vorhin nicht im Beisein von Dennis fragen. Wie bist du eigentlich um diese Zeit ins Haus und bis vor meine Tür gekommen? Du hast doch gar keine Berechtigung mehr?"

Wolfhard zwinkerte ihm im Gehen zu.

„Habe gerade mit dem Auto eine Biege gedreht und irgendwie will das immer wieder an meinem alten Arbeitsort vorbei, kann ich mir überhaupt nicht erklären. Irgendwas mit magischer Anziehungskraft ... Als ich dann ganz langsam fuhr, habe ich erstens deinen Wagen ganz vorn auf dem Parkplatz stehen sehen. Das schien mir ein deutlicher Fingerzeig und ich wollte es zweitens einfach mal probieren. Dann habe ich mein Auto ebenfalls abgestellt und du glaubst nicht, wer an der Schleuse Dienst hatte ..."

„Na, wer?"

„Heidemarie! Meine gute, alte Lieblingskollegin!"

„Von denen hattest du aber mehrere, wenn ich mich recht erinnere."

„Genau. An so etwas arbeitet man beharrlich über viele Jahre hinweg! Jedenfalls haben Heidemarie und ich kurz geplaudert, über Gott und die Welt. Ich habe mich nebenher mal nach dir erkundigt und sie meinte, du würdest eben wie gehabt Überstunden schieben, inklusive dem Neuen. Noch bevor ich aber meine Frage loswerden konnte, stand schon Dagmar hinter mir und hielt mir die Augen zu. Ich solle mal raten, hat sie gemeint ..."

„Bei deiner gepriesenen Menschenkenntnis hast du natürlich sofort die Stimme herausgehört."

„Ja, auf Anhieb. Mir kann da keiner was vormachen. Jedenfalls hielt Dagmar es auch für einen tollen Jux, dich einfach mal so unangemeldet zu überraschen."

„Ist gelungen, die Überraschung", antwortete Alex.

Wolfhard lief jetzt forschen, dynamischen Schrittes und außerordentlich aufrecht, Alexander mit leicht heruntergezogenen Schultern. Er sah blass aus, die Grübelfalten auf der Stirn hatten sich in den zurückliegenden Jahren tief eingegraben.

Exakt zum Einsatz ließen die beiden Bühnentechniker die Rosenblätter aus den Körben von einer Etage des Schnürbodens in nicht allzu großer Höhe auf die Sängerin herabrieseln. Ein Windhauch trieb ein paar von ihnen bis in die erste Zuschauerreihe. Eine elegant gekleidete Dame beugte sich nach vorn, ergriff fast behutsam einige der kleinen, samtroten Blättchen vom Fußboden und hielt sie direkt unter ihre Nase, deren Flügel leicht vibrierten. Ja, es waren echte Blüten, die entblättert worden waren und nun ihren zarten Duft verteilten.

Das Stück war eine Hommage an Hildegard Knef und eben hatte die Sängerin mit ihrer rauchigen, tiefen Stimme mit dem Lied „Für mich soll's rote Rosen regnen" angesetzt. Perfektes Timing. Knut Winzer, lang und schlaksig, und Bert Kaldeweit, ziemlich klein und gedrungen, von den Kollegen auch gern hinter vorgehaltener Hand Dick und Doof genannt, nickten sich zufrieden zu und zogen sich still und leise zurück.

„Wenn du mich fragst, dann finde ich aber die Neuinterpretation aus dem Jahr 1992 mit der Rockband Extrabreit viel, viel besser …", sagte Knut, dessen blaue Latzhose an ihm schlotterte, und schnaubte sich geräuschvoll die Nase in ein großes, grün kariertes Stofftaschentuch, nachdem er die Tür zum Technikraum hinter ihnen ins Schloss gezogen hatte. Dann betrachtete er ausführlich das Schleimergebnis in dem schon geflickten Stoffquadrat. Bis eben noch hatte er die Tropfen, die ihm an der Nase hingen, mit dem

Ärmel seiner Jacke aufgefangen, um keinen Lärm zu verursachen.

Bert schaute ihn leicht angeekelt an.

„Dich fragt aber keiner."

„Bist du heute mit dem linken Fuß aufgestanden?", wollte Knut wissen.

„Nee, aber wenn ich mir jetzt so vorstelle, dass das hier abläuft wie jedes Mal, dann könnte ich kotzen."

„Was meinst du? Das Stück? Ist doch ganz nett und es füllt die Zuschauerreihen, spült Geld in die Theaterkasse, also ist unser Job und somit unser Einkommen gesichert. Was willst du denn mehr?"

Bert schüttelte den Kopf.

„Ich meine diesen Frauenversteher Stefan von Sangerhausen. Hast du nicht bemerkt, wie er unsere Hilde während der Proben mal wieder um den Finger gewickelt hat? Ich verwette einen ganzen Monatslohn, dass er sie heute nach der Premiere rumkriegt ..."

„Wenn dann mal einer noch dazu in der Lage ist. Das wird doch wieder in einer Riesenpremierenfeier enden. So, wie das Publikum bis jetzt schon getobt hat", meinte Knut überzeugt.

„Ja, aber wenn nicht heute, dann spätestens morgen oder übermorgen. Die Frau ist ja fällig wie eine reife Frucht. Hast du das nicht mitbekommen?"

„Dass du für so was Augen hast?! Gibt doch für uns genug zu beachten bei all den technischen Raffinessen, die sie mal wieder im Stück unterbringen mussten."

Bert seufzte.

„Tja, damit beweist aufs Neue einer seinen Einfallsreichtum. Wie wir das alles auf die Reihe kriegen, das interessiert niemanden. Da kannst du wie ein Affe auf den Gittern rumspringen, natürlich still und leise, damit die Zuschauer es nicht bemerken. Außerdem dankt uns sowieso niemand unseren Einsatz wirklich. Dabei könnten sie einpacken ohne uns, ohne richtige Beleuchtung, fein abgestimmten Ton und das passende Bühnenbild für jede Szene ... Mein Geschmack ist so ein gigantischer Aufwand allerdings nicht. Hätte die Frau eine ausreichend gute Stimme, wären doch die herabrieselnden Rosenblätter überhaupt nicht nötig gewesen. Zumindest hat für die Dinger eine Etage auf halber Höhe ausgereicht und sie waren nicht so schwer wie manch anderes Zeug, was wir stemmen müssen."

Manchmal wünschte sich Bert, dass der eiserne Vorhang, der den Zuschauerraum vom Bühnenhaus trennte, einfach runtergesaust kam und einen erschlug. So gewissermaßen als Zeichen. Sollte wohl in der Geschichte dieses außergewöhnlichen Brandschutzelementes, das 1889 verpflichtend an allen deutschen Theatereinrichtungen eingeführt wurde, geschehen sein. Obwohl die feste Regel galt, dass man nichts, aber auch gar nichts unter der Fallschneise des Vorhangs stehenlassen durfte. Denn wenn die Notsituation eintrat, würde alles plattgemacht, was sich dort befand. Man müsste nur das durchdringende Warnsignal während des Herunterlassens ausschalten ...

„Ich finde schon, dass sie prima singt. Dir fehlt einfach die Romantik", stellte nun Knut fest.

„Deshalb bin ich ja auch Techniker geworden", beendete Bert das Gespräch, griff sich von einer weißen Untertasse ein Mettbrötchen mit einer dicken Schicht kleingeschnittener Zwiebeln darauf, biss hinein und schlug die Tageszeitung auf. Dann blickte er seitlich auf die große Wanduhr, deren großer Zeiger gerade mit leichtem Ticken eine Minute vorangerückt war. Sie hatten noch Zeit bis zu ihrem nächsten Einsatz.

„Also, gilt die Wette?“, bohrte Knut und fingerte mit seiner Zigarettenschachtel herum, wohl wissend, dass er hier drin nicht rauchen durfte und dafür vor die Tür musste, aber Tuchfühlung wollte er wenigstens schon mal aufgenommen haben.

„Lass uns mal eine Kiste Berliner Pilsner als Preis ansetzen. Einen Monatslohn willst du ja sicher nicht opfern?! Und ich sowieso nicht!“

Jetzt kicherte er.

Bert ließ die Zeitung sinken und ergriff die knochige Hand von Knut.

„Dann schlag ich mal ein, wo du so hartnäckig bist. Bis übermorgen hat er sie flachgelegt! Da kannste einen drauf lassen!“

Knut grinste und schüttelte dabei siegessicher den Kopf. Diese Frau war doch eine echte Dame von Welt und hatte so einen überhaupt nicht nötig. Aber im Grunde war es ihm auch egal, ob er gewann oder verlor. Die Wette war wichtig und die Kiste Bier, die sie hinterher gemeinsam in aller Freundschaft leeren würden.

Natürlich forderte das Publikum bei stehenden Ovationen, Begeisterungspfiffen und Getrampel am Ende des Stückes seine Zugaben ein. Und das Lied von den Rosen, die es da regnen sollte, war ebenfalls dabei. Im Chor sangen fast alle Zuschauer lautstark mit, mehr oder weniger in der Tonlage nicht ganz exakt, aber im Text sicher:

„... mir sollten sämtliche Wunder begegnen. Die Welt sollte sich umgestalten und ihre Sorgen für sich behalten ...“

Stefan von Sangerhausen hielt die Hand der Hauptdarstellerin Evelyn Engels und strich ihr mit dem Daumen behutsam und vielsagend über den Handrücken, während sich die Gruppe der Akteure wieder und wieder in ordentlicher Reihung und einheitlichem Auf und Ab vor dem Publikum verneigte. Evelyn zwinkerte ihm zwischendurch kaum merklich, aber durchaus zustimmend, zu. Und Stefan platzierte ein eindeutiges Leuchten in den Blick seiner stahlblauen Augen, die einen nicht mehr losließen, sobald sie in Aktion waren. Er wusste um ihre Wirkung und setzte sie stets gekonnt ein.

Als der letzte Vorhang gefallen war, schauten sich beide einen Moment länger an, als es passend gewesen wäre.

„Bis gleich dann in der Theaterklause", sagte Stefan unverfänglich, um Neutralität bemüht, aber mit einem hoffnungsfrohen Unterton.

Evelyn legte ein schelmisches Lächeln auf. Das Make-up hatte im Laufe des Abends etwas gelitten und markierte die Krähenfüße um die Augen. Sie war erschöpft, jedoch glücklich ob des neuerlichen Erfolgs und die Endorphine taten ein Übriges. Das würde bestimmt gute Kritiken geben, das müsste es einfach, und wenn nicht, dann würde es sie auch kaltlassen. Sie las keinerlei Zeitung, dafür hatte sie überhaupt keine Nerven, man trug ihr die ausgewählten Informationen lediglich zu.

Als Stefan in seine Garderobe ging, malte er sich den Ablauf des weiteren Abends aus. Die gesamte Probenzeit über hatte er hartnäckig an diesem Fall gearbeitet, nicht mit Komplimenten gegeizt und während der Premiere nun all seine Kraft in diese Aufführung gelegt, um die Frau endgültig davon zu überzeugen, welch gute Wahl er war. Sie würde ihn nicht von der Bettkante schubsen, davon war er inzwischen felsenfest überzeugt. Und wenn er sich mal wieder als begnadeter Liebhaber erwies, konnte er im Anschluss sicher ganz langsam zu seinem eigentlichen Thema übergehen.

Er setzte sich vor den Spiegel, schminkte sich fast genüsslich ab und zog deutliche Grimassen. Dabei stellte er sich die nächsten Stunden vor und schnalzte zwischendurch mit der Zunge. Als er fertig war, strahlte er sein Gegenüber an und nickte sich zu. Dann griff er sich noch die Flasche Eau de Toilette und versprühte einen feinen, erregenden Nebel um sich. Wohlig sog er den Duft ein. Der hatte sich schon seit Jahren bewährt und keine konnte ihm widerstehen. Sein Parfüm saß an ihm wie eine zweite Haut. Zuletzt legte er sich seinen roten Schal um den Hals, ein besonderes Markenzeichen, ohne das er nie anzutreffen war, wenn er das Haus verließ und sich in der Öffentlichkeit zeigte. Einerseits ein optischer Blickfang, andererseits ein wirksamer Schutz für den Hals, damit auch jeder Erkältungsansatz im Keim erstickt wurde.

Als Stefan zur Tür ging, musterte er sich prüfend in dem großen Standspiegel, der schon bessere Zeiten erlebt hatte und deutliche Spuren des Alterns aufwies, was der Mann aber nicht registrierte. Auf der Spiegelfläche selbst gab es kleine, punktartige Einschlüsse und Kratzer vom Putzen, irgendwann würde er erblinden und dann eines Tages ausrangiert werden. Auch der Goldrahmen hatte schon arg gelitten und gab seinen hölzernen Untergrund an vielen Stellen frei.

Doch, beschloss Stefan jetzt für sich, diese schlanke, hochgewachsene Gestalt in dem schwarzen Rollkragenpullover, tiefblauen Jeans und einem schwarzmelierten Jackett sah gut aus. Dazu dieser aufregend rote Schal! Ich könnte mich glatt in mich selbst verlieben, dachte Stefan und musste unwillkürlich grinsen. Nur wer sich selbst liebt, kann eine wirkliche, überzeugende Ausstrahlung haben und andere fesseln – das hatte er irgendwo gelesen und es passte wunderbar.

Natürlich liebte er sich und war mit sich und der Welt zufrieden. Wenn man mal von den Schulden absah, aber die sollte er wohl in absehbarer Zeit in den Griff kriegen, dafür würde er schon mit allen ihm zur Verfügung stehenden Mitteln sorgen.

Die Garderobentür fiel hinter Stefan ins Schloss und zeitgleich öffnete sich die Tür von schräg gegenüber: das Refugium der Hauptdarstellerin. Ihre beiden Blicke trafen sich. Das Make-up der Schauspielerin saß wieder perfekt und verdeckte die kleinen Unzulänglichkeiten des Alterns.

Evelyn Engels, die das aktuelle Stück auch privat lebte, trug eine weit geschnittene, dunkelblaue, sündhaft teure Marlenehose, dazu im gleichen Farbton eine passende Jacke und eine weiße Satinbluse, die einen Blick auf ihr gut bestücktes, makelloses Dekolleté erlaubte. Ob Schönheitschirurgen daran Anteil hatten, das war Stefan egal. Er wollte die Frau ja nicht heiraten. Und so ein bisschen Schummeln war schon erlaubt, das gestand er den Damen ebenfalls zu. Wobei er lieber auf natürliche Fitness schwor, schon morgens mit gymnastischen Übungen begann und sich überaus gesund ernährte. Dabei hielt er sich auch mit entsprechenden Gesundheitsratgebern auf dem Laufenden.

„Darf ich dich, liebe Evi, in die Theaterklause hinüberbegleiten?“, bot Stefan an und hielt ihr galant den Arm zum Einhaken hin, was sie mit einem dankenden Nicken annahm. Sie legte den Kopf ein wenig nach hinten und schüttelte verführerisch ihre blonden, weichen Locken, dabei spitzte sie nur ein klein wenig, fast wie zum Kuss, die Lippen.

„Du bist und bleibst ein Kavalier alter Schule, mein Lieber", entgegnete Evelyn und schloss seufzend an: „Das hat man selten heutzutage, jammerschade. Du gehörst einer aussterbenden Spezies an!"

Einvernehmlich und im gleichen, ein wenig zögerlichen Schritt, so als wollten sie diesen schwebend-schwingenden Zustand länger auskosten, verließen beide das Theater, vor ihnen schon eine Gruppe von Mitwirkenden, die in lauter Unterhaltung und Gekicher ebenfalls zum Restaurant am Ku'damm strebten.

Die hellen nächtlichen Lichter der Großstadt ließen das Gefunkel der Sterne nur matt, wie hinter einem Dunstschleier abgedimmt, erscheinen. Auf der Straße herrschte noch recht viel Betrieb. Ein gut gefüllter Doppelstockbus fuhr an ihnen vorbei.

In der Theaterklause wusste es Stefan – trotz des außerordentlich großen Gewühls – so einzurichten, dass er direkt neben Evelyn zu sitzen kam. Und sie hatte es offensichtlich auch gar nicht anders gewollt.

An den Wänden hingen signierte Porträtfotos allerlei Schauspieler von Rang und Namen aus unterschiedlichsten Zeiten. Ein paar der älteren Schwarz-Weiß-Aufnahmen waren sogar schon etwas vergilbt. Platz bekam hier nur, wer vorher reserviert hatte, und auch das stand nicht jedem Unbekannten zu. Gelächter erklang, Stimmengewirr hing in der Luft, die Kellner hatten alle Hände voll zu tun. Eine Flasche Rotwein nach der anderen wurde serviert und geleert wieder abgeräumt, da und dort ein Bier, meist kombiniert mit einem Korn. Wer rauchte, der traf sich gelegentlich vor der Tür. Der Intendant, ein rundlicher

Mittfünfziger mit Nickelbrille und zufriedenem Gesichtsausdruck, bestellte schließlich Champagner für alle.

Währenddessen schmiegte Stefan unter dem Tisch sein Knie an das von Evelyn. Sie wich nicht aus, sondern hielt dem begehrlichen Druck stand. Zwischendurch ließ der Mann seine Hand auf ihren Oberschenkel wandern und strich zärtlich darüber, fast als wäre es zufällig, ohne zu aufdringlich zu werden, obwohl ihm das vielleicht nicht einmal verwehrt worden wäre. Aber ihm war klar, dass diese Art von Frau Geduld brauchte und wenn, dann formvollendet erobert sein wollte. Und hatte er so lange Zurückhaltung geübt, dann wollte er es jetzt nicht durch ungestümes Auftreten verderben.

Zu vorgerückter Stunde und nach mehreren Schoppen Wein schien sie ihm in der besten Lage, sein Vorhaben voranzutreiben.

„Liebste Evi, wenn du magst, dann bringe ich dich auch nach Hause. Du willst dich ja sicher nicht allein auf den Weg machen in dieser Stadt voller krimineller Energie. Nicht, dass dir ein Bösewicht noch was antut ...“, flüsterte er ihr ins Ohr und berührte es fast mit seinen heißen Lippen.

Und als habe sie nur auf diese Einladung gewartet, entgegnete Evelyn mit schon etwas schwerer Zunge: „Danke, mein Lieber, das ist eine gute Idee. Morgen, ach, was sag ich, heute haben wir die nächste Aufführung. Da wollen wir alle fit sein, um den Zuschauern ein ebensolches Vergnügen zu bereiten wie den heutigen Besuchern. Jeder von uns braucht seinen Schönheitsschlaf!“

Bei diesen nur direkt zu ihm gesprochenen Worten erhob sie sich würdevoll und Stefan tat es ihr gleich.

Keiner schien den gemeinsamen Weggang der beiden zu bemerken. Bis auf die beiden Techniker, die an einem der Nachbartische gesessen und die ganze Zeit über Evelyn und Stefan bemüht unauffällig beobachtet hatten. Bert blickte in deutlicher Gewinnerstimmung auf Knut und der zuckte nur nachgiebig die Schultern.

„Was soll's, eine Kiste Bier ist nun auch nicht die Welt. Das werde ich wohl finanziell gerade noch stemmen können", brabbelte Knut mehr zu sich als zu seinem Kollegen und nahm noch einen großen Schluck aus seinem Glas.

Als Dennis durch das Kommissariat lief, das schon ziemlich verlassen war, verfiel er ins Grübeln. Fast alle waren bereits daheim, bis auf die, die eben noch laut Plan Dienst schoben. Aber er, er hätte doch ebenfalls längst Feierabend gehabt. Da war es ja in seiner Zeit bei der Schutzpolizei fast noch übersichtlicher gewesen. Vor allem konnte er gelegentlich seine Überstunden mal abbauen.

Und das also war dieser sagenumwobene Wolfhard, von dem Alex immer geschwärmt hatte, aber nicht nur er, auch die anderen Kollegen. So als ob sie ihm ein schlechtes Gewissen einreden wollten, als ob er nicht an ihn heranreichen könne. Einfach nur ein alter Mann. Das hatte er doch sofort gesehen ... Trotz der Fitness, die dieser Wolfhard deutlich sichtbar an den Tag legte, trotz der schicken Klamotten und trotz des immer noch vollen Haares. Wenn ich Rentner wäre und 24 Stunden am Tag totschlagen müsste, dann würde ich auch ausschließlich all das machen, was mir guttut, fuhr es Dennis böse durch den Kopf. Wenn ich mal überhaupt so alt werde und in den Genuss einer Pension komme, sprang ein weiterer Gedanke hinterher.

Dennis verließ das Kommissariat, lief an den Dienstwagen vorbei über den Parkplatz, holte den Autoschlüssel aus seiner Tasche und drückte auf den Türöffner. Ein kurzer Piepton erklang und die Beleuchtung blinkte zeitweilig auf. Seinen tiefblauen BMW hatte er am Morgen noch ziemlich als einer der Ersten auf dem fast leeren Areal abstellen können. Inzwischen befand er sich schon wieder einigermaßen allein. Nur eine Handvoll Fahrzeuge wartete noch auf Abholung oder blieb sowieso bis zum nächsten Tag stehen.

Dennis öffnete die Fahrertür und ließ sich schwerfällig in den Sitz fallen. Dann startete er den Wagen, wobei die Musik schlagartig lautstark ertönte. Er änderte nichts daran, setzte das Fahrzeug rasch in Bewegung und fuhr vom Betriebsgelände, Richtung Todtenhausen, zum Haus seiner Schwiegereltern. Jessica würde sich bestimmt schon hingelegt haben.

„Verdammt, ich wollte sie doch noch anrufen", fluchte Dennis in die Musikklänge.

Gegen siebzehn Uhr hatte es mal kurzzeitig so ausgesehen, als ob er pünktlich in den Feierabend käme. Aber dann war Alexander aufgetaucht, hatte ihn zu sich beordert, noch dies und jenes gewollt und er hatte nicht ablehnen können. Wie sollte er auch. Er war erst seit einem Vierteljahr bei der Kripo in der Kreispolizeibehörde Minden-Lübbecke.

Das Telefonat mit seiner hochschwangeren Frau war ihm einfach weggerutscht. Vielleicht hätte ich mir eine Notiz machen sollen, dachte Dennis: Jessi anrufen! Na, so weit kommt es noch! Ich bin doch noch nicht senil, wie dieser Opa von vorhin, verwarf er den Gedanken gleich wieder, während er von der Marienstraße auf die Bremer Straße wechselte. Mit Sicherheit würde sie ihm keine Vorwürfe machen, sondern ihre ganz besondere Waffe einsetzen: das Schweigen. Sie konnte das tagelang durchhalten. Und es verletzte sehr viel mehr als alles andere.

Nachdem er in die Todtenhauser Dorfstraße eingebogen war, fuhr er kurz rechts ran, ließ den Motor weiter laufen und stellte die Warnblinkanlage an. Dann setzte er die Ellbogen auf die Oberschenkel und stützte den Kopf auf beide Hände. Sein flusiges, aschblondes Haar ließ an einigen Stellen schon verstärkt den Blick auf die Kopfhaut frei. Ein Radikalschnitt wäre eine Option gewesen, aber dazu konnte er sich einfach nicht durchringen.

„Scheiße, so eine verdammte Scheiße. Wieso habe ich mich in das alles hineinmanövriert?"

Seine Stimme klang hohl, während die Sängerin im Rundfunk ein anrührendes Liebeslied dahinhauchte, sich in den hohen Tönen aber vertat, wie er fand, denn es schmerzte in seinen Ohren. Er schlug sich mit dem Handballen der Rechten an die Stirn, sodass es nun dort wehtat und er das Gesicht verzog. Tief durchatmen, du bist jetzt ganz ruhig, beschwor ihn seine innere Stimme. Er holte intensiv geräuschvoll Luft und lehnte sich im Sitz nach hinten, den Kopf an die Stütze gedrückt, und schloss die Augen.

Dann sah er sich bei seinen Eltern, die in Lübbecke wohnten, wo er auch die Ausbildung bei der Volksbank absolviert hatte, weil die Mutter mit dem dortigen Chef mal zur Schule gegangen war. Da klappte es natürlich auf Anhieb mit der Bewerbung auf die Lehrstelle. Er schnitt mit dem besten Ergebnis von allen ab und brauchte nicht einmal die volle Zeit, sondern konnte verkürzen. Wie hatte seine Mutter gestrahlt und der Vater ihm anerkennend auf die Schulter geklopft.

Und er, was machte er daraus? Die Karriere bei der Bank schien ihm plötzlich nicht gut genug, zu langweilig, zu eintönig. Er wollte was anderes, weniger mit Geld, mehr mit Menschen zu tun haben.

Dann fiel ihm plötzlich die Werbung der Polizei ins Auge, unter dem Motto „Wir suchen dich!". Das war es, fast wie ein Signal. Die Aufnahmetests absolvierte er allesamt mit Bravour, was die anfänglichen Bedenken seiner Eltern zerstreute. Sein Filialleiter bei der Bank unterstützte ihn sogar und gab ihm frei.

„Junge, wir wollen dir nicht im Weg stehen. Wenn du meinst, das ist das Richtige für dich, dann tu es! Schließlich soll man seinen Traum leben, wenn das irgendwie machbar ist. Nichts ist schlimmer, als wenn man sich in seinem Job unwohl fühlt. Und wenn mal alles schiefgeht, dann kannst du immer wieder zu uns zurückkommen."

So die Worte seines Chefs, der dabei sogar ein wenig, wie es schien, hintersinnig gelächelt hatte. Er hatte sie noch im Ohr, diese Bemerkung. Aber ein Zurück kam ja überhaupt nicht infrage. Er würde sich damit bis auf die Knochen blamieren. Nur mal eben so mit dem Gedanken spielen, das tat indes gut, gestand sich Dennis ein.

Vor einem Jahr hatte er seinen Dreißigsten gefeiert, da war er noch Single gewesen und musste mit großem Brimborium fegen. Seine Freunde hatten das alles organisiert und die hübsche Jessica, die er aus der Banklehre kannte, war dabei gewesen. Sie hatten zu dem Zeitpunkt ein lockeres Verhältnis miteinander, sodass sie ihn nicht mehr freiküssen durfte, denn das war nur echten Jungfrauen vorbehalten. Dafür gewann er seine kleine Cousine Hanne, die sich leicht mit einer Tafel Vollmilchschokolade – mit ganzen Nüssen selbstverständlich – bestechen ließ. Bei dieser Erinnerung legte sich ihm ein Lächeln ins Gesicht.

Dass aus der Beziehung mit Jessi dann mehr wurde, geschah zu dem Zeitpunkt, als sie schwanger wurde. Dennis hatte sofort das dunkelgelockte Engelchen Hanne vor Augen und keinen weiteren Augenblick nachgedacht, als Jessica ihm das freudige Ereignis mitteilte, sondern war auf die Knie gesunken und hatte um ihre Hand angehalten.

Kurz vor seiner Versetzung nach Minden hatten sie geheiratet, damit auch alles in geordnete Bahnen kam und das Kind einen korrekten Namen erhielt, wie die Eltern von beiden, ausnahmsweise einhellig, betont hatten. Und er war natürlich in das Haus seiner Schwiegereltern gezogen, das verstand sich von selbst und bedurfte gar keiner Diskussion. Eine eigene Bleibe wäre ja auch viel zu teuer geworden für das junge Paar: Weder er noch sie hatten bis zu diesem Tag irgendwelche Rücklagen angespart. Außerdem würden sie das Anwesen ohnehin einmal erben.

Rückblickend betrachtet, gestand er sich ein, dass die sieben Jahre Berufserfahrung im Wachdienst eigentlich die besten gewesen waren. Vom Kommissar war er, zeitweilig bei der Verkehrspolizei in Bielefeld, zum Oberkommissar befördert worden. Und nicht etwa, weil er dran war, sondern weil er sich überall mit besonderen Leistungen hervortat. Sein Engagement und seine Umsicht waren geschätzt.

Alles lief prima, bis zu jenem Tag, als es einen Wechsel in der Führungsebene gab und ihm eine Frau vorgesetzt wurde. Nicht, dass er etwas gegen Frauen hätte oder deren Können nicht schätzen würde. Aber wenn schon in Leitungspositionen, dann doch bitte nicht direkt über ihm.

Das konnte nicht gut gehen.

Er hatte sich regelrecht in seine Abneigung gegen sie hineingesteigert, sich nur noch darauf besonnen und irgendwann die ersten Flüchtigkeitsfehler gemacht. Es schien ihr direkt Freude zu bereiten, ihm das unter die Nase zu reiben. Schließlich war ihr seine Abneigung durchaus aufgefallen. Er machte ja auch gar keinen Hehl daraus.

„Hatten Sie nicht ohnehin die Absicht, sich örtlich zu verändern?", hatte seine Chefin ihn irgendwann unter vier Augen gefragt und dabei die Mundwinkel abschätzig heruntergezogen. „Ich hätte da was für Sie. In Minden suchen sie Verstärkung bei der Kripo. Ein neues Aufgabenfeld, in dem Sie sich mal so richtig beweisen und weiter qualifizieren könnten."

Es hatten ihm die Worte gefehlt, als sie noch meinte: „Darf ich Ihr Schweigen als Zustimmung auslegen? Ich schreibe Ihnen auch eine vernünftige Beurteilung ..."

Das war es, sie hatte ihn loswerden wollen. Und er, Dennis Sommer, war nicht einmal in der Lage, sich dagegen zu wehren.

„Außerdem wohnen Sie doch mit Ihrer Gattin in der Ecke und Sie erwarten bald Familienzuwachs, wenn ich recht informiert bin. Insofern sieht alles einfach perfekt organisiert aus! Da denkt bestimmt niemand, dass ich Sie strafversetze ..."

Sie hatte sich zurückgelehnt, die Arme kurz verschränkt, ihn noch einmal von oben nach unten abfällig musternd angeschaut und sich dann, ohne weiteren Kommentar oder gar einen Abschiedsgruß, ihrem Computer zugewandt. Wortlos war er gegangen, hatte die Tür noch zuschlagen wollen, es aber nicht geschafft, dazu hatte ihm die Kraft gefehlt. Er war regelrecht hinausgeschlichen.

Sein erster Tag in der neuen Behörde war dementsprechend der pure Stress. Daheim hatte er Jessica nur mit blumigen Worten die positiven Umstände der Versetzung geschildert, dass die im Grunde lediglich seinen vielen Interventionen in dieser Hinsicht zu verdanken sei, und sie hatte sich vorbehaltlos gefreut. Schließlich würde er dann in der Nähe mehr Zeit für sie haben, hatte sie überzeugt gemeint. Die tägliche Pendelei über die bekanntermaßen gefährliche A2 würde entfallen und ihr blieben die Sorgen um sein Wohlergehen erspart ...

Morgens hatte er geduscht, sich die besten Sachen aus dem Schrank geholt. Sportlich, aber auch für einen öffentlichen Auftritt geeignet, um einen besonders guten ersten Eindruck zu hinterlassen. Doch bis zum Frühstück, das Jessica bereitete, war er bereits total durchgeschwitzt. Ihr zu erklären, dass er noch einmal duschen wolle, schien ihm zu kompliziert. So hatte er einfach eine Ungeschicklichkeit vorgetäuscht und sich den Becher mit heißem Tee über die Brust gekippt, ehrlichen Herzens aufgestöhnt, war dann fluchend aufgesprungen und noch einmal im Bad verschwunden. Aber auch den nächsten Kleidungsstücken erging es nicht viel besser, obwohl er viel von dem herben Deo-Spray benutzt hatte, das angeblich 24 Stunden lang durchhalten sollte.

„Ich denke, du freust dich auf die neue Arbeit", hatte Jessica noch gemeint und ihn argwöhnisch betrachtet. „Gibt es da was, was du mir erzählen solltest?"

Er hatte nur den Kopf geschüttelt und was von „Aufregung am ersten Tag" und „wie ein Kind vor dem Schulanfang" gewitzelt und dabei ihren dicken Bauch gestreichelt. Das hatte sie beruhigt. Sie hatten sich noch in den Armen gelegen und geküsst.

Jener erste Tag hatte sich ihm in die Erinnerung eingemeißelt. Vor allem der Moment, als einer der Kollegen meinte, er würde seine ehemalige Chefin bestens kennen, das sei eine Cousine von ihm. Da war sein Herz in die Hose gerutscht und ihm hatten die Hände gezittert. Ab dem Moment wusste Dennis, dass es nur eine Frage der Zeit war, wann die Kollegen über sein Vorleben Bescheid wüssten und es ihm bei der nächsten Gelegenheit unter die Nase reiben würden. Spätestens dann, wenn irgendetwas schieflief, was er zu verantworten hatte. Aber das versuchte er inmitten der ganzen Aufregung zu verdrängen. Gehörte doch der erste Tag, so wie es der Regelfall war, mindestens zur Hälfte der üblichen Verwaltung. Da konnte eigentlich nichts oder doch ganz viel schiefgehen.

Als Neuankömmling wurde er mit den Vordrucken für allen möglichen Kram traktiert - Familienkasse, Alarmkartei, Zahlstelle, Personalstelle. Außerdem alles rund um die Logistik, also Waffe und Ausrüstung. Ebenso IT mit den Vorlagen für den Zugang zu den Systemen, Dienstausweis, Kripomarke ... Es schien kein Ende zu nehmen.

Die Begrüßung durch Kriminaloberrat Reinhold Riechmann, den Leiter der Dienststelle, war da fast schon eine Atempause gewesen. Der hatte ihm jovial die Hand gedrückt, ihn willkommen geheißen und auch gar nicht weiter darauf reagiert, als Dennis den angebotenen Kaffee ausschlug. Wahrscheinlich war die Offerte sowieso nicht ernst gemeint ...

Dennis setzte den Blinker und begab sich wieder auf die Fahrbahn. An der Graßhoffstraße bog er rechts ab und war bei der nächsten Querstraße auch schon am Haus seiner angeheirateten Familie eingetroffen.

Im Obergeschoss brannte in ihrem Schlafzimmer Licht. Jessica war also offensichtlich noch wach und hatte vielleicht auf ihn gewartet, so hoffte er. Jetzt, wo sie schwanger war, war sie ständig müde und legte sich gern zeitig schlafen. Wenn er dann heimkam, blieb es seine Aufgabe, ihr die Beine und die Füße zu streicheln, die manchmal etwas anschwollen. Dann seufzte sie wohlig dazu und er dachte an ganz andere Dinge, die sie ihm aber schon ziemlich ab Bekanntwerden der Schwangerschaft nicht mehr gestattet hatte. Sie wolle es dem Ungeborenen einfach nicht zumuten, war ihre Ausrede. Später, wiegelte sie dann immer ab, später. Na, hoffentlich, dachte Dennis in Erinnerung an diese Worte und stieg aus seinem Auto aus. Beim Weggehen betätigte er mit dem Schlüssel die Zentralverriegelung, worauf das Auto nur bestätigend quiekte.

Er schloss die Haustür auf und hörte lautstark den Fernseher im Wohnzimmer seiner Schwiegereltern dröhnen. Carmen Nebel kündigte gerade mit freudbetonter Stimme einen nächsten Künstler an, woraufhin das Publikum tosend applaudierte und in Begeisterungsstürme ausbrach.

Vorsichtig, um ja nicht auf sich aufmerksam zu machen, schlüpfte Dennis aus seinen Schuhen in die braun karierten Filzpantoffeln, die ihm seine Schwiegermutter mit bedeutungsvollem Blick zum Einzug geschenkt hatte, und stieg langsam, die zweite, immer knarrende Stufe vermeidend, nach oben.

Nein, niemand hatte ihn im Erdgeschoss bemerkt und er musste sich auch keine Vorwürfe anhören, von wegen, er solle sich mehr um seine schwangere Frau kümmern und nicht immer Überstunden schieben, die könnten schließlich in solchen besonderen Zeiten andere machen, wo er doch Familienzuwachs bekäme. Das nahm er sich eigentlich jeden Tag vor, aber es klappte einfach nicht. Immer überrollten ihn die Ereignisse und er konnte sich nicht wehren.

Als Dennis im Obergeschoss die Tür zu ihrem kombinierten Wohn-/Schlafzimmer geöffnet hatte, lehnte er sich kurz an den Rahmen und hielt inne. Ein schönes Bild bot sich ihm da. Jessi lag malerisch in die Kissen mit den Streublümchenbezügen gestreckt, ihr Busen wölbte sich überdeutlich aus dem Deckbett heraus, der dicke Bauch war darunter versteckt. Ihr brünettes, langes Haar ergoss sich über das Kopfkissen. Sie hielt die Augen geschlossen und schien zu schlafen. Vielleicht tat sie auch nur so, um nicht mit ihm reden zu müssen.

Er spürte, dass sich bei ihm etwas regte, aber das sollte nicht sein, das musste er sich jetzt verkneifen, befahl sich Dennis. Sich heimlich zu befriedigen, das fand er nur erbärmlich. Eine kalte Dusche, fuhr ihm ein Gedanke durch den Kopf, und er beschloss, diese Idee sofort in die Tat umzusetzen.

Er machte noch einmal kehrt und nahm den Weg zum gegenüberliegenden Badezimmer. Dort zog er vorsichtig die Tür hinter sich ins Schloss und drückte seinen Rücken an das Buchenholz. Was tat er hier nur? Sollte das das Leben sein, von dem er geträumt hatte, als er noch seine hoffnungsvolle Banklehre machte? Die klassische Vater-Mutter-Kind-Arie, aber mit den Groß- beziehungsweise Schwiegereltern im Untergeschoss, die ihn auf Schritt und Tritt belauerten, ob er ja ihrem goldigen Zuckerpüppchen auch nichts Böses antat? Denn während Jessica sich in ausdauerndes Schweigen hüllte, war die Schwiegermutter durchaus nicht auf den Mund gefallen und bekam wie ein Seismograf jede Stimmungsschwingung mit ...

„Wäre ich doch nur Single geblieben", flüsterte Dennis in den Raum, nachdem er sich ausgezogen hatte, nun unter der Dusche stand und das kalte Wasser betätigte, ohne auch nur eine Spur Wärme darunterzumischen.

Als ihn der Strahl traf, fing er an zu zittern. Dann verdrängte er die Gedanken an seine Beziehung. Die war jetzt so weit gediehen. Er hatte Verantwortung übernommen und wollte die wohl auch tragen. Möglicherweise wurde alles besser, wenn das Kleine da war. Und was die Arbeit anging, so würde die Zeit sicher alles bringen. Oder gar heilen? War das nicht so ein blöder Spruch, den man beherzigen sollte?

Schon wieder fiel ihm jener ominöse erste Tag in der Dienststelle ein sowie schlaglichtartig die Tage danach, wo er alles richtig machen wollte und ein Fehler nach dem anderen passierte: Er vergaß, einen Vordruck auszufüllen, oder fast noch schlimmer – er füllte einen anderen nicht richtig aus. Dabei kannte er das alles aus dem Effeff. So lange lag ja die Ausbildung nicht zurück, und ob nun Verkehrspolizei oder Kripo, vieles ähnelte sich im Alltagsgeschäft. Mit Schnelligkeit wollte er dann das Geschehene wettmachen.

„Ihr Übereifer in allen Ehren", hörte er den besorgten Reinhold Riechmann, der ihn eines Tages zu sich gerufen hatte, „aber hier kommt es auf korrektes Arbeiten an. So, wie auch an Ihrem vorherigen Arbeitsort in Bielefeld! Viel hilft nicht immer viel!"

Bei diesem Rüffel hatte der Vorgesetzte ein süffisantes Grinsen im Gesicht. Oder war es Dennis nur so vorgekommen?

Wieder sprangen die allerersten Begegnungen in sein Gedächtnis: Auf jeden Fall hatten die Kollegen bei der weiteren Vorstellungsrunde an seinem Einstiegstag an der Marienstraße erstaunt geschaut, als er erklärte: „Nein danke, ich trinke keinen Kaffee."

Als ob vom Kaffeetrinken sein Seelenheil in der Behörde abhängen würde. Er war eben keine Kaffeetante, nicht so wie Alexander und die meisten anderen.

Irgendwann hatte er den Überblick verloren, was die Namen und die Funktionen anging. Dabei hatte er sich vorneweg fest vorgenommen, sich darauf ganz intensiv zu konzentrieren und, wo nötig, Eselsbrücken zu bauen. Er hoffte unbedingt, dass sich das wieder legen würde und alle sich später zuordnen ließen. Einzig Heike Langenkämpfer war ihm gut im Gedächtnis geblieben. Sie hatte ihn auf dem Flur noch freundlich beiseitegenommen und ihm auf die Schulter geklopft.

„Lass dich mal von den anderen hier nicht runterziehen. Ist immer dieselbe Leier. Wer irgendwo neu einsteigt, hat es verdammt schwer. Was mich angeht, so wünsche ich dir einfach alles Gute für den neuen Job. Wird schon klappen, wenn du mich fragst. Es braucht eben seine Zeit und dafür die nötige Geduld. Hoffentlich hast du die?"

Heike schaute Dennis aufmerksam an. Jetzt stahl sich ein Lächeln in sein Gesicht und er atmete deutlich hörbar aus.

„Mir reicht es schon, wenn ich diesen ersten Tag überstanden habe", sagte er.

„Klar doch", erwiderte Heike. „Und die folgenden Tage und Wochen und Monate und Jahre packst du auch."

„Sicher?"

„Sicher! Und wenn du Fragen hast, melde dich einfach. Meine Tür steht immer offen!"

„Danke."

In seiner Abteilung angekommen, bekam Dennis das erste Mal Kontakt mit seinen neuen Kollegen. Alle taten sehr geschäftig, der eine oder andere musste erst rangeholt werden, damit man sie mit ihm bekannt machen konnte. Dabei wussten ja alle, dass er seinen Einstieg hatte, und genau genommen lag an diesem Tag auch nichts Großartiges an, wenn man mal von der Neugierde absah, die alle in ihrem Bann hielt.

„Ich habe im Vorfeld mit den Kollegen bereits abgeklärt, mit wem Sie die nächste Zeit zusammenarbeiten werden“, hatte ihm Alexander irgendwann beim Rundgang erklärt. Dabei wussten sowohl er als auch Dennis: Ob das wirklich funktionierte, würde sich nach dem ersten Fall herausstellen. Jedenfalls, wenn man ein gutes Auge und ein gutes Ohr hatte.

Viel war damals vom Tag nicht mehr übrig, um weitere organisatorische Sachen zu klären und sich zu beschnuppern. Ein paar der üblichen Belehrungen standen noch aus, Waffenfächer und Schreibtisch wurden Dennis zugewiesen und das Computersystem erläutert. Hierbei hatte Dennis Glück, dass er sich schon auskannte. Ein Wechsel in ein anderes Bundesland wäre weitaus komplizierter geworden.

Einerseits gefiel ihm sein Vorgesetzter Alexander Rosenbaum, andererseits hatte er das Gefühl, er wollte ihn aushorchen und abklopfen, was er für ein Typ sei. Fehlte bloß noch die Frage: „Willst du alles reißen oder passt du dich unserem Stil an?“ Aber so direkt war Alex natürlich nicht, wenngleich das schon eine ganz wichtige Frage war, darüber war sich Dennis im Klaren.

Er riss sich aus seinen Grübeleien, stellte das Wasser wieder ab, schaute suchend um sich und verließ zitternd die Dusche. Auf dem Boden bildeten sich dort, wo er hintrat, nasse Spuren, während er zum Regal ging, um sich ein Badetuch zu greifen.

Stefan von Sangerhausen rieb sich den Schweiß von der Stirn. Aber sofort produzierte seine Angst weiteren feuchten Nachschub. Er betrachtete seinen feuchten Ärmel und atmete tief ein und aus, ein und aus, so wie er das mal gelernt hatte, um sich zu beruhigen, falls die Nervosität einmal zu hohe Wogen schlug. Er musste zu sich kommen und einen klaren Gedanken fassen.

Das, was er da eben, zu seiner Garderobe gehend, vom Regisseur aufgeschnappt hatte, war der Begriff „Insolvenz" gewesen. Und es machte im Zusammenhang mit den letzten Aktionen, die ihm zunächst nur konfus vorgekommen waren, durchaus Sinn. Sie waren also pleite mit ihrem Stück, das so bejubelt worden war. In der Presse und überhaupt. Jede Aufführung war ausverkauft gewesen. „Missmanagement", rutschte ihm ein weiterer Begriff durch den Sinn. Genau, das war es. Er hatte sowieso nicht verstanden, warum so eine Unmenge an Statisten neben den ansonsten gut bezahlten Schauspielern der ersten Riege angeheuert worden waren.

Und dann das Bühnenbild. Technische Raffinessen pur und alles vom Allerfeinsten. Da war nirgendwo gespart worden. Nicht beim Empfang zwischendurch, wo die Honoratioren der Stadt eingeladen worden waren. Freikarten gab es en masse für Hinz und Kunz. Was das alles gekostet haben mochte beziehungsweise kein Geld einbrachte?, schüttelte Stefan den Kopf. Sein Geld, verdammt noch mal, seines. Er haute mit der Faust auf den Tisch, sodass die Schminkutensilien tanzten. Aber der Hall dieser Töne verebbte rasch wieder. Dann faltete er die Hände, schloss für einen Moment die Augen und betete inbrünstig, dass ihm der gut bezahlte Job bei der Fernsehserie erhalten bliebe. Alles, aber auch alles würde er dafür tun! Es mussten nur die Einschaltquoten auf ihrem Level bleiben und durften nicht absacken. Er lockerte wieder die Hände und öffnete die Augen.

Und er hatte sich mal wieder so weit aus dem Fenster gelehnt. Da in den Nobelboutiquen eingekauft, dort mit seinen Freundinnen edel essen gegangen. Wobei, jetzt stahl sich ihm doch ein Grinsen ins Gesicht, das zahlten ja meist die Angebeteten. Allerdings musste er schon gelegentlich mit einem hochwertigen Schmuckstück aufwarten. Seine Damen kannten sich aus. Die konnten einen echten Saphir im Dämmerschein einer Kerze von Tinnef unterscheiden. Also war er gern gesehener Stammkunde bei einem Juwelier am Potsdamer Platz.

Außerdem hatte er die Luxuswohnung auf Teneriffa gerade erst gekauft und die war eigentlich von ihm im Hinblick auf die nächsten Einkünfte angeschafft worden. Sowie natürlich als Domizil für seine Liebschaften, mit denen er auch gern Touren unternahm.

Die Sache mit seiner Mutter war natürlich erstunken und erlogen. Von wegen Pflegebedürftigkeit und teures Heim, damit ihr die vorzüglichste Versorgung zukam ... Seine Mutter hatte sich schon vor Jahren einen Altersruhesitz eben auf der kanarischen Vulkaninsel zulegt. In Puerto de Santiago, während er sich für die Hauptstadt Santa Cruz de Tenerife entschieden hatte.

Das Klima bekam ihr blendend, seit ihrem Wegzug aus Deutschland war sie deutlich aufgelebt und erfreute sich der allerbesten Gesundheit. Keine Spur mehr von Rheuma oder ähnlichen Beschwerden. Selbst ihr Sammelsurium an Medikamenten konnte sie nach und nach absetzen.

Er hatte mit Absicht Wert auf einen größeren Abstand auf der Insel zwischen dem Wohnort seiner Mutter und seinem Luxusappartement gelegt. Sie sollte ihm nicht zu sehr auf die Finger schauen. Was sie eigentlich auch eher selten tat. Sie lebte ihr Leben und er lebte seines.

Stefan grübelte und griff nach einem Brief, den er schon geraume Zeit mit sich herumtrug und längst beantwortet haben wollte. Er war von einer entfernten Bekannten aus Bad Oeynhausen: Patricia Petersen. Die war doch Regisseurin und agierte eigentlich von der Hauptstadt aus, wenn er sich recht entsann. Was hatte die denn in die Provinz verschlagen? Sie schrieb davon, dass sich in der Gegend kulturell allerlei getan habe, es landschaftlich sehr reizvoll sei und ob er nicht einmal einen Abstecher dorthin machen wolle. Es würde sich durchaus lohnen ...

Die aktuellen Folgen der TV-Serie waren abgedreht. Erst in ein paar Monaten war sein Einsatz wieder gefragt. Er konnte es sich also durchaus leisten, Berlin einmal den Rücken zu kehren. Dieser heiß geliebten und zugleich ebenso gehassten Stadt. Wenn er dort war, ließ er sich in den Strudel fallen, der ihn aufsaugte, kaum dass er sich dem hingab.

Wenn ihn jemand erkannte, was häufig geschah, so brachen seine zumeist weiblichen Fans in stürmischen Jubel aus und wichen ihm nicht von der Seite. Es blieb in etlichen Fällen selten nur bei Autogrammen. Vor allem aber angehende Theaterschauspielerinnen lagen ihm zu Füßen. Sobald er irgendwo ein paar Übungsstunden oder Workshops gab, zogen sich die blutjungen, bildschönen Dinger fast wie von selbst aus. Er nahm das einfach so mit und genoss die intimen Begegnungen, erfreute sich am Anblick makelloser jugendlicher Schönheit.

Sehr viel mehr Wert legte er indes darauf, mit den schon etwas älteren Damen anzubandeln. Dort, wo er wusste, dass es Geld gab. Bei den Zwanzigjährigen war meist nichts zu holen. Aber die namhaften Aktricen erwiesen sich da schon als entschieden lohnender. Hier kam auch seine Mühe an, mit der er sie umgarnte. Sie wussten seinen Einsatz durchaus zu schätzen.

Außerdem übertrieb er es nie mit seinen finanziellen Wünschen. Und er wusste es so darzustellen, dass sie ihm das Geld fast aufdrängten. Nur wenn die Sprache auf das Thema Hochzeit kam, dann wusste er, es wurde Zeit, sich aus dem Staub zu machen. Zwei Monate gab er sich maximal pro Errungenschaft. Dann wurde ihm die Angelegenheit zu gefährlich. Ein Hochzeitsversprechen ja, das war gar keine Frage, aber mehr eben nicht. Man sagte ja viel, wenn der Tag lang war. Sobald schon konkrete Pläne gemacht, Termine festgelegt und sogar vereinzelt ein Wedding Planer einbezogen wurde, erschien ihm das Pflaster zu heiß und er fand zwingende Gründe, sich charmant zu verabschieden. Meist, um sich um seine todkranke Mutter zu kümmern, die im tiefsten Süden Deutschlands wohnte, wie er behauptete. Das schien doch verzeihlich!

Natürlich brach er da und dort mal ein Herz. Kollateralschaden nannte Stefan das für sich. So war es eben. Sie hatten sich auf ihn eingelassen und er hatte sie schließlich auch, soweit es in seinen Kräften stand, verwöhnt. Keine blieb da unbefriedigt. Und er? Er verliebte sich nicht. Auf so eine Idee kam er gar nicht.

Wenn er sich recht besann, dann hatte er sich nur ein einziges Mal in seinem Leben verliebt, als er noch ganz jung gewesen war, keine siebzehn. Und damals hatte das Mädchen aus der Nachbarklasse ihm einen Korb gegeben, war mit seinem besten Freund losgezogen.

Stefan sah Adele noch vor sich stehen, wie sie ihm die Tatsache präsentiert hatte. Obwohl er eigentlich derjenige war, der alles bereits zuvor entdeckt hatte, als er beide beim Knutschen erwischte, daheim in seinem Zimmer, als er Freund und Freundin zu Besuch hatte und nur mal eben den Kuchen holen wollte, den seine Mutter extra für sie drei gebacken hatte. Da hatte er zunächst noch so getan, als ob er es nicht bemerkt hätte, denn beide, auf dem Bett lümmelnd, trennten sich mit hochroten Gesichtern in dem Moment, als er die Tür wieder öffnete. Eigentlich hatte er es auch einfach nicht wahrhaben wollen.

Er hatte damals kein Wort darüber verloren, sondern war einfach zur Tagesordnung übergegangen, die da hieß: Tee und Kuchen. Nur so rechten Appetit schien dann keiner zu haben, obwohl es in der ganzen Wohnung nach dem Frischgebackenen duftete und der ansonsten zu den Favoriten der Jugendlichen zählte.

Er hatte sich das zwar nie eingestanden, aber ab diesem Einschnitt in seine Seele war er verhärtet und entwickelte sich in einen zwar charmanten, aber immer eiskalt berechnenden Mann. Das Erlebnis vergrub er in sich und sprach nie wieder davon, selbst aus seinem Gedächtnis schien er diese Tatsache verbannt zu haben. Nur in einer alten Schachtel mit Erinnerungsstücken aus seiner Jugend verbarg sich ein zerfleddertes Foto von Adele und ihm, eng umschlungen. Aber diese Kiste rührte er nicht an.

Stefan beschloss, Patricia Petersen nicht zu schreiben, sondern sie eben mal spontan anzurufen. Dann konnte er ja gleich erfahren, wie ernst es ihr mit dem Angebot war. Auf dem Absender stand die Handynummer. Er gab die Tastenkombination ein, worauf es nur zweimal klingelte.

„Petersen hier."

„Stefan von Sangerhausen."

Er legte bei der Vorstellung ein Strahlen in sein Gesicht, was sich sofort auf seine Stimme übertrug.

„Ah, das ist aber schön, dass du anrufst."

„Ja, ich wollte eigentlich längst auf den netten Brief geantwortet haben", sagte Stefan. „Doch dann dachte ich mir, so ein Telefonat ist viel persönlicher, zumal ..."

„... zumal klingt gut. Hast du es dir denn überlegt? Ich hätte eine wirklich schöne Rolle für dich!"

Patricia erkundigte sich, ob er den Film „Das große Rennen rund um die Welt" kennen würde, was Stefan bejahte. Daraufhin erläuterte sie ihm ihre Idee. Er solle den großen Leslie spielen. Auch die Gage klang überzeugend.

Stefan sah sich sofort weltmännisch in einem schlohweißen Anzug und einer Traumrolle, wie zugeschnitten auf seinen Leib. Das müsste ihm auffallend gut stehen. Er fing an zu träumen und sagte, ohne weiter über das Angebot nachzudenken, spontan zu.

„Ich bin dabei!"

„Wunderbar. Das freut mich zu hören. Du müsstest dann allerdings relativ zeitnah hierherkommen und vielleicht ein Weilchen in die Gegend ziehen. Eine gute, liebe Freundin von mir sucht gerade einen Mieter für ihre Villa in Bad Oeynhausen."

Stefans Augen glänzten. Villa und Bad Oeynhausen, das klang ja phänomenal. Darauf wollte er sich wohl ehrlichen Herzens einlassen. Er bat um den Namen und die Telefonnummer der Vermieterin.

Heike nahm auf ihrem Stuhl Platz, dabei glitt ihr Blick durch die Zuschauerreihen. Sie war tags zuvor extra noch beim Friseur gewesen - Waschen, Schneiden, Föhnen - und trug jetzt einen eleganten Hosenanzug. Das schwarze Top unter der Jacke glitzerte golden, damit harmonierend eine goldene Kette und entsprechende Ohrringe. Ein wenig kam es ihr allerdings vor, als wäre sie overdressed, einfach zu piekfein angezogen, doch diesen Einfall schob sie rasch von sich. Wann konnte sie schon einmal ihre schicken Klamotten ausführen? Bei der Arbeit nie, auch nicht bei den Nebenjobs als Kellnerin, um die Urlaubskasse aufzubessern. Gelegentliche, recht seltene Theater- oder Konzertbesuche waren die einzigen Möglichkeiten, sich mal so richtig aufzubrezeln, was sie genossen und wofür sie mindestens zwei Stunden trällernd im Bad verbracht hatte. Selbst die Fingernägel hatte sie in einem tiefen Blauschwarz lackiert.

Vielleicht hätte sie das Sturmgepäck daheim lassen und nur auf eine kleine, besonders schicke Handtasche zurückgreifen sollen. Tatsächlich besaß sie ein solches Exemplar, zwar von einem hochwertigen Label, aber bislang ungetragen, weil es sich einfach nie anbot und eine Befüllung stets in den Anfängen scheiterte. Meist blieb ein größerer Berg liegen, der aber ebenso unheimlich wichtig war und dringend mitmusste. Und im Handumdrehen war das edle Stück wieder im Schrank verschwunden, ausgetauscht gegen eine voluminösere Ausführung. Also, wer konnte die Zukunft schon vorhersagen? Damit jedenfalls war sie auf der sicheren Seite, befand Heike im Stillen und freute sich, dass das Wetter so super mitspielte. Da hatte es ja unlängst ganz andere Szenarien gegeben.

Ihr fiel das Telefonat mit der aufgeregten Sylvia ein, die sich an jenem Sonntagabend noch bei ihr gemeldet hatte.

„Heike? Alles klar bei dir?"

Sylvia hatte atemlos geklungen.

„Ja?! Was ist denn los? Ich zieh mir gerade den Tatort rein. Eigentlich störst du!"

Sylvia ging überhaupt nicht auf diese Bemerkung ein.

„Gewitter, Starkregen, Sturmböen, Hagel - hast du denn gar nichts mitbekommen?"

Heike überlegte ...

„Also bis eben habe ich noch in der Wanne gesessen, eine Packung auf dem Gesicht, dazu wunderbare Musik von Phil Collins. Und anschließend habe ich mir eine Dose gesalzene Erdnüsse und die angefangene Flasche Roten geschnappt und bin ins Wohnzimmer. Aber jetzt, wo du es sagst ... Stimmt, ist ziemlich dunkel und grummelt schon die ganze Zeit. Ich hab dem aber nicht so große Bedeutung beigemessen. Weshalb rufst du denn an, Sylvi?"

„Bei uns hat es einen Teil vom Dach abgedeckt, bei den Nachbarn ist ein Schornstein eingesackt, große Stücke von Dachpappe segelten eben durch die Gegend, ein paar Bäume hat es wie Streichhölzer umgeknickt ..."

„Wow, das klingt ja heftig. Da werden die Kollegen von der Feuerwehr wahrscheinlich eine schlaflose Nacht haben!"

„Und wir erst", hatte Sylvia geschluchzt.

„Aber ihr seid doch versichert. Und wolltet ihr nicht ohnehin das Dach neu decken lassen? Hast du mir nicht von Kostenvoranschlägen erzählt? Passt doch eigentlich prima."

„Du bist lustig. Dein Humor ist manchmal echt grenzwertig. Auf die Art wollten wir das doch nicht. Mein Mann ist schon auf dem Dachboden und versucht alles irgendwie mit Planen zu sichern. Aber ich kann da nicht hoch, ich habe einfach Panik. Nicht, dass einem da noch was auf den Kopf fällt!"

„Hm, und deiner besseren Hälfte darf was auf den Kopf fallen?!"

„So hab ich das nicht gemeint. Du verdrehst mir die Worte im Mund. Ich dachte, ich rufe eine Freundin an, die mir etwas Mut zuspricht und seelischen Beistand leistet."

„Mach ich gleich wieder. Soll ich kommen und helfen?"

„Bleib lieber zu Hause. Ich habe eben im Radio auch von hochgedrückten Gullideckeln und unterspülten Straßen gehört. Dir soll ja nicht auch noch was passieren ..."

„Und was machen die Zwillinge?", fiel Heike gerade noch ein.

„Gut, dass du fragst. Sie haben sowieso Stubenarrest, weil sie in der Nachbarschaft mehrere Fensterscheiben mit dem Fußball eingeschossen haben. Eigentlich müsste ich die beiden festbinden und vorhin wollten sie ihrem Papa gleich hinterher auf den Dachboden folgen ..."

Sylvia war währenddessen durchs Haus gelaufen und atmete nun deutlich hörbar auf.

„Ein Glück. Beide auf ihren Betten und die Kopfhörer auf den Ohren. Wahrscheinlich könnte da neben ihnen eine Bombe explodieren und sie würden es nicht wahrnehmen. Tschüss dann. Ich muss mal schauen, ob der Garten was abgekriegt hat!"

Später hatte sich Heike dann doch durch die Kanäle gezappt und in den verschiedensten Nachrichten gehört, dass von einem Tornado die Rede war, der über Minden und Porta Westfalica gewütet hätte. Auf einem der Sender hieß es Windhose.

Am nächsten Tag riefen Freunde und Verwandte bei Heike an, um sich zu erkundigen, ob sie auch vom Sturm betroffen sei. Und sie hatte nur gewitzelt:

„Minden wollte endlich mal große Schlagzeilen machen. Sonst kennen uns viele nicht und nun waren wir mal die überregionale Spitzenmeldung."

Etliche Bewohner hatten binnen weniger Minuten ihr Zuhause verloren. Die Feuerwehr war im Dauereinsatz. Auch in der Dienststelle war es am folgenden Montag das angesagte Thema. Der Begriff Tornado wurde später wieder relativiert. Fallwinde war eines der Worte, das Heike aufgeschnappt hatte. Klar, hatte sie für sich beschlossen, das klingt sonst zu gefährlich für die Bevölkerung, deshalb spielt man so ein Thema lieber runter. Wieder mal typisch.

Heike legte den Erinnerungsschalter um und genoss das Jetzt. Ein paar Vögel zwitscherten im Hintergrund, der böige Wind des Tages hatte sich gelegt. Der Wald duftete würzig. Das Theater war wieder gut gefüllt an diesem Abend, freute sie sich. Ihre Freundin Sylvia war Mitglied der Theatergruppe, die heute das Stück in der Sonderveranstaltung mit bestritt, und genau deshalb war sie auch gekommen.

Schon ewig hatte sie ihr versprochen, einmal dabei zu sein, und immer war ein dienstlicher Notruf dagegen eingeschritten. Da ein Einbruch, dort eine Verzweiflungstat. Heike hier und Heike da. Wobei sie sich auch gern unersetzlich und geehrt fühlte, wenn man unbedingt sie an einem Fund- oder Tatort haben wollte, mit ihrem sagenhaften Spürsinn, der nicht nur Stecknadeln, sondern sogar Stecknadelköpfe in Heuhaufen fand.

Inzwischen waren fast alle Plätze besetzt und bei einem Blick auf ihr Handy, das sie eben mal in den Vibrationsmodus versetzen wollte, stellte Heike fest, dass das Stück in wenigen Minuten beginnen würde. Sie fischte sich noch einen Pfefferminzbonbon aus ihrer großen Handtasche, schob sie dann unter den Stuhl, nachdem sie sich vorher vergewissert hatte, dass es dort einigermaßen sauber war, lehnte sich entspannt an und schlug die Beine übereinander. Ihre Position war perfekt. Von hier aus konnte sie alles wunderbar sehen und hören.

Heike lächelte in Vorfreude auf einen erlebnisreichen Theaterabend. Auch das Stück hatte es ihr ja angetan. Sie war unheimlich gespannt, wie das nun alles auf der Bühne umgesetzt werden würde.

Der alte Streifen aus dem Jahr 1965 indes war genial und hatte natürlich Maßstäbe für alles Folgende geschaffen: „Das große Rennen rund um die Welt". Mit Tony Curtis und Jack Lemmon in den Hauptrollen. Dem Lebemann und Frauenheld Leslie auf der einen Seite und dem mürrischen, durchtriebenhinterhältigen Professor Fate auf der anderen Seite. Ein Gewinner in strahlendem Weiß und ein Verlierer im schwärzesten Schwarz. Zwei Sensationsdarsteller, die sich mit immer gewagteren Kunststücken zu übertreffen suchten. Und der Professor mithilfe seines Assistenten Max beständig auf der Suche nach allerlei unfairen Möglichkeiten, seinen Kontrahenten auszuschalten.

Schließlich das offene Wettrennen von New York über Asien bis nach Paris, bei dem rasch die übrigen Mitstreiter mit ziemlich unseriösen Mitteln an den Straßenrand befördert werden. Stets mit dabei die patente und emanzipierte Journalistin Maggie Dubois, die den Herausgeber des „New York Sentinel“ Henry Goodbody davon überzeugte, als einzige Frau am Autorennen teilnehmen zu dürfen. Woran der Einsatz seiner in der Emanzipationsbewegung aktiven Gattin nicht ganz unschuldig war.

Abenteuer, Humor, die große Liebe - von allem was dabei. Ein Kuss kurz vor der Ziellinie bremst den Wagen von Leslie und Maggie aus, sodass Fate zwar siegt, aber das nicht als echten Erfolg sieht. Schließlich die Heirat von Maggie und Leslie in Paris und schon steht ein Revancherennen bevor, zu dem der Professor erneut aufgefordert hat ...

Zeigte der Streifen deutliche Überlänge, so musste man sich in der Aufführung wohl etwas beschränkt haben. Denn vorhin hatte Heike ihre Sitznachbarin auf die Anfrage ihres Mannes zischend flüstern hören: „Vor 23 Uhr ist das hier vorbei, Schatz! Du kommst schon noch früh genug wieder auf dein Sofa daheim und vor deinen Fernseher. Außerdem habe ich dein dämliches Fußballspiel programmiert ...“

„Das ist aber nicht dasselbe“, hatte daraufhin der Gatte, kaum hörbar, gequengelt. Und vor sich hingenuschelt, dass er auch nicht wüsste, ob sein Auto ordentlich abgestellt sei, wo sich doch mal wieder alles in Hektik abgespielt hatte und man hier sowieso keinen vernünftigen Parkplatz bekäme. Ewig die Sucherei im Umfeld.

Oh, da hing wohl der Haussegen schief, hatte Heike bei der Bemerkung gegrinst, ohne den Kopf zur Seite zu wenden. Sie wollte ja nicht als Lauscherin ertappt werden. Konnte bei ihr nicht passieren, so eine Reiberei. Wobei es ihr schon sehr lieb wäre, wenn es da mal einen Haussegen geben würde, der auch in hoffentlich seltenen Fällen den Hang zur Schieflage hätte. Bislang hatten sich alle partnerschaftlichen Ansätze ins Nichts verflüchtigt.

Verdammt, rief sich Heike zur Räson, du wolltest doch jetzt einen schönen Theaterabend genießen und nicht schon wieder in deinen unaufgeräumten Beziehungskisten stöbern ... Ganz kurz flackerte noch ein Gedanke an Alexander auf, verflüchtigte sich aber umgehend.

Das Publikum beruhigte sich nach und nach, auch das letzte Gespräch verstummte. Noch war die Bühne leer, wenngleich recht nüchtern ausgestattet. Schade, dachte Heike. Das hätte ich mir jetzt schon einmal üppiger gewünscht.

In den letzten Augenblicken vor dem Beginn des Stückes erinnerte sich Heike an den jüngsten Einsatz beim großen Sonderpostenmarkt an der Königstraße in Hahlen. Im Dienst hatte sie heute noch nach Prüfung aller Spuren den Bericht fertig gemacht.

Die Einbrecher hatten sich mit einer Flex Zugang zum Objekt verschafft, erst ein Gitter vor einem Fenster entfernt und dann waren sie durch eine Toilette eingestiegen. Weitere Leichtbauwände boten kein wirkliches Hindernis. Beim Versuch, einen Tresor zu öffnen, entwickelte sich starker Rauch, was wiederum den Brandmelder in Gang setzte. Heike musste bei der Erinnerung grinsen. Einbrecher waren manchmal wirklich ziemlich dämlich. Sofort gab es nämlich Brandalarm und die Feuerwehr rückte binnen weniger Minuten an. Ihren aufmerksamen Augen entging nicht, dass sich da ein paar Männer aus dem Staub machen wollten.

Die folgende Organisation war perfekt, ein Großaufgebot mit reichlich Personal sowie Polizeihund aus Herford und Helikopter aus Dortmund. Und ein Stück weiter nur fanden die Kollegen schließlich einen verdächtig wirkenden PKW. Als sie den Fahrer überprüfen wollten, floh dieser ins nächste Feld, kam aber nicht weit ...

Heike hatte in all dem Tohuwabohu mit gebotener Gründlichkeit die Spuren gesichert. Von denen befanden sich etliche direkt am Fenster. Ein paar prächtige Fußabdrücke und sogar einige Fingerabdrücke, die sich später exakt einem Täter zuordnen lassen würden. Vielleicht hatte der mal eben fix die Toilette benutzt und dabei waren die Handschuhe lästig. Wer weiß?! Ein Detail wollte sie unbedingt ergänzen, ehe sie diesen Bericht weiterleitete. Heike griff kurz unter ihren Stuhl, öffnete die Handtasche, wühlte fix darin herum und zückte Stift und Notizzettel. Ein Stichpunkt sollte genügen. Dann verstaute sie wieder alles unter ihrem Sitz. Jetzt durfte es für ihren Geschmack aber losgehen!

Als aber die ersten Schauspieler die Bühne betraten, glaubte sie ihren Augen nicht zu trauen: Nazi-Uniformen. Wer um alles in der Welt war denn auf die hirnrissige Idee gekommen, dieses traumhafte Stück in die Hitlerzeit zu transferieren? Heike schüttelte den Kopf, und sie schien nicht die Einzige zu sein, die sich darüber entrüstete. Ein Raunen ging durch die Reihen der Zuschauer. Hab dich nicht so, fuhr sich Heike innerlich an. Denk dir einfach die blöden Kostüme weg und konzentriere dich auf die Handlung und die Schauspieler. Die werden das schon packen. Diese ewige Nörgelei ist mal wieder so eine blöde deutsche Eigenschaft. Jetzt verzog sich ihr Mund zu einem kleinen Lächeln und sie schaute gebannt nach vorn, konnte aber immer noch nicht abschalten. Es dauerte ein Weilchen, ehe sie die Anzugsordnung der Spielenden verdrängt hatte.

Im Hintergrund der Bühne gähnte Melissa de la Motte heftig und zog Grimassen, um die Kaumuskulatur zu lockern, dann atmete sie tief ein und aus und stellte sich in einem imaginären inneren Bild den donnernden Beifall am Ende des Abends vor. Bei ihrer Ankunft in Minden hatte sie mit Genugtuung die Werbung registriert. An markanten Stellen, direkt an stark befahrenen Straßen waren die großformatigen Blickfänge positioniert. Das war sicherlich einige Zeit im Vorfeld geschehen, denn die Vorstellungen der nächsten Tage waren fast ausverkauft, bis auf ein paar wenige Restkarten, die an der Abendkasse noch zu haben waren.

Auch im Mindener Tageblatt sowie der weiteren regionalen Presse und natürlich im Rundfunk war umfassend und mit Vorschusslorbeeren auf die Veranstaltung hingewiesen worden, wie die Regisseurin versichert hatte. Man hätte weder Kosten noch Mühen gescheut, so ähnlich waren ihre Worte gewesen.

Melissa ging ein paar Schritte auf und ab, legte ihre Hände flach auf den Oberbauch und kontrollierte ihre Atmung. Sie sah sich, Melissa de la Motte, wie sie auf jedem Riesenplakat in jugendlicher Schönheit gemeinsam mit den Darstellern von Leslie und Professor Fate prangte. Keine Falte, alles freundlich geglättet und in einer spannenden Szene mit den herrlich alten Kraftfahrzeugen verpackt. Was man mit Retusche doch so alles anstellen konnte! Natürlich hatte sie der Veröffentlichung dieses einzigartigen Motivs sofort zugestimmt.

In diesem Sommer hatte sie sich zu einem Engagement bei einer Theatergruppe entschlossen, die – unterstützt von einheimischen Statisten – die Freilichtbühne an der Porta Westfalica an mehreren Abenden hintereinander bespielte. Seit Melissa in die Jahre gekommen war, wurden die Angebote rarer und sie musste alles annehmen, was sich einigermaßen eignete und eine akzeptable Gage versprach. Von den Kollegen, die eine der seltenen Festanstellungen an einem Bühnenensemble bekamen, wusste sie, dass sie monatlich im Durchschnitt 2700 Euro brutto bekamen. Durchschnitt hieß aber, dass es auch durchaus weniger sein konnte. Nach Tarifvertrag und laut Bühnenverein sollte es aber pro Monat mindestens 1765 Euro geben. Kleinere Theater konnten auch das häufig nicht stemmen. Die Flucht ging dann in einzelne Projekte, wofür die Schauspieler als Gäste engagiert wurden, so wie eben hier oberhalb der Weser. Damit konnte man locker die Mindestgage umgehen. Allerderdings redete man untereinander so gut wie nie über Geld und es war in jedem Fall Verhandlungssache, was man bekam.

Es gab ja sogar Branchen, in denen es ein Kündigungsgrund war, das monatliche Salär auszuplaudern. Bei den Bühnenleuten wohl eher nicht, jedenfalls war Melissa so eine Aktion noch nicht untergekommen. Aber rausschmeißen konnte man jeden, jederzeit – ob nun mit Kündigungsschutz oder ohne. Es fand sich doch immer ein Weg.

Ihre festen Zeiten in Berlin waren sowieso vorüber und würden nie wiederkommen. Als junge Schauspielerin hatte sie ihre Chancen gehabt, da war die Auswahl an Rollen auch groß gewesen. Aber mit zunehmendem Alter wurden die Angebote übersichtlicher. Außerdem hatte sie sich zuletzt sowohl mit dem Intendanten als auch mit dem Regisseur angelegt. Das konnte nicht gut gehen. Für sie war somit die Hauptstadt verbrannte Erde. Es sprach sich ja rum in den Kreisen und renitente Aktricen wollte niemand beschäftigen. Hätte sie doch ihre Zunge nur im Zaum gehalten ...

Bei dem Stück, um das es dabei ging, sollte sie in ihrer Rolle nackend über die Bühne laufen. Dagegen hatte sie sich vehement gewehrt, auch weil ihr nicht klar wurde, was das für eine bedeutsame Aussage haben sollte. Wenigstens eine zarte Verhüllung hatte sie eingefordert, das sei doch auch viel reizvoller als die pure Nacktheit! Einfach nur Show, einfach nur Bloßstellung.

Nicht, dass sie sich für ihren Körper schämte. Der war schon noch durchaus ansehnlich, aber eben nicht mehr ganz so knackig wie vor zwanzig Jahren. Allen sportlichen Aktionen in Sachen Bauch-Beine-Po zum Trotz hatte sich der Speck am Bauch hartnäckig festgesetzt und auch ihre üppigen Brüste, die früher da und dort durchaus ein überzeugendes Argument für eine Besetzung gewesen waren, hingen tiefer und schlaffer. Inzwischen hatte sich auch ein deutliches Doppelkinn gebildet, das sich sofort zeigte, sobald sie sich nicht im Griff hatte und nicht mehr betont gerade saß. Disziplin war das Zauberwort im Leben. Das Bindegewebe ließ eben mit den Jahren nach.

Schon lange verzichtete sie darauf, auf ihrer Website oder bei irgendwelchen Fragen von Presseleuten ihr

Geburtsjahr anzugeben. Nur kurz hatte sie mit dem Gedanken gespielt, es einfach so Stück um Stück anzuheben. Aber sie wollte eigentlich generell nicht lügen. Hätte das so ein Journalist herausbekommen, dann hätte er sich bei seiner Kritik vielleicht genau darauf konzentriert und nicht auf ihren spielerischen Einsatz.

Sie hätte sich ja unters Messer gelegt und investiert, aber so viel Geld hatte sie nun auch nicht zurückgelegt. Außerdem hatte sie Angst davor. Zu viele ihrer Kolleginnen hatten es genutzt und sahen – nach mehrfachen Eingriffen, die wohl sogar süchtig machen sollten, wie man hörte – nun nur noch maskenhaft aus. Das war doch der Tod für jede ausdrucksstarke Mimik!

In jungen Jahren, da hätte sie ein solches Angebot, sich splitterfasernackt über die Bühne zu bewegen, überhaupt nicht geschreckt, da war sie lockerer mit allem umgegangen. Da war sie auch zeitweilig noch mit ihrem früheren Mädchennamen Edeltraud Fleischhauer aufgetreten. Doch wer erwartete schon bei dem Namen eine tolle Schauspielerin. In einer Metzgerei hätte sie damit punkten können. Und so wechselte sie rasch in die wohlklingende Kombination von Melissa de la Motte. Der Vorname stammte immerhin von der geliebten Großmutter.

Aber nun war es zu spät für viele Dinge und sie tingelte eben durch die Lande, gern auch mal ins benachbarte Ausland. Sie musste weiter auf sich aufmerksam machen und am Ball bleiben. Wenn über einen nicht mehr geredet wurde, dann war man so gut wie tot.

Auch wenn sie nicht viel von der Frauen zugeneigten Regisseurin des Stückes hielt, hatte sie alle ihre Reize spielen lassen, als es um die Besetzung der

Hauptrollen ging. Die Maggie Dubois war ihr, nach einigem Hin und Her, schließlich zugefallen. Warum nicht diesmal „Das große Rennen rund um die Welt". „Der große Leslie" wurde von Stefan von Sangerhausen, bekannt aus einer Daily Soap im TV, verkörpert. Ob bei den Öffentlich-Rechtlichen oder bei einem der anderen Sender, das war ihr gerade entfallen. Außerdem sah sie auch eher selten fern.

Sie erinnerte sich an das Schäferstündchen mit ihm, wobei es ja eigentlich mehrere davon gewesen waren, die sie sehr genossen hatte. Stefan war ein einfühlsamer und begnadeter Liebhaber. Er war imstande, eine Situation zu inszenieren, in der man sein wirkliches Alter vergaß. Einmalig.

Die Geschichte mit seiner sterbenskranken Mutter war natürlich fürchterlich, und ohne mit der Wimper zu zucken, hatte sie ihm die zehntausend Euro vorgestreckt, die er dringend für die Unterbringung in dem besonderen Pflegeheim benötigte. Ein wenig zweifelte sie daran, dass sie dieses Geld jemals zurückbekommen würde, aber er hatte es ihr mit einem absolut treuen Blick versichert, der ihr leichtes Unbehagen augenblicklich zerstreute. Und ein Weilchen konnte sie schon drauf verzichten, außerdem wollte Stefan es ihr mit deutlichen Zinsen zurückgeben. Das hätte keine Bank gemacht.

Jetzt kam der Einsatz für Melissa und sie betrat aufs Wort die Bühne, mit einem strahlenden Lächeln und textsicher, wie immer. Allein schon ihre aparte Erscheinung sorgte für Präsenz, die Blicke der Zuschauer waren auf sie gerichtet.

Gut, dass man sich inzwischen auch hier gegen eine Souffleuse entschieden hatte. Wenn es nach ihr gegangen wäre, hätte man sich die Kosten für so eine Mitarbeiterin schon längst überall sparen können. Schließlich sollten alle Beteiligten ihre Rollen Wort für Wort draufhaben, sonst hatten sie auf einer Bühne nichts zu suchen. Sie bekam bei diesem Gedanken einen schnippischen Zug um den Mund, besann sich aber sofort und war voller Konzentration und strahlend mitten im Geschehen drin.

Das Stück nahm seinen Lauf. Szenenapplaus begleitete die einzelnen Abschnitte. Drei Akte waren vor der Pause zu absolvieren, ein vierter Akt folgte dann danach. Stefan schlug sich ebenfalls nicht nur tapfer, sondern glänzte mit seiner grandiosen Ausstrahlung. Alle Mitwirkenden waren in diese andere Sphäre des großen Rennens rund um die Welt entrückt. Viel zu schnell war die letzte Episode vor der Pause dran. Beifall schwoll an und füllte die Arena des Freilichttheaters. Alle verschwanden erleichtert und voller Euphorie im Hinterland und die Beleuchtung auf der Bühne ging aus.

Heike hatte ihre Freundin Sylvia entdeckt, die einen Teil ihres Kostüms gewechselt hatte, um nicht aufzufallen. Sie war in den Zuschauerbereich geschlüpft und steuerte winkend direkt auf Heike zu.

„Na, wie war es? Hat es dir gefallen?", wollte sie direkt von Heike wissen und schloss noch mit einem musternden Blick von oben nach unten an: „Junge, Junge, hast du dich schick gemacht. Wie aus einer Modezeitung. Hast du heute noch was Spezielles vor?"

Heike lächelte zwar dankbar, überging es aber mit einem Kommentar.

„Ihr habt klasse gespielt. Ich fühle mich total eingenommen von der Geschichte, die ich ja überhaupt unendlich liebe, bis auf ..."

„... bis auf?“

„Na ja“, druckste Heike herum, „eure Kostüme hauen mich nicht unbedingt vom Hocker und das Bühnenbild finde ich etwas dürftig!“

Jetzt war es gesagt, wobei der Begriff dürftig noch geschmeichelt war, sie fand es eher belämmert oder scheußlich. Heike schaute ihre Freundin aufmerksam an. Sie wollte natürlich mit ihren Worten keinesfalls verletzend wirken.

Sylvia schüttelte den Kopf.

„Meine Rede. Die ganze Zeit. Aber du weißt ja, wie das ist. Da wollte sich unsere Regisseurin mal wieder ein Denkmal setzen ... Die kommt ja aus Berlin und ist bekannt für Unerwartetes. Dabei finde ich die alte Geschichte mit allem Drumherum einfach überzeugend. Sicher, das eine oder andere konnte man nicht umsetzen, außerdem musste sowieso eingekürzt werden, sonst hätten wir heute hier ja die Nacht verbringen können. Zum Beispiel der Part mit der Tortenschlacht ist leider, leider den Streichungen zum Opfer gefallen.“

„Ach ja, die war klasse. Soll wohl auch in echt zigmal gedreht worden sein, ehe endlich alles so im Kasten war, wie es sollte. Das hätte hier eine elende Sauerei auf der Bühne gegeben“, schränkte Heike ein und erinnerte sich mit seligem Lächeln.

„Ich sehe jetzt noch die Cremetorten fliegen und in den Gesichtern landen! Und mach dir nichts draus. Ich denke mir einfach eure dusseligen Kostüme weg und beim Bühnenbild jede Menge Requisiten dazu!“

„Gute Idee. Ich nehme mal an, das machen viele der anderen Zuschauer ebenfalls, wenn ich mich hier so umblicke. Die sehen alle richtig fröhlich aus. Das ist ja schön!“

„Du lässt jetzt kein wirklich gutes Haar an der Petersen?", erkundigte sich Heike noch, diesmal aber eher halblaut. Das ging jetzt doch zu sehr ans Eingemachte.

„Wie man es nimmt. Mit ihr zusammen konnten wir eine ganze Menge Charakterarbeit leisten. Jeder bekam die Chance, noch mehr in die jeweiligen Rollen zu schlüpfen und sie zu verinnerlichen, mit all ihren Stärken und Schwächen. Bis zuletzt wurde noch gemeinsam an den Figuren gefeilt. Das hat sie schon prima gemacht und auch nicht unterschieden zwischen den Schauspielern der ersten und der zweiten Garde."

„Meinst du mit erster Garde den Fernseh-Fuzzy und die de la Motte?"

„Ja, wen denn sonst?", entrüstete sich Sylvia. „Eben das hat die Petersen richtig gut gemanagt. Sie hat niemanden bevorzugt, jedenfalls nicht so, dass es zu bemerken war. Und bei uns Amateuren hat sie eindeutig die Spielfreude befördert. Insofern: Hut ab!"

Beide standen immer noch in der Nähe des Sitzplatzes von Heike.

„Wie findest du denn unsere neue Bestuhlung?", wollte Sylvia wissen, um das Thema in eine neutralere Richtung zu lenken.

„Ganz einfach, bin hergefahren, hatte mein Ticket in der Hand und dann meinen Stuhl gefunden ... ha, ha."

Heike konnte sich kaum einkriegen vor Heiterkeit.

„Du nun wieder. So habe ich das doch gar nicht gemeint, sondern eben die neuen dunkelgrünen Plätze hier, die farblich jetzt so schön in die Landschaft passen. Wobei sogar mal verschiedenfarbige Varianten für die unterschiedlichen Ränge diskutiert worden sind. Aber zum Glück gibt es jetzt diese einheitliche Optik."

Heike schaute sich um und begutachtete das Gesamtbild.

„Doch, sieht nett aus."

„Und, wie hast du darauf gesessen?"

„Ich kann nicht klagen."

„Mann, jetzt bist du aber schwerfällig. Ist doch sonst nicht deine Art. Mehr als 640 neue Plätze gibt es nun, und ehe wir uns für die entschieden haben, gab es sogar Probesitzen im vorigen Jahr!"

„Tatsächlich?", erkundigte sich Heike, aber es klang nicht sonderlich neugierig.

„Auf einer Musterreihe mit fünf Klappsitzen der neuen Generation, aufgebaut in der letzten Reihe, konnten die Zuschauer vorab ausprobieren, ob sie gemütlich genug sind. Die Aktion kam gut an. Wir hatten jede Menge positives Echo. Fast vier Jahrzehnte konntest du hier bei uns auf den klassischen Schalensitzen Platz nehmen, war irgendwie auch prägend. Das heutige Theatergebäude stammt ja aus dem Jahr 1977, wobei die Kunststoffplätze zwischendurch schon gelegentlich ausgetauscht werden mussten. Unsere Vorgängermodelle waren aber nun insgesamt echt durchgesessen, erheblich ramponiert und in die Jahre gekommen – bestimmt schon ein gutes Dutzend seit dem letzten Wechsel, außerdem eben besagte Schalensitze, die sich eher für Fußballstadien anbieten, wo die Leute vor Begeisterung immer aufspringen. Bei uns bleibt man ja eher solide sitzen. Der Kunststoff hält auch nicht ewig und vor allem etwas beleibtere Leute nicht wirklich dauerhaft aus."

„Aha", sagte Heike halb drohend, aber zugleich mit Schalk im Blick.

„Na, dich habe ich natürlich nicht gemeint. Du hast doch eine gute Figur."

„Schön wäre es, wenn es ein paar Kilo weniger sein könnten. Aber ich will ja deine spannende Geschichte noch zu Ende hören."

„Alles in allem hat das jetzt um die 80.000 Euro gekostet, die mittels Zuschüssen vom Landschaftsverband Westfalen-Lippe und vom Förderverein gestemmt wurden. Im gleichen Atemzug haben wir noch den Fußboden neu versiegeln lassen, für weitere 20.000 Euro. Wichtig war auch, dass die unteren Sitzreihen weiterhin transportabel bleiben, für Veranstaltungen im ebenerdigen Zuschauerbereich ..."

„So, wie diese Aktion jetzt? Das ist doch auch eher ein Gastspiel?"

„Ja, so ähnlich. Wobei wir den Berliner Künstlern wiederum verbunden sind. Porta hat doch eine langjährige Partnerschaft mit Kreuzberg ... Wir sind da auch schon mal aufgetreten!"

„Echt? In der Hauptstadt? Das ist ja klasse!"

Jetzt war Heike doch beeindruckt.

„Kann ich dich auf ein Gläschen Sekt einladen?", erkundigte sie sich nach einem Blick auf ihre Armbanduhr. „Oder bringt dich der Alkohol aus dem Konzept, wenn du nachher auf deine Einsätze achten musst?"

„Das pack ich so oder so. Immer her mit dem Schampus. Wenn das heute gut klappt, wir eine vernünftige Presse kriegen und auch die nächsten Aufführungen gelingen, dann greift die Insolvenz vielleicht doch nicht und die Veranstalter kommen noch mit einem blauen Auge davon ..."

„Insolvenz?"

Heike schaute erstaunt.

„Ja, davon redet man hier hinter vorgehaltener Hand. Dabei hing die Petersen doch schon in der

Hauptstadt in so einem finanziellen Desaster drin. Aber das gehört jetzt nicht hierher ..."

„Hauptsache, ihr bekommt eure Gagen. Ich drücke euch auf jeden Fall die Daumen", setzte Heike an, um die trüben Gedanken zu verscheuchen, und Sylvia nickte.

„Ja, die waren in diesem Fall tatsächlich ausgehandelt worden und wir freuen uns bereits die ganze Zeit darauf, haben das Geld quasi schon ausgegeben ..."

Sylvia bekam ein nervöses Zucken um die Augen, was Heike aber nicht mehr mitbekam.

Da und dort im Zuschauerbereich wurden mitgebrachte Flaschen verstohlen aus den Taschen gezogen, geöffnet und angesetzt ... Heike und Sylvia strebten zum Getränkestand, an dem sich schon eine angeregt plaudernde Menschentraube gebildet hatte.

Die beiden Freundinnen hatten noch über das Stück diskutiert und einzelne Anekdoten auch aus dem Filmklassiker aus der Erinnerung herausgeklaubt.

„Weißt du noch, wie die Truppe dann auf der schmelzenden Eisscholle saß und der Eisbär ins Auto kletterte, hihi ... Oh", stieß Sylvia mit einem Blick auf ihre Armbanduhr hervor. „Ich muss sofort hinter die Bühne. In dem Aufzug kann ich ja nicht auftreten. Muss auch kurz noch mal über mein Make-up gehen. Bis gleich also."

Sie drückte Heike ihr leeres Sektglas in die Hand.

„Würdest du das netterweise abstellen? Bitte!"

„Kein Problem. Geht klar. Wollen wir uns im Anschluss noch einen Absacker gönnen?", schlug Heike vor.

„Eigentlich wollten wir wie üblich mit der Truppe um die Häuser ziehen, wenn es ein erfolgreicher

Abend wird, und wenn nicht, dann sowieso. Aber ich könnte dich als meine Freundin ja durchaus mitnehmen. Kein Problem. Also bis dann! Man sieht sich! Ich muss mich jetzt sputen", sagte Sylvia, dreht sich um und verschwand mit einem heiteren Winken Richtung Bühne.

Heike lief wieder zu ihrem Platz, machte es sich gemütlich und begutachtete ihre Nachbarn. Doch, der eine oder andere hatte sich ebenfalls in Schale geworfen. Da ein Abendkleid, dort ein dunkler Anzug ... Sie war nicht ganz allein mit ihrem schicken Aufzug. Sicher war das teilweise äußerst edle Outfit dem besonderen Umstand geschuldet, dass es sich hier um keine Standardaufführung handelte, sondern namhafte Schauspieler auftraten. Sylvia hatte doch mal irgendwann erzählt, dass die Zuschauer normalerweise Alltagsklamotten trugen, es konnte schließlich zum Abend hin auch kalt und ungemütlich werden. Der Einfall kam jetzt eh zu spät, dachte Heike. Außerdem fühlte sie sich wohl in ihrem Dress.

Ein Glück aber auch, dachte sie, dass das heute so ein milder Sommerabend ist. Heike genoss die samtene Luft, die sich behutsam zu Füßen des Kaiser-Wilhelm-Denkmals und speziell in dem ehemaligen Steinbruch ausdehnte. Imposant wirkte die Felswand, die das Theater am Ende abschloss. Majestätisch standen die Bäume als ganz selbstverständliche Dekoration. Noch waren ringsum nicht allzu viele Zuschauer zurückgekehrt. Nach und nach fanden sie sich ein und die gewohnte Ruhe froher Erwartung machte sich breit.

Plötzlich aber durchschnitt ein markerschütternder Schrei die Stille. Das Publikum glaubte zunächst an einen originellen und besonders starken Einstieg nach der Pause. Selbst Heike nickte anerkennend. Das kam wirklich total unerwartet, wie sie fand. Doch weit gefehlt.

Das erwartete Schauspiel nahm nicht seinen neuerlichen Lauf, sondern mit einem Mal setzte auf der Bühne ein lebhaftes Durcheinander ein. Das konnte nicht zum Stück gehören, dachte Heike und wurde argwöhnisch. Zum Stimmengewirr auf der Bühne gesellte sich das im Publikum und das Raunen wurde größer.

Nach einer gefühlten Ewigkeit stellte sich schließlich die Regisseurin Patricia Petersen ins Scheinwerferlicht, um Ruhe bittend und um zu erklären, dass die Aufführung hiermit beendet sei.

„Meine sehr verehrten Damen und Herren. Es ist ein bedauerlicher Zwischenfall geschehen, sodass wir die Aufführung nicht fortsetzen können. Ein Akt höherer Gewalt gewissermaßen ..."

Dann brach ihre Stimme ab. Ihr schienen die Worte zu fehlen. Patricia Petersen war käsebleich und ihre Stimme zitterte bei diesen Sätzen. Auf eine spontan zugeworfene Frage aus dem Publikum nach der Erstattung des Eintrittsgeldes ging sie nicht ein.

„Wir haben aber für ein komplettes Programm bezahlt, nicht für solche Halbheiten. Entweder folgt jetzt Teil zwei oder wir wollen einen finanziellen Ausgleich", hatte ein Zuschauer gefordert und die Menge hatte ihm spontanen Beifall gezollt.

Die Regisseurin tat so, als habe sie das gar nicht gehört, drehte sich abrupt um und verließ die Bühne.

Wow, dachte Heike, das nenne ich mal einen theatralischen Abgang. Aber irgendwas stimmt da doch nicht. Ich sollte mir wohl Gedanken machen.

Sie ergriff ihre Handtasche unter dem Sitz, zog sie hervor und erhob sich mitsamt den anderen Zuschauern, strebte aber nicht in Richtung Ausgang, sondern steuerte auf die Bühne zu.

Ihre Freundin Sylvia lief gerade wie ein aufgescheuchtes Huhn von einer Seite zur anderen, fuhr sich wieder und wieder mit den Händen durch die Haare. Norbert Nolting, ein weiterer Statist, huschte ebenfalls hektisch durchs Bild.

„Stopp“, brüllte Heike und Sylvia verharrte schlagartig, mit irritiertem Blick in die Richtung der Ruferin, während Norbert im Hinterland verschwand.

„Du verrätst mir sofort, was da bei euch los ist. Ich habe so ein ungutes Gefühl!“

Sylvia, inzwischen direkt an der Seite von Heike kniend, brach in Tränen aus.

„Stefan“, schluchzte sie und war nicht zu bremsen.

„Stefan? Welcher Stefan? Meinst du euren Hauptdarsteller, den schönen Leslie? Was ist mit dem?“, wollte Heike sachlich wissen und gab ihren Fragen noch einen lockeren, sportlich klingenden Ausgang. „Geht es ihm nicht gut, sodass er in der zweiten Halbzeit nicht spielen kann? Ihr werdet doch wohl einen Ersatzspieler haben?“

„Er ist tot!“, heulte Sylvia auf. „Direkt hier bei uns ist das geschehen. Eben, in der Pause. Denn vorhin hat er ja noch gelebt. Das ist ja ein fürchterliches Unglück ...“

Sylvia weinte heftig und die Tränen liefen ihr sturzbachartig die Wangen hinunter. Sie wischte mit den Händen übers Gesicht und erzeugte mit der Wimperntusche breite, unschöne Spuren. Außerdem fuhr sie wieder und wieder durch ihre Haare und zerstörte die Lockenpracht.

Na, wenn da mal nicht mehr war als nur kollegiale Trauer, fuhr es Heike durch den Kopf. Sie griff Sylvia an beide Schultern und schüttelte sie.

„He, jetzt beruhige dich mal. Ich schalte nun umgehend in den Berufsmodus um. Blöderweise habe ich natürlich nicht meinen Koffer mit den nötigen Utensilien dabei, aber ein paar Kleinigkeiten werden sich schon in meiner Handtasche finden. Dessen bin ich gewiss. Gut, dass ich die rein zufällig daheim gegriffen habe!"

Heike fing an zu kramen, nestelte erst ein Tempo heraus, was sie Sylvia in die Hand drückte, die sich ausgiebig die Nase schnaubte, und entdeckte eine Taschenlampe, Plastiktüten, ihren Fotoapparat und sogar ein paar Einweghandschuhe.

„Dann kann es eigentlich losgehen", sagte sie mehr zu sich als zu ihrer Freundin.

„Wo liegt denn das Opfer?"

Sylvia deutete mit einer Hand in Richtung Berg.

„Da hinten. Ein Pärchen hat sich in der Pause die Beine vertreten und ist regelrecht über ihn gestolpert. Das ist ja so was von schrecklich ..."

Heike konnte jetzt keine Rücksicht mehr auf ihre Freundin nehmen. Sie kletterte auf die Bühne und griff sich die Regisseurin, die gerade beruhigend auf Melissa de la Motte einredete und ihr sanft über den Rücken strich, offensichtlich mit tröstenden Worten. Auch die Hauptdarstellerin war in Tränen aufgelöst.

„Ist die Polizei schon verständigt?", wollte Heike wissen und schlug sich an den Kopf. „Ach du meine Güte. Die Zuschauer! Die dürfen nicht einfach so nach Hause gehen! Die muss jemand aufhalten. Wir benötigen ja noch von allen die Personalien!"

Patricia Petersen, schlank und hochgewachsen, in einer schwarzen Jeans und einem ebensolchen Rollkragenpullover, auf der Brust eine dicke, silberne Kette, schluckte, als hätte sie einen schweren Brocken im Hals. Sie strich sich fahrig durch ihre extravagante pechschwarze Kurzhaarfrisur, die aber auch danach noch exakt so lag wie zuvor.

„Ja, von dem jungen Mann, der mit seiner Freundin im Schlepptau bei mir aufgetaucht war. Sie zitterte wie Espenlaub und er stammelte nur wirres Zeug, von wegen der große Leslie wäre tot. Er hätte auch die 110 angerufen. Im Übrigen habe ich ein paar technische Mitarbeiter beauftragt, die Leute am Ausgang noch aufzuhalten. Im Gegensatz zu meinen Schauspielern haben die momentan stärkere Nerven. Wer sind Sie denn überhaupt?"

Die Regisseurin schien schon wieder seltsam gefasst.

Heike stellte sich vor.

„Kripo Minden, Spurensicherung."

Jetzt weiteten sich die Augen von Patricia.

„So schnell bereits vor Ort?!", hauchte sie. Fast hätte es ihr die Sprache verschlagen.

„Wir tun, was wir können", rutschte es Heike salopp heraus und sie verkniff sich ein Lächeln, hätte es doch zur Situation nicht gepasst. Dann ergänzte sie noch, wieder ganz dienstlich: „Sie bringen mich sofort zu dem Toten."

Im Hintergrund waren Sirenen zu hören. Die Auskunft musste stimmen, dass die Polizei schon benachrichtig war, dachte Heike, ein Segen aber auch, nicht, dass es noch zu einem Tumult unter den Zuschauern kam und die gar in Panik ausbrachen. Man mochte sich nicht ausdenken, was da geschehen konnte. Zumal auch der Abgang vom Theater Richtung Hauptstraße ziemlich abschüssig war.

Sie griff nach ihrem Handy in der Hosentasche. Ein Anruf, gerade eben, von der Dienststelle. Sie hatte nicht einmal das Vibrieren bemerkt. Blödes Teil, fluchte Heike innerlich, wozu taugst du eigentlich?

Roland Rathert hatte Dienst in der Einsatzzentrale und saß breitbeinig vor seinen Computerbildschirmen. Sein Hemd spannte über dem Bauch, ein Knopf war schon zur Hälfte aus dem passenden Loch herausgerutscht, seine Füße standen auf den Beinen des Drehstuhls und bewegten ihn leicht hin und her. Einen Schokoriegel hatte Roland sich noch mit großer Disziplin aufgehoben. Den wollte er bestimmt erst in der letzten halben Stunde seiner Arbeitszeit essen, nahm er sich mit einem heißhungrigen Blick darauf vor. Außerdem sollte er eigentlich dringend auf diese Stimmungsaufheller verzichten. Und die Freude war auch immer nur kurz, bis er den nächsten Riegel hinterherschob. Sie hinterließen hartnäckige Polsterungen, sodass selbst seine Frau schon Sprüche losgelassen hatte. Außerdem fehlte es ihm an Bewegung, zu der er sich nur ungern durchrang.

Bis eben war noch alles ziemlich ruhig gewesen. Nur ein Auffahrunfall am Verkehrsknotenpunkt Birne, direkt bei der Einfahrt zum Imbiss, an einem Ende der Lübbecker Straße. Nicht das erste Mal, aber es würde schon nicht so schwerwiegend sein. Tot fuhr sich da, bei der geringen Geschwindigkeit, in der Regel niemand. Er hatte sich natürlich umgehend nach eventuellen Personenschäden erkundigt, aber es war wohl nur Blech demoliert worden und die beiden Kontrahenten konnten sich nicht einigen, wollten unbedingt polizeiliche Hilfe in Anspruch nehmen. Die übliche Geschichte, meist beharrte jeder auf seinem vermeintlichen Recht und die Polizei, dein Freund und Helfer, musste dann alles klären. Kostete lediglich viel Zeit und brachte im Grunde wenig.

Oder es waren diejenigen, die alles selbst verschuldeten, wie neulich, als der Kampf gegen das Unkraut in einem Fiasko endete. Ein Hausbesitzer hatte - wie das derzeit so üblich war - mit einer Gasflasche das Unkraut an seiner gepflasterten Hofeinfahrt wegflämmen wollen. Dabei kam er einem der hochgewachsenen Büsche zu nahe. Der sah zwar von außen grün aus, war aber innen stocktrocken, und in Sekundenschnelle waren die Flammen durch den ganzen Busch in die Höhe gesaust und machten sich mal eben noch übers Hausdach her und erzeugten eine weithin sichtbare dunkle Rauchwolke.

In seiner Aufregung hatte der Verursacher die 110 angerufen, aber davon, dass dabei absichtlich jemand zu Schaden kam, wollte doch wohl niemand ausgehen ... Jedenfalls hatte er, Roland Rathert, den Notfall dann sofort der Feuerwehr weitergeleitet. Die Kollegen hatten auch nur gestöhnt. Von wegen: Nicht schon wieder! Wie er später hörte, zog sich alles ziemlich in die Länge. Es musste sogar noch Verstärkung nachgeordert werden. Und die Helfer mussten bei Nachlöscharbeiten Dachpfannen entfernen, schließlich konnten sich dort im Schutt weitere Brandnester verbergen. Immerhin war niemand verletzt worden. Aber der Sachschaden, vor allem durch das Löschwasser, belief sich auf einen gut sechsstelligen Betrag.

„Wir schicken jemanden vorbei. Bleiben Sie vor Ort", hörte sich Roland Rathert noch zu dem Anrufer vom Auffahrunfall an der Birne sagen, wieder die gewohnte Ruhe ausstrahlend.

Der Nächste war in der Leitung. Erst ein heftiges Atmen, dann hervorgestoßene Worte.

„Ist da die Polizei?"

„Ja!"

Roland bestätigte die Frage, obwohl er sich gleich zu Beginn vorgestellt hatte. Was dachte denn jemand, wenn er die Eins-eins-null wählte? Er wäre bei Wünsch-Dir-Was? Die Leute hörten ja selten zu, was man sagte, grübelte er kurz, war aber gleich wieder bei der Sache.

„Der große Leslie ist tot. Wir haben ihn eben im Wald gefunden", kam jetzt eine Erklärung.

Roland dachte spontan an Chaos-Polizist Leslie Nielsen, der durchaus als der Große zu bezeichnen war, aber mit an Sicherheit grenzender Wahrscheinlichkeit nicht in der Region um Minden anzutreffen war, schon gar nicht leibhaftig tot. Immerhin war der doch seines Wissens schon 2010 in Fort Lauderdale verstorben.

In Bruchteilen von Sekunden schnellten in Rolands Erinnerung Filmszenen durch seine Gedankenwelt, wie „Kollege" Leslie sein Auto parkt und dabei den Hydranten umreißt, der sofort lossprudelt, wie sich Slapstick an Slapstick reiht und man kaum aus dem Lachen herauskommt. Der Pannen-Cop Frank Drebin versetzte ihn jedes Mal in heftige Heiterkeit, sooft er sich auch „Die nackte Kanone" mit all ihren Folgen ansah. Das jetzt war bestimmt wieder so ein Spinner, der die Polizei an der Nase herumführen wollte, beschloss der Beamte.

„Sagen Sie mir bitte Ihren Namen, wo Sie sind und was vorgefallen ist!", fasste Roland außerordentlich ernst zusammen.

„Ich bin Felix Keller und stehe hier mit meiner Freundin Sandra Buschmeier an der Freilichtbühne von Porta. Eben war Pause und da haben wir uns die

Beine vertreten und sind im Wald auf den toten Schauspieler gestoßen ..."

Das klang nun doch nicht nach Spaß, sondern nach einem Ernstfall, wenngleich etwas wirr. Aber wenn es um einen Toten und vielleicht sogar um Mord ging, dann kam es schon vor, dass so eine Situation sehr abstrus schien, auf den ersten Blick jedenfalls. Und dass es sich für Zeugen als schwierig erwies, alles in korrekte Worte zu fassen.

„Sind Sie sicher, dass er tot ist, und um wen handelt es sich?"

Um den großen Leslie ja wohl kaum, verkniff sich Roland eine unpassende Ergänzung.

„Ich habe zwei Finger an seine Halsschlagader gehalten. Dem ist nicht mehr zu helfen. Und es handelt sich um Stefan von Sangerhausen ..."

„Der Stefan von Sangerhausen?"

In Roland Ratherts Gedankenwelt war sofort, wie üblich, eine Verknüpfung entstanden. Einerseits hatte er die wirklich nicht zu übersehenden Werbeplakate mit den tollen Oldtimern in der Stadt vor sich und andererseits die Lieblingsserie seiner Frau, die sie sich regelmäßig anschaute, davon schwärmte und womit er sie gelegentlich aufzog, ob er einen Anlass zur Eifersucht hätte, was diesen Stefan von Sangerhausen anging. Genau. Der war es. Und die Serie? „Rote Rosen" oder „Verbotene Liebe" oder „GZSZ" oder so was Ähnliches, daran konnte er sich nicht exakt erinnern. Er schaute ja so einen Kram nicht, sie hatten zu Hause aufgrund ihrer unterschiedlichen Vorlieben jeder einen separaten Fernsehraum. Außerdem spielte es in diesem Zusammenhang auch keine wirkliche Rolle ... Roland wurde wieder dienstlich.

„Die Kollegen sind schon unterwegs. Lassen Sie alles, wie es ist, und sehen Sie zu, dass niemand den Fundort betritt."

„Wir wollen es versuchen. Meine Freundin ist total aufgelöst und zittert in einem fort. Ich glaube, sie braucht ganz dringend einen Arzt."

„Geht klar. Wir kümmern uns darum. Danke für Ihren Anruf."

Roland Rathert lehnte sich nur ganz kurz mit einem entspannten Seufzer in seinem Schreibtischstuhl zurück, der leicht federnd nachgab. Dann würde er jetzt auch nicht in dieses Theaterstück müssen, irgendwas von einem Rennen um die große Welt. Ihm fiel ein Stein vom Herzen. Seine Frau hatte schon vor Wochen mit den Karten vor seinen Augen herumgefuchtelt und einen Freudentanz aufgeführt. Tja, dachte Roland, so hat eben alles im Leben sein Gutes, und setzte die nötigen Hebel in Bewegung, um den Einsatz der Kollegen zu starten.

Heike erwischte er nicht. Er hatte es versucht, aber sie war nicht zu sprechen gewesen, nur die Mailbox faselte was von „not available". Alexander und Dennis waren im Bereitschaftsdienst und kurz nach seinem Anruf schon auf dem Weg Richtung Porta Westfalica.

Erneut klingelte es bei Roland. Er sah sofort, dass es sich um Heike handelte.

„Na, wobei hab ich dich gestört, dass du vorhin nicht rangehen wolltest?", erkundigte er sich.

Heike ging gar nicht darauf ein.

„Ich nehme mal an, du wolltest mich anrufen, damit ich umgehend zum Fundort eines Toten an der Freilichtbühne von Porta fahre ..."

„Genau! Kannst du Gedanken lesen?“

Roland war baff.

„Manchmal schon, aber in dem Fall nicht. Ich bin nämlich rein zufällig vor Ort. Habe mir den ersten Teil des Stückes bis zur Pause angeschaut und einen zweiten wird es jetzt aufgrund dieses Todesfalles eben nicht geben.“

„Bist du denn überhaupt für so einen Einsatz jetzt ausgerüstet?“, wollte Roland noch wissen. „Soll ich lieber jemand anderes schicken?“

„Du kennst doch den Spruch von den unergründlichen Damenhandtaschen“, witzelte Heike und Roland musste lachen.

„Jetzt willst du mir aber nicht allen Ernstes erklären, dass du dein kleines Marschgepäck dabeihast?“

„Doch, hab ich. Man weiß ja nie – wie du siehst ...“

„Ach, Heike, das ist jetzt wirklich ein starkes Stück.“

„Du sagst es, Rolli. Im wahrsten Sinne des Wortes. Ich würde natürlich gern noch stundenlang mit dir plaudern, aber das müssen wir leider, leider auf ein anderes Mal verschieben, denn die Arbeit ruft.“

„Gut, dass du mich erinnerst. Arbeit. Das Stichwort! Deshalb telefonieren wir ja miteinander. Dann mal ran an die Buletten.“

Roland Rathert beendete das Gespräch und hatte immer noch ein Grinsen im Gesicht. Schade, dass er schon in so guten Händen war. Mit Heike, das hätte er sich prima vorstellen können. Die wäre eine super Frau und zugleich ein toller Kumpel ...

Roland träumte einen Moment vor sich hin und widmete sich dann wieder konzentriert seiner Arbeit. Noch zehn Minuten bis Dienstschluss. Jetzt griff er zu dem Schokoriegel, den er bislang aufgehoben hatte, öffnete langsam die Verpackung, biss ein Stück ab und ließ es genüsslich auf der Zunge zergehen. Diät? Morgen war auch noch ein Tag.

„Cooles Outfit", bemerkte Alexander mit einem schelmischen Grinsen, als er gemeinsam mit Dennis neben Heike stand. Patricia Petersen hatte beide zum Fundort geführt, so wie kurz zuvor die Mitarbeiterin der Spurensicherung und den Notarzt. Nun war ihr Bleiben an dieser Stelle nicht länger vonnöten. Sie hatte etwas von wegen, sie müsse sich um ihr Ensemble kümmern, geflüstert und war gleich wieder gegangen.

Heike hatte in der Zwischenzeit kein Problem damit, mit einem Toten allein zu sein. Die taten einem ja nun wahrhaftig nichts und Angst war ohnehin ein Fremdwort für sie. Bis die anderen eintrafen, nutzte sie diese besondere Situation für eine Art Zwiegespräch. Was könntest du mir wohl sagen wollen?, fragte sie Stefan im Stillen. Wer hatte offensichtlich etwas gegen dich oder gegen dich in der Hand? Und warum wollte dich jemand unbedingt zum Schweigen bringen?

Die Anzeichen mit dem verdrehten Schal waren klar. Es war ja nicht ihr Job, die Todesursache und das jeweilige Werkzeug herauszufinden, aber in dem Fall dürfte es eindeutig sein.

Jetzt schaute Heike hoch und quittierte die Bemerkung von Alex mit einem grimmigen Blick, der allerdings nicht allzu ernst gemeint war.

„Ja, hab mich extra zur Feier des Tages schick gemacht", sagte sie, während ihre Bluse im Licht der Taschenlampe schillerte, die Alex nun doch schon zur Verstärkung eingeschaltet hatte. „Hast du den Professor verständigt?"

Alexander schaute entrüstet auf Heike.

„Was denkst du denn, natürlich. Allerdings ist er im Urlaub. Celine wird kommen."

Auch das noch, dachte Heike. Da sind wir ja alle in trauter, familiärer Runde beisammen ... Sie kniete sich neben Stefan von Sangerhausen und leuchtete mit ihrer Taschenlampe den Körper ab. Hier unter den Bäumen war es zu dieser Tageszeit nicht mehr sonderlich hell. Konzentrier dich auf deinen Job, Mädel, forderte ihre innere Stimme.

„War der Notarzt schon da oder kommt der noch?", wollte Alex jetzt wissen.

Heike zuckte mit den Schultern.

„Dr. Rehner hat sich schon wieder vom Acker gemacht. Das war ein ziemlich kurzer Auftritt für ihn, wenn man mal davon absieht, dass er natürlich die Zeugin Buschmeier untersucht und mit einer Beruhigungsspritze versorgt hat. Die war ja völlig durch den Wind ... Während er noch den Toten begutachtete, bekam er schon den nächsten Anruf für einen Einsatz am Bahnhof von Porta. Da haben sich wohl ein paar Autos ineinander verkeilt ... Und den Insassen war noch zu helfen. Im Gegensatz zu unserem Freund hier."

Heike wies auf den am Boden Liegenden und erinnerte sich an die flüchtige Begegnung mit dem Arzt. Sie mochte den Doktor. Irgendwann hatte er sie sogar mal zum Essen eingeladen. So von Kollege zu Kollege quasi. Mehr war dann allerdings nicht daraus geworden. Gerwin hatte sowieso nie Zeit und befand sich mehr oder weniger immer auf der Überholspur. Selbst während des leckeren Essens ging es fast nur um die Arbeit und Heike bekam damals den Eindruck, er wollte sich nur mal jemandem anvertrauen.

„Weißt du, Heike", hatte Gerwin Rehner gesagt, „die Leute können den Tod nicht mehr wahrhaben. Sie wollen immer älter werden, und wenn es dann ans Sterben geht, akzeptieren sie es nicht."

Heike hatte dazu nur schweigend genickt.

„Außerdem ist die Erwartungshaltung der Leute so groß geworden", hatte der Arzt weiter ausgeholt. „Oft sind es nicht einmal echte Notfälle, wenn nach uns gerufen wird, wenn ich mal von euch absehe. Aber die Kasse zahlt es ja. Wenn du meine Meinung hören willst, dann ist das einfach eine Dienstleistungsmentalität, die sich da breitmacht. Und dann wird es immer hektischer."

„Genau wie bei uns. Alles geht Schlag auf Schlag. Man hat kaum noch eine Atempause."

„Früher hat man uns auch auf den Straßen selbstverständlich Platz gemacht, da gab es einfach mehr Respekt. Ein Teil der Kraftfahrer ist sicher überfordert, aber ein weitaus größerer Teil für meinen Geschmack nicht bereit, beiseite zu fahren, und so werden wir ausgebremst. Dabei zählt jede Minute. Schließlich befinden wir uns auf dem Weg, um umfassende und professionelle Hilfe vor Ort zu leisten. Es gab ja Zeiten, da hat es ausgereicht, den Patienten so schnell wie möglich ins Krankenhaus zu bringen ..."

„Ich weiß", hatte Heike verständnisvoll bestätigt. „Außerdem wollen die Leute ja nicht nur Medikamente, sondern auch von euch tröstende Worte und Einfühlungsvermögen. Da stößt man bestimmt mal an seine Grenzen."

„Genau so ist es", hatte Gerwin geantwortet. „Egal, ob du nun zu internistischen Notfällen gerufen wirst, wie Kreislaufschwächen, Krampfanfällen oder allergischen Reaktionen, oder ob es um die klassischen Freizeitunfälle geht. Du glaubst gar nicht, wie die Leute sich bei Sport und Spiel und Gartenarbeit überfordern beziehungsweise ihre technischen Geräte unterschätzen. Mal eben so mit der elektrischen Heckenschere auf eine wacklige Leiter geklettert ... Drogenopfer, Betrunkene, psychisch Labile. Da sind alles in allem sämtliche gesellschaftlichen Schichten mit von der Partie."

Alle Versuche von Heike, das Gespräch auch mal in eine private Richtung zu führen, waren gescheitert. Dann eben nicht, hatte sie gedacht. Wobei sie bei der heutigen Begegnung mit Gerwin Rehner wieder ein richtig gutes, so vertrautes Gefühl gehabt hatte.

Alexander stand mit Dennis immer noch in dem Waldstück, am Fund- beziehungsweise Tatort. Das würde sich später herausstellen. Die Dämmerung griff um sich.

„Ich lass dich einfach mal deine Arbeit machen", sagte Alexander zu Heike. „Wir kümmern uns jetzt am besten um den aufgeregten Ameisenhaufen da hinten. Mal schauen, ob inzwischen alles ordentlich abgesperrt ist. Bernd Langer und Dagmar Scholz sind heute im Einsatz."

Er deutete mit einer Hand in Richtung Freilichtbühne.

„Danke übrigens, dass du auch schon das Terrain hier mit unserem Band abgetrennt hast. Hattest du das denn ebenfalls in deiner Handtasche?"

Alexander standen mehrere Fragezeichen auf der Stirn.

„Ja, was denkst du denn. Rot-weißes Flatterband ist ein Muss in einer Damenhandtasche, wenn man bei der Spusi arbeitet. Man sollte in unserem Beruf doch immer für den alles entscheidenden Notfall gewappnet sein, nicht wahr, mein lieber Alex?"

Heikes Gesicht zeigte keine Regung.

„Stimmt", sagte Alexander und überlegte, ob sie ihn jetzt auf den Arm nehmen wollte. Aber für einen ironischen Schlagabtausch war momentan keine Zeit. Dann machte er auf dem Absatz kehrt und ging. Dicht gefolgt von Dennis, der nur beobachtet und kein Wort verloren hatte.

Wenig später bahnte sich Celine Vlachos ihren Weg durch das Unterholz, ebenfalls mit einer Taschenlampe ausgestattet und im Gegensatz zu Heike ganz sportlich gekleidet, das schwarze Haar in einer schicken Hochsteckfrisur.

„Hallo, Heike", begrüßte sie die immer noch auf dem Boden Kniende und beugte sich nach unten. „Schon was gefunden, was uns hilft?"

„Moin", sagte Heike, um Freundlichkeit bemüht. „Wenn du meine Meinung hören willst, dann ist der Gute hier mit dem roten Schal erdrosselt worden."

„Ja, könnte sein", warf Celine sachlich ein. „Aber das wird sich alles noch herausstellen. Für eine erste Vermutung passt es sicherlich. Hast du schon was sichergestellt?"

Heike zückte eine Plastiktüte, darin ein Knopf und ein Abzeichen mit einem Totenkopf. Man konnte es aber mit den Kostümen auch übertreiben, dachte sie mit einem Seitenblick darauf. So viel Realismus fand sie geschmacklos, sprach es aber nicht aus. Sie hielt die Trophäen ins Licht.

„Ich vermute mal, dass das von einer Uniform stammt und dass derjenige, dem beides fehlt, der Täter ist, den wir jetzt suchen."

„Dann ist ja quasi für Alex die Arbeit schon erledigt", antwortete Celine und es klang fast ein wenig schnippisch. Schließlich wussten beide Frauen um ihre zeitweilig doch besondere Beziehung zu Alexander.

„Wenn du meinst ...", entgegnete Heike und erhob sich. Auf ihrem schicken Hosenanzug waren deutliche Spuren vom Waldboden verewigt. Sie hatte gar nicht weiter über ihre Garderobe nachgedacht, sondern sich einfach so wie immer hingekniet.

„Ich mach mich dann wieder vom Acker. Bin auch nur rein zufällig vor Ort, weil ich mir das Stück angeschaut habe. Na ja, anschauen wollte. Mehr als den Teil bis zur Pause gab es ja nicht", fuhr Heike unverfänglich fort. „Das Areal bleibt jetzt hier abgesperrt und morgen komme ich mit meiner gesamten Ausrüstung wieder. Bei Tageslicht hat man doch einen besseren Blick auf alles, dann wird es vielleicht übersichtlicher."

„Sehr vernünftig", meinte Celine neutral und beugte sich direkt über den Toten, um ihn ausgiebig zu mustern. „Ich bleibe aber noch einen Moment. Wir sehen uns dann sicher beim nächsten Mal. Bis dahin ... Der Staatsanwalt wollte eigentlich schon längst hier sein ..."

Als habe er auf dieses Stichwort gewartet, tauchte Marc Oberländer in diesem Moment auf.

„Guten Abend, meine Damen", begrüßte er Heike und Celine. „Ich wäre etwas eher gekommen, aber wir hatten zu Hause eine familiäre Feier und da wird es für einen Gastgeber immer etwas schwierig, sich zurückzuziehen. Wobei, so ganz unrecht war mir die Störung eigentlich nicht. Meine Frau hatte ihre Bridge-Runde eingeladen, nebst männlichem Anhang. Von den Gesprächen her alles nicht ganz so in meinem Sinne, wenn Sie verstehen, was ich meine."

Celine runzelte die Stirn, enthielt sich aber eines Kommentars. Heike dagegen erkundigte sich frei heraus: „Was für Gespräche waren das denn?"

Marc Oberländer schaute etwas konsterniert. Eine Rückfrage hatte er überhaupt nicht erwartet.

„Ich will Ihnen, meine Damen, ja nicht zu nahetreten. Aber es ging um Mode und um Diäten. Wir Männer kamen überhaupt nicht zu Wort!"

„Das kann ich mir absolut nicht vorstellen", murmelte Heike.

„Wie bitte?", wollte der Staatsanwalt wissen.

„Sie können sich gar nicht vorstellen, was hier in der Zwischenzeit alles passiert ist", brachte Heike das Gespräch auf das eigentliche Thema der Zusammenkunft. Dann zog sie ein kurzes Resümee des bisherigen Geschehens, jedenfalls so, wie es sich für sie darstellte.

Marc Oberländer nickte zwischendurch und Celine Vlachos hielt sich zurück.

„Nach der genauen Tatzeit brauche ich Sie wohl nicht zu befragen?!", wandte sich der Staatsanwalt an die Pathologin.

Der ist ja noch fast warm, lag es Heike auf der Zunge, aber sie verkniff sich die bissige Bemerkung.

„Aufgrund der Eckdaten von Heike und meiner allerersten Begutachtung würde ich davon ausgehen, dass der Tod vielleicht vor einer Stunde eingetreten ist. Nur meine vorläufigen Mutmaßungen natürlich. Alles andere steht dann später in meinem Bericht beziehungsweise in unserem, denn der Professor wird es sich bestimmt nicht nehmen lassen, die Leiche selbst zu obduzieren."

Heike fühlte sich irgendwie überflüssig und hatte auch keine Lust mehr auf die mehr oder weniger gepflegte Konversation mit den beiden. Außerdem war sie ja eigentlich ganz privat vor Ort! Sie verabschiedete sich und lief den Weg zurück Richtung Freilichtbühne. Vielleicht treffe ich ja Sylvia noch, dann könnten wir eventuell irgendwo ein Glas Wein trinken, um zur Besinnung zu kommen, dachte sie. Den Künstlern wird bestimmt in dieser Situation nicht nach großer Party sein ... Sie schüttelte den Kopf und lief weiter, während sich die Absätze ihrer Pumps in den Waldboden gruben und ein paar Blätter aufspießten.

„Ich bin gleich wieder bei euch“, hatte Alexander nur kurz in den Raum geworfen und war zu seinem Büro gelaufen. Als er hinter sich die Tür ins Schloss drückte, lehnte er sich kurz an und atmete tief durch. Dann umrundete er seinen Schreibtisch, setzte sich auf den Stuhl und drehte ihn Richtung Fenster. Die Sonne strahlte an einem wolkenlosen Himmel und ein Flugzeug markierte seine fortschreitende Position.

Nur kurze Zeit im Büro und schon war alle morgendliche Entspannung vorüber. Dabei hatte er die Kilometer in aller Frühe auf dem Fahrrad mit Blick auf die Wiesen so genossen. Die Mädchen schliefen noch und er fuhr und fuhr, sah ganz hinten, direkt hinter dem Flüsschen Bastau, aber noch vor dem Kanal die kleine Herde mit den wunderschönen Galloways.

Alexander erinnerte sich noch gut daran, wie er zufällig den Moment abgepasst hatte, als sie Stück um Stück auf ihr Quartier gebracht worden waren: die Muttertiere mit den Jungen. Wieder und wieder kam der stabile Transporter mit dem Anhänger angefahren, dann wurden am Ausgang zwei Laufschienen platziert, und ehe er es sich versah, waren die Vierbeiner grazil abwärts marschiert und schon standen die Tiere auf der Weide und tobten los.

Sechs Erwachsene und die gleiche Anzahl Kälbchen. Allesamt mit dem kuschligen krausen Fell, in das man am liebsten seine Hände vergraben würde, um sie zu kraulen. Das nämlich hatten die Mädchen gern tun wollen, als sie später mit den Fahrrädern an der mit einem Elektrozaun abgesperrten Weide vorbeifuhren und ein langes Weilchen anhielten.

Er hatte die Mädchen noch vor dem Zaun gewarnt und dass sie dort einen Schlag bekommen könnten, wenn sie nicht vorsichtig wären. Da hatte Tina ihr Rad ins Gras geworfen, sich breitbeinig hingestellt, empört die Fäuste in die Hüften gestützt, zornig geblickt und sich wortreich entrüstet.

„... das ist ja ungeheuerlich! Und die armen Tiere müssen das aushalten, wenn sie mal versehentlich dagegenlaufen?! Quasi wie auf einem elektrischen Stuhl?!"

Alexander konnte sich in dem Moment nicht erklären, wo Tina nun wieder die Sache mit dem elektrischen Stuhl aufgeschnappt hatte, wollte das aber nicht näher erläutern. Nur mit Mühe konnte er seine Tochter beruhigen und erklären, dass es gar nicht so heftig wehtun würde, sondern eher wie eine Warnung sei und die Tiere doch ansonsten vielleicht ausbüxen würden und das wäre natürlich für alle gefährlich. Sie solle sich doch einfach vorstellen, so ein kleines, kuschliges Rind würde sich aus dem Staub machen und auf der vielbefahrenen B65 spazieren gehen. Da wäre doch ein Unfall vorprogrammiert.

„Stimmt, Papa, das soll natürlich auch nicht sein", hatte Tina eingelenkt, das Thema offensichtlich abgehakt und sich weiter an den Tieren erfreut.

Neugierig hatten alle drei die Tränke inspiziert. Da stand ein großer orangeroter Wassertank auf einem Wagen mit dicken, breiten Reifen direkt am Wegesrand. Ein Schlauch zog sich von ihm zu einem schwarzen Baukübel und in dem stand das Trinkwasser halbhoch.

„Seht ihr“, hatte Alex erklärt „das ist so eingerichtet, dass das Wasser nachläuft, sobald die Tiere ihren Durst löschen und es weniger in der Kiste wird ...“

Dann hatte die Familie wieder andächtig auf die Weide geschaut, wo die Kühe gemächlich voranschritten und immer mal eine Portion von dem Gras rupften, was ein überaus markantes Geräusch erzeugte. Fast pechschwarz die einen, im cremigen Weiß die anderen, zwischendurch ein paar farblich gemischte Tiere. Aber eines immer schöner als das andere und allesamt mit großen, überaus betörenden Augen.

Das Fleisch sollte einzigartig lecker sein, war ihm sofort eingefallen, aber das war kein Thema, um mit den Kindern darüber zu reden, die ohnehin gerade ihre vorwiegend vegetarische Phase hatten – abgesehen von Fischstäbchen und Buletten. So lobte er nur die Widerstandsfähigkeit dieser aus Südwest-Schottland stammenden, sehr robusten Rasse.

Alexander schob seinen Schreibtischstuhl ein wenig hin und her. Sein nächster Gedanke galt dem kleinen Fuchs, der eines Abends aus dem Feld gestrolcht kam, als er mit dem Auto noch einen Umweg über die Eickhorster Mühle genommen hatte. Der Hafer stand schon als gutes Versteck bereit und mit einem Mal war der Kleine aus dem Getreide herausgekommen und wollte über die Straße laufen. Intuitiv hatte Alexander die Fahrt auf Schritttempo gedrosselt, zumal er sowieso an diesen Stellen immer langsam fuhr. Es konnten ja auch andere Tiere von einer Seite zur anderen queren – die dämmerungsaktiven Hasen oder Rehe – und es hätte ihm das Herz gebrochen, eines vielleicht anzufahren oder gar zu überfahren.

Alexander lächelte bei diesen bildhaften Erinnerungen, fast schien er die Düfte des Grases wahrzunehmen, dann legte er beide Hände ganz flach aufs Gesicht und redete innerlich auf sich ein: Du bist jetzt absolut ruhig und entspannt, jede Faser in dir ist es, ruhig und entspannt, ruhig und entspannt ... Es war irgend so eine Übung aus dem autogenen Training, die er mal für sich ein wenig umgeändert und für gut befunden hatte. Nach nur wenigen Minuten hatte es geholfen und er war wieder voll konzentriert.

Schauspieler!, dachte Alex. Der Traumberuf, den sich gerade sein kleines Töchterchen Tina ausgesucht hatte, nachdem sie ihren ersten Harry-Potter-Film gesehen hatte. Davon werde ich ihr aber unbedingt abraten. Weder Kriminalkommissarin noch Schauspielerin wird mein Mädchen! Beides ging gar nicht. Vorher waren schon mal Bäckereiverkäuferin und Schwimmlehrerin im Angebot gewesen. Jetzt musste er doch unwillkürlich lächeln. Kinder hielten in dieser Angelegenheit wohl nicht viel auf den Ratschlag ihrer Eltern. Aber Tina hatte ja noch alle Zeit der Welt, um sich zu orientieren. Dieses Problem wollte er wohl aktuell nicht mit schrägen Gedanken belegen ...

Alex nahm eine Akte zur Hand. Gestern Abend waren sie nicht wirklich gut vorangekommen. Er erinnerte sich an den aufgelösten Haufen, den sie vorgefunden hatten. Das Publikum ging ja noch und zeigte sich relativ diszipliniert, wenngleich er mehrfach lautstark um Ruhe gebeten und dafür zornige Blicke geerntet hatte. Schließlich mussten von allen die Personalien aufgenommen werden, wo der Tote keine zweihundert Meter vom Theater entfernt aufgefunden worden war. Als Verdächtiger kam zunächst jeder infrage.

Natürlich waren die Leute aufgeregt, das war schließlich völlig normal und nicht nur, weil sie nun den letzten Akt verpasst hatten. Den würde es auch im Nachhinein nicht geben und eine teilweise Rückerstattung des Eintrittsgeldes natürlich auch nicht, wie es – nach dem Bericht von Heike – ein empörter Zuschauer eingefordert hatte. Das Thema Insolvenz lag in der Luft, berührte Alexander allerdings momentan nicht allzu heftig. Sollte es irgendwie mit dem Todesfall zusammenhängen, so würden sie es herausbekommen. Schritt für Schritt.

Heikes Fund des Knopfes und des Abzeichens war schon genial. Alexander hatte auch sofort veranlasst, dass sämtliche Kostüme gesichert wurden. Da, wo etwas fehlte, musste man unbedingt nachhaken. Allerdings war ihm bei einem ersten prüfenden Blick schon aufgefallen, dass an mehreren Uniformjacken die Knöpfe nicht vollständig waren ... Die Kostüme waren doch wohl kaum so gerupft bühnenfertig gewesen, so eine Schlamperei würde doch niemand zulassen? Da musste einer Hand angelegt haben, um die Spuren zu verwischen. Immerhin ein Versuch, aber damit würde der Täter oder die Täterin nicht weit kommen, wenn er oder sie denn unter den Schauspielern zu suchen war. Es gab ja auch noch die anderen Mitarbeiter und das Publikum.

Sie waren dabei, die Sonderkommission „Bühne" entsprechend zu sortieren. Eduard Schiller nahm wie gehabt die Position des Aktenführers ein, auch die anderen Bereiche wurden zügig zugeordnet. Als die Zuverlässigkeit in Person, konnte Alexander Eduard blind vertrauen.

Vorrangig ging es um die Befragung der möglichen Zeugen, was ja diesmal ein gigantischer Aufwand wurde; die Liste, um die sich Dennis federführend kümmerte, wurde lang und länger. Dagmar Scholz und Bernd Langer hatten vor Ort schon gute Arbeit geleistet und alles Nötige von den anwesenden Personen detailliert erfasst.

Da kamen zunächst einmal sämtliche Schauspieler und Mitwirkende des Abends infrage, inklusive Ton- und Lichttechniker. Außerdem das gesamte Publikum, das sich natürlich in der Pause auch nicht unbedingt auf den Plätzen aufgehalten hatte. Die Nacht war lau gewesen, durchaus für ein paar Schritte in den Wald geeignet, nicht nur für die beiden, die auf Stefan von Sangerhausen gestoßen waren. Da konnte, ja musste es eigentlich Zeugen gegeben haben, die etwas bemerkt hatten, was sachdienlich war.

Gestern noch hatten sie vor Ort erste Befragungen vorgenommen, aber das hatte sie auch nicht wirklich weiter vorangebracht, wenn man mal von dem Pärchen absah, das den Toten gefunden hatte. Ansonsten bedurfte es jetzt einfach klarer Strukturen und einer zielgerichteten Vorgehensweise.

Ein Glück, dass Heike an diesem Abend ihre Freizeit bei diesem Stück verbracht hatte oder hatte verbringen wollen, denn im zweiten Teil war es ja doch dienstlich geworden. Er sah sie noch vor sich, wie sie ihn begrüßt hatte, nachdem es erst das Geplänkel zu ihrem unpraktischen, wenn auch sehr eleganten Aufzug gegeben hatte.

„Ich war schon da. Schneller, als die Polizei erlaubt“, hatte Heike gelächelt. „Damit senken wir jede Statistik, die unsere Eintreffenszeiten nach dem Melden eines Notfalles angeht“, hatte sie noch triumphiert.

„Wir freuen uns ja auch, dass du schon vor Ort bist“, hatte Alex gemeint, aber auch eingelenkt: „Ich hätte dir allerdings auch mal einen schönen Abend gegönnt."

Dennis hatte dazu nur bestätigend genickt und Heike locker gemeint: „Na, Schwamm drüber. Ein Satz mit x – das war wohl nix! Ich werde mir einfach mal wieder die alte DVD mit dem Film reinziehen. Hab ich zwar schon so oft gesehen, aber die geht immer wieder! Die Inszenierung hier war sowieso nicht so ganz mein Fall, wenn ihr mich fragt, vor allem nicht die Kostümierung!"

Alex hatte genickt. Die Naziuniformen hier unterhalb des Kaiser-Wilhelm-Denkmals hatten ihn ebenfalls merkwürdig berührt. Er hatte eine Gänsehaut bekommen, als er auf den ersten Mann in so einer Verkleidung traf. Ein Glück, dass seine Eltern nicht auf die Schnapsidee gekommen waren, sich hierfür Karten zu besorgen. Wer weiß, wie seine Mutter darauf reagiert hätte?!

Alexander versuchte, sich aus seinen Erinnerungen an den Abend zuvor zu reißen. Er musste jetzt wieder seiner Funktion nachkommen und für die Lösung dieses Falles sorgen.

„Im Schauspielermilieu?", hatte sich Kriminaloberrat Riechmann nur erkundigt, nachdem Alex ihn umgehend telefonisch in Kenntnis gesetzt hatte, und dabei einen eigenartigen Unterton gehabt. „Na, dann viel Vergnügen bei den Befragungen, mein Bester. Lassen Sie sich bloß nicht hinters Licht führen. Die sind allesamt geschult, was das Lügen angeht. Wir hatten da in unserer Behörde schon Fälle, kann ich Ihnen verraten ... Aber darum geht es jetzt nicht. Wir brauchen wie stets eine zeitnahe Aufklärung, doch wem sage ich das. Und setzen Sie bei der Presse das nötige Fingerspitzengefühl ein. Ich glaube, bei den Schauspielern sind einige Größen dabei, wenn ich mich recht entsinne. Nicht, dass wir vielleicht noch eine Klage wegen Verleumdung an den Hals bekommen."

Reinhold Riechmann hatte das Telefonat mit Alexander damit beendet.

Alex grübelte. Stimmt, diese Melissa de la Motte hatte Ansehen in der Branche, der von Sangerhausen sowieso und dann kam ihm da noch eine der Darstellerinnen so unheimlich bekannt vor. Das Gesicht ging ihm einfach nicht aus dem Kopf, so ein feines Lächeln mit Grübchen darin. Und dann vor allem die einzigartige Stimme. Aber das körperliche Format der Dame war so ganz anders als in seiner Erinnerung, jetzt mindestens vier, wenn nicht mehr Konfektionsgrößen üppiger. Hatte sie nicht an der Seite von Mario Adorf gespielt ...? Er kam einfach nicht drauf, aber irgendwann würde sich auch dieser Knoten lösen. Das Thema war nur in einer unteren Schublade für unwichtige Dinge verstaut, an die er gerade nicht herankam.

Jetzt stand Alex auf, ließ dabei seinen Schreibtischstuhl bis ans Fenster rollen und ging aus seinem Büro. Kurze Zeit später befand er sich wieder in dem Bereich, wo die Schauspieler und die weiteren Beteiligten der Aufführung befragt wurden. Einer nach dem anderen. Ein Stimmengewirr hing in der Luft. Alles, was einsetzbar war, wurde für die rasche Befragung herbeigeordert. Die Zeit lief. Und zwar gegen sie. Noch war die Spur richtig heiß.

Alexander ließ sich die ersten Protokolle geben, zog sich damit zurück und sichtete sie. Er hatte die Gabe, den Inhalt einer Seite mit nur ganz wenigen Blicken zu erfassen, das Wichtigste herauszukristallisieren und zu behalten. Zunächst die Aussagen der beiden Zeugen, die den Toten gefunden hatten – Sandra Buschmeier und Felix Keller. Als Täter schieden sie auf jeden Fall aus, da war er sich absolut sicher. Alexander hatte sie gestern schon befragt, gleich vor Ort. Das klang alles glaubwürdig und bestimmt würden sich die Aussagen kaum verändern, wenn sie erneut mit den Fragen konfrontiert wurden.

Die beiden waren für elf Uhr in die Behörde bestellt. Mit Dennis zusammen wollte er dann das Pärchen befragen, eventuell würden sie es sich aufteilen. Dennis konnte sich ja durchaus die Buschmeier vornehmen. Von dieser Richtung versprach sich Alex ohnehin nicht allzu viel, er orientierte sich lieber auf die wirklich infrage kommenden Personen. Ein wenig Zeit war allerdings noch bis elf Uhr.

Dann zog sich Alexander die Protokolle von den Befragungen der Hauptdarsteller heraus. Melissa de la Motte war die Besetzung der Maggie Dubois. Mit Sicherheit ein Künstlername. So schöne Namensgebungen waren in der Wirklichkeit eher selten. Er las sich fest. Was hatte sie da gestern geäußert? Geldprobleme? Noch war keiner weiter darauf eingegangen. Aber wenn es um Finanzen ging, dann konnte durchaus schon mal ein Mord passieren. Als klassisches Motiv konnte das herhalten. Bei Geld hörte die Freundschaft auf und so manch anderes geschah ... Stellte sich nur die Frage, welcher Art die Schwierigkeiten da waren? Alex nahm sich vor, Melissa de la Motte speziell dazu auszuquetschen. Sie würde schon konkreter werden müssen. Auch wenn sie das am Vorabend noch nicht wollte und sich nur in Andeutungen erging. Sehr markant allerdings war ihr der Schrecken ins Gesicht geschrieben. Offensichtlich war sie ganz persönlich vom Ableben dieses Stefan von Sangerhausen berührt. Zwischendurch, während er seine Fragen stellte, schien sie ihm einer Ohnmacht nahe.

Die Befragungen dauerten an. Nach und nach stellte sich aber heraus, dass es einen roten Faden gab. Aufschlussreich war auch die Begegnung mit der Regisseurin Patricia Petersen gewesen. Schon eine spannende Erscheinung, wie Alexander fand, allerdings als Frau nicht so sein Fall. Zu abweisend ihre ganze Art. Er erinnerte sich an das etwas unterkühlte Auftreten der Regisseurin, die wieder Schwarz in Schwarz erschienen war, fast dasselbe Outfit wie am Abend der geplatzten Aufführung, nur diesmal ohne die dicke Silberkette, stattdessen ein lockeres Tuch über den Schultern.

Alexander musste schon ziemlich hartnäckig bohren, um etwas über die Sache mit der Insolvenz zu erfahren, die wie ein Damoklesschwert über dem Projekt schwebte. Nach dem Todesfall nun schien sie unausweichlich. Bereits in Berlin hatte man sich mit einem anderen Stück vergaloppiert und viel zu viel investiert. Die Einnahmen brachten bei Weitem nicht das wieder herein, was ausgegeben wurde.

Von heute auf morgen jedenfalls würde es keinen Ersatz für den Hauptdarsteller auf der Portabühne geben können. Das stand schon einmal mit großer Wahrscheinlichkeit fest. Die folgenden Veranstaltungsabende würden also voraussichtlich ins Wasser fallen und das Publikum seine bereits bezahlten Eintrittskarten zurückgeben wollen.

„Wir haben alle nötigen Anstrengungen unternommen", betonte Patricia Petersen, ohne eine Miene zu verziehen.

Klar, dachte Alex, wer will schon eine verschleppte Insolvenz am Hals haben. Da tut man eben bis zuletzt so, als würde alles noch irgendwie ins Reine kommen. Er behielt aber seine Mutmaßungen für sich. Alles in allem schien die prekäre finanzielle Lage des Theaterveranstalters aus Berlin auch nicht im direkten Zusammenhang mit dem Todesfall zu stehen.

„Falls Sie mich nach meinem Alibi fragen wollen", kam die Regisseurin Alexander zuvor, „so gibt es genügend Zeugen, die mich die ganze Zeit über gesehen haben. Außerdem hätte ich überhaupt kein Motiv, Stefan umzubringen. Er war mein bestes Pferd im Stall und der Publikumsmagnet der Veranstaltung. Sie können sich ja denken, dass der Promibonus vom Fernsehen einiges mit sich bringt. Da kann unsere de la Motte überhaupt nicht mithalten, wenngleich sie einen wunderbar klingenden Namen hat und immer noch - trotz ihres Alters - recht überzeugend auch in einer so relativ jugendlich angelegten Rolle auftritt."

Alexander eröffnete die Lagebesprechung der Sonderkommission „Bühne". Nachdem er alle begrüßt hatte, berichtete er kurz von dem, wie er es nannte, Gespräch mit Patricia Petersen.

„Hier dürfte ausermittelt sein, jedenfalls was den Toten angeht", sagte Alex. Dann übergab er seinem Kollegen das Wort. „Dennis, du hast mal in Sachen Theater hier in der Region recherchiert. Ich als Zugezogener habe da ja nicht so die Übersicht, wobei ich das Angebot schon durchaus respektabel finde und es sich überhaupt nicht hinter meiner Heimatstadt Berlin verstecken muss. Also: Bühne frei für Dennis!"

Der eine oder andere in der Runde zog die Stirn kraus ob der flapsigen Bemerkung am Ende. Aber eigentlich waren sie es ja von Alexander gewöhnt, dass er kein Blatt vor den Mund nahm. Vielleicht war das witzig gemeint, aber keiner lachte, alle schauten ernst.

„Wir haben hier in Minden eine ungewöhnlich hohe Dichte an Amateur-Theatergruppen. Wobei die kulturelle Szene auch in den anderen Bereichen außerordentlich stark engagiert ist: bildende Kunst, Musik, Literatur ... Aber darum geht es in unserem Fall nicht, sondern speziell ums Theater. Und hier können sich durchaus auch Verbindungen zum toten Stefan von Sangerhausen herstellen lassen. Das wäre natürlich noch zu klären."

Dennis war inzwischen aufgestanden und hatte ein paar Stichpunkte mit einem grünen Stift auf einem Flipchart notiert, ganz oben stand das Wort Stadttheater, darunter die Westfälische Mausefalle, die Goethe-Freilichtbühne, die Tucholsky-Bühne, die VHS-Theaterwerkstatt. Schließlich folgten noch die Begriffe Plattdeutsche Laienbühne Hahlen, Theatergruppe des Heimatvereins Leteln, Theatergruppe Mumm. Dabei wurde es bei seiner großen und äußerst akkuraten Schrift eng auf der ersten Seite.

Unruhe machte sich im Raum breit und Alexander ließ einen ernsthaften, etwas tadelnden Blick über alle schweifen.

„Jetzt kriegen wir auch noch einen Vortrag in Theaterwissenschaften", murmelte Falk, während sich Otto, der neben ihm saß, ein Lachen verkniff.

„Ich bitte um Ruhe. Dennis hat sich hier eine Menge Arbeit gemacht und wir sollten uns genau darauf einlassen. Vielleicht findet sich ja eine Querverbindung, die uns der Lösung ein Stück näherbringt", sagte Alex nun doch und es wurde mucksmäuschenstill. Durch den Körper von Dennis war ein kaum merklicher Ruck gegangen. Er stand jetzt kerzengrade und voll konzentriert vor dem Flipchart und wies mit dem Stift auf den ersten Punkt.

„Unser Stadttheater wird fremdbespielt, das heißt, es gibt kein angestelltes Schauspielerensemble. Ihr kennt ja sicher das reichhaltige Angebot, das mit so mancher Großstadt absolut mithalten kann."

Hier schaute Dennis kurz zu Alex, denn der letzte Halbsatz war auf ihn gemünzt und nahm Bezug auf seine vorherige Bemerkung. Dabei legte er bewusst eine kleine Atempause ein. Seines Wissens waren die Kollegen nicht alle unbedingt die leidenschaftlichen Theatergänger.

„Anzumerken wäre hier, dass verschiedentlich mit Schulen kooperiert wird. Da werden Workshops oder Sprechtrainings angeboten. Kinder, Jugendliche und Erwachsene finden sich in sogenannten Theaterclubs zusammen. Ich glaube allerdings, dass wir den Bereich Stadttheater vernachlässigen können, was den Fall angeht. Ganz anders schon die anderen Anbieter. Hier könnte eventuell auch Konkurrenzneid eine Rolle spielen. Man schaltet einen Mitbewerber aus, indem man einen der Hauptdarsteller eliminiert. Möglicherweise gab es zuvor entsprechende Auseinandersetzungen. Das würde ich keinesfalls ausschließen. Die Westfälische Mausefalle besteht seit 1986 und bringt jährlich ein neues Stück auf die Bühne. Dort gibt es eine treue Fangemeinde, wie eigentlich bei allen Aktiven. Die Goethe-Freilichtbühne, was ja unsere Portabühne ist, wo wir derzeit ermitteln, wurde schon 1928 gegründet. Damit ist sie die älteste Amateurtheatergruppe in der Region und mit 190 aktiven Mitgliedern auch die stärkste, wenn ich richtig informiert bin. Aus ihr gingen meines Wissens im Laufe der Jahre einige der anderen Gruppen hervor. Wenn nicht unterhalb vom Kaiser Wilhelm gespielt wird, dann sind im Winter auch die Bühne vom Stadttheater und das Theater im E-Werk in der Hermannstraße die Austragungsorte. Hier agiert übrigens ein Verein Freilichtbühne ..."

„Stimmt", bestätigte Falk flüsternd zu seinem Nachbarn Otto und fuhr dann einfach laut fort: „Ich war mit meiner besseren Hälfte neulich bei den Ladykillers im E-Werk. Einfach köstlich. Genau wie der alte Film von 1955. Vor allem der Bühnenaufbau war klasse. Auf zwei Stockwerken wohnte unten die Witwe, die sich immer mit ihren Freundinnen zum Spielekränzchen traf. Oben waren die Ganoven eingemietet, die angeblich im Streichquartett musizieren wollten, aber nur ihren Gelddiebstahl im Sinn hatten. Da war so viel los auf der Bühne, dass ich manchmal gar nicht mitkam. Eine super Krimikomödie mit dem typischen schwarzen Humor der Briten. Hab nicht bereut, dass mich meine Frau dazu überredet hatte ..."

Dennis nickte nur kurz zu Falk hinüber, um seinen Faden gleich wieder aufzugreifen. Dann erläuterte er nach und nach auch die anderen Theatergruppen. Er erzählte, dass die Tucholsky-Bühne nun auch schon zwanzig Jahre bestehen würde und im Sommer meist im Fort A, einem Teil der alten Festungsanlage, anzutreffen sei. Spektakulärster Auftrittsort sei wohl mal das Rampenloch gewesen, die Mindener Bordellstraße. Zwischenzeitlich hatten sich da und dort ermüdete Augen geschlossen, aber nun waren alle wieder hellwach.

Nächster Punkt war die VHS-Theaterwerkstatt, seit 1989 im Kleinen Theater am Weingarten anzutreffen.

Beim Stichwort dieses Spielortes am Königswall kam dann doch zumindest an zwei Stellen unter den Anwesenden ein Nicken. Schließlich erwähnte Dennis noch die Plattdeutsche Laienbühne Hahlen, wo seit knapp dreißig Jahren im Dorfgemeinschaftshaus und beim Kranzreiten (endlich mehrfaches zustimmendes Nicken unter den Kollegen und Geraune) Stücke in ebenjener Sprache auf die Bühne gebracht wurden. Der Sprache verpflichtet würde sich auch die Theatergruppe des Heimatvereins Leteln fühlen, die im Gemeindesaal selbst geschriebene Komödien aufführt. Ergänzend fügte Dennis die Theatergruppe Mumm an, 1998 als Eltern-Theatergruppe der Grundschule Kutenhausen gegründet, die in den Anfängen Kinderstücke aufführte und später dann die Erwachsenen als Zielgruppe entdeckte.

„Zum Stichwort Freilichtbühnen habe ich noch was anzufügen", bemerkte Dennis schließlich.

„Die Goethe-Freilichtbühne Porta Westfalica ist ja nicht die einzige, die draußen spielt. Von denen gibt es in diesem Jahr für die Großen das Grusical Dracula, außerdem das Familienstück vom Vampir Winnie Wackelzahn sowie von der Kindergruppe einen Vampir mit den drei silbernen Haaren. Erinnert natürlich stark an den Teufel mit den drei goldenen Haaren ... Dann wäre da die Freilichtbühne Nettelstedt – die hat in diesem Jahr als Familienstück ihre kleine Hexe im Angebot und als Kriminalkomödie den Häxxler. Ergänzend kommt die Freilichtbühne Kahle Wart hinzu, mit: Wenn Oma einmal reich ist. Logischerweise eine Komödie, ebenso wie Tratsch im Treppenhaus. Bei den genannten weiteren Freilichtbühnen sollte man durchaus einmal schauen, ob es Berührungspunkte mit unserem Fall gibt ..."

Kaum hatte Dennis seine Ausführungen beendet, setzte eine geräuschvolle Diskussion ein. Jeder kannte nun doch noch irgendwo eine Amateurgruppe, die auch Theater spielte. Kaum ein Heimatort der Kollegen blieb ausgelassen.

„Danke, Dennis, für deine ausführlichen Erläuterungen", schritt Alex nun ein und alle beruhigten sich wieder. „Das ist eine gute Basis. Alle anderen sind nun aufgefordert, sich hierzu Gedanken zu machen. Und damit meine ich nicht in der Richtung, wo es noch irgendwo drei Leute gibt, die sich auf einer Bühne zusammenfinden ... Es geht um unseren Fall, um die Portabühne und um Stefan von Sangerhausen. Das dürfen wir keinesfalls aus den Augen verlieren. Wobei der Hinweis von Dennis mit den Bezugspunkten zu den anderen Freilichtbühnen durchaus zu verfolgen ist."

Alexander setzte eine Atempause und wechselte das Thema.

„Außerdem, Kollegen, ist mir beim Sichten der Protokolle aufgefallen, dass der Tote offensichtlich bei mehreren Leuten Schulden hatte. Wir sollten unbedingt auch in seinem weiteren Umfeld recherchieren. Es könnte ja schließlich sein, dass sich im Publikum jemand befand, bei dem er sich Geld geliehen hat und es demjenigen nicht herausrücken wollte. Ein super Motiv für eine tätliche Auseinandersetzung oder gar einen Mord beziehungsweise Totschlag. Vor allem, wenn vielleicht noch was anderes dazukommt."

In der Runde wurde genickt.

„Meist ging es um 10.000 Euro, wie ich bislang feststellen konnte. Wahrscheinlich wollte sich der Tote nicht über diese Summe X hinauslehnen. Vielleicht hat er gedacht, das wäre eine verschmerzbare Höhe bei dem einen oder anderen."

Stimmengemurmel setzte ein und Alexander hörte: „Na, für manchen vielleicht, für unsereins nicht ..." Woraufhin Gekicher einsetzte.

Nur ganz kurz überlegte Alex, ob er das kommentieren sollte, aber er würde wahrscheinlich nur verletzend wirken, und das wollte er nicht. Also ließ er es sein und bewahrte Neutralität.

„Wir müssen jetzt aufteilen, wer sich um das weitere Vorleben des Toten kümmert. Das ist offensichtlich ein ziemlich umfangreiches Unterfangen."

Dennis meldete sich und Alex schaute ihn freundlich an.

„Prima. Du hast zwar eigentlich genug auf dem Tisch, aber mach dich mal ran an diese Geschichte. Kannst dir gern noch Unterstützung dazunehmen."

Dann wandte sich Alexander an alle.

„Ich habe übrigens Verstärkung angefordert. Aufgrund der Menge an Befragungen schaffen wir das ja nicht allein. Ich hoffe, das ist im Sinne aller?"

„Klar, Chef. Wieso sollte es auch nicht?", grinste jetzt Susanne Feldhaus, die frühere Schutzpolizistin, die seit Kurzem mit im Team war. Dabei ließ sie ihre rechte Hand an eine imaginäre Uniformmütze schnellen. Von den anderen kamen unterdrückte Lacher und bestätigendes Nicken.

„Jeder weiß, was er zu tun hat. Dann mal wieder ran an die Arbeit", forderte Alexander die Kollegen auf, erhob sich und verließ den Raum. Im Hintergrund hörte er, wie Susanne noch einmal das Wort ergriff und das Stichwort Bodycams fallen ließ. Aber das kannte er ja.

„Habt ihr mitbekommen, dass jetzt die ersten Streifenteams des Wach- und Wechseldienstes in fünf Kreispolizeibehörden, nämlich in Düsseldorf, Duisburg, Köln, Wuppertal und im Kreis Siegen-Wittgenstein, mit hundertachtzig Bodycams testweise ausgerüstet werden?", warf Susanne in den Raum, wartete aber keine Antwort ab. „Ich finde das völlig in Ordnung, Kollegen. Sind doch im vorigen Jahr bei uns in NRW sage und schreibe 14.000 Polizisten in Einsätzen beleidigt, bedroht oder körperlich angegriffen worden. Wenn das kein Handlungsbedarf ist?!"

Jetzt mischte sich Falk ein.

„Verrohung und Respektlosigkeit sind an der Tagesordnung. Früher, ja, da war ein Polizist noch eine echte Respektsperson ..."

„Träum weiter, Falk", entgegnete Susanne und fuhr sich mit einer Hand durch die extrem kurzen, blondierten Haare. „Wir leben eben heute und nicht damals. Solche Schulterkameras können doch durchaus zur Deeskalation beitragen und zur Abschreckung von Gewalttätern. Finde ich jedenfalls und ein paar Fachleute offensichtlich auch."

„Dabei werden aber die Täter immer jünger und die Gruppen immer größer, da hilft doch so eine Kamera überhaupt nicht", wandte nun Otto maulend ein und die Diskussion in der Runde wurde lautstark.

Auf dem Weg in sein Büro dachte Alexander daran, dass Susanne doch eine Bereicherung war, auch wenn ihr Auftreten manchmal ziemlich frech war. Aber wie sollte er etwas dagegen einzuwenden haben? Das mit dem losen Mundwerk war ja eigentlich auch seine Domäne.

Dann schweiften seine Gedanken zur jüngsten Befragung der Hauptdarsteller. Er sah Professor Fate vor sich, beziehungsweise dessen Darsteller Falko Severin. Ebenfalls deutlich in die Jahre gekommen, mit reichlich Grau in den Haaren, einem Doppelkinn und hervorquellendem Bauch. Letzteres hatte Alexander etwas irritiert, denn im Kostüm war ihm das gar nicht aufgefallen. Ob da ein Korsett nachgeholfen hatte? Eine Frage, die wohl ungeklärt bleiben würde, weil sie einfach nicht ins Konzept zur Lösung des Falls passte. Wobei Alex insgesamt den Eindruck hatte, als ob die Grenzen zwischen natürlicher und gespielter Person verschwammen.

Die Frage, wo er die Pause verbracht hatte, beantwortete Falko eindeutig, ohne mit der Wimper zu zucken und mit sonorer, wohlklingender Stimme: „Na, bei meinem Schoppen Roten. Dafür gibt es jede Menge Zeugen."

Und weil diese Antwort mit der aus der ersten Befragung noch am Abend der Tat eindeutig übereinstimmte, ging keiner der Beamten weiter darauf ein.

„Ich verstehe überhaupt nicht, was die alle an diesem von Sangerhausen haben", hatte Falko Severin naserümpfend gemeint und seine Arme knapp über dem Bauch in Abwehrhaltung verschränkt, dabei saß er breitbeinig auf dem Stuhl. „Ach so: hatten! Ich muss ja in der Vergangenheit reden", hatte er noch korrigierend, allerdings ohne jede emotionale Rührung, nachgelegt.

„Wie war denn Ihre Beziehung zu Stefan von Sangerhausen?", hatte Alexander wissen wollen, woraufhin Falko Severin verächtlich auflachte.

„Ha, Sie sind gut! Von Beziehung kann keine Rede sein. Der hatte wirklich nur was mit Frauen und davon gab es mehr als reichlich. Ich an seiner Stelle hätte die Übersicht verloren. Und vielleicht hat er das auch. Aber möglicherweise hat der sogar darüber Buch geführt, damit es nicht zu ungewollten Wiederholungen kommt, zuzutrauen wäre es ihm. Für meinen Geschmack war er der echte Typ Hochstapler, spezielle Kategorie Heiratsschwindler. Aber er spielte diese Rolle absolut überzeugend, das musste man ihm lassen ..."

„Und was macht einen Typ Hochstapler aus?", hatte daraufhin Dennis fragend ergänzt, was Alex mit einem kurzen Blitzen der Augen freundlich quittierte.

„Na, das ist ja wohl eindeutig", hatte Falko gesagt und sich in Positur gesetzt. „So tun, als ob man die holde Weiblichkeit auf Händen tragen würde, den Mädels das Blaue vom Himmel versprechen, allerlei einsacken und sich dann rechtzeitig aus dem Staub machen, natürlich unbedingt, ehe der Gang zum Altar bevorsteht ..."

„Und dafür haben Sie Beweise?", hatte Alexander wissen wollen, worüber Falko Severin in Gelächter ausbrach.

„Ha, ha! Na, Sie sind witzig. Sie sind doch die Polizei und für Beweise zuständig. Ich habe lediglich Vermutungen beziehungsweise weiß ich, was ich mit eigenen Augen gesehen habe. Das reicht mir eigentlich auch schon aus. Und mehr muss ich gar nicht wissen. So interessant war Stefan nun auch wieder nicht!"

Alex und Dennis warteten ab, bis sich Falko beruhigt hatte, der immer noch zwischendurch vor sich hin lachte.

„Wo konkret gab es denn da Anhaltspunkte?", wollte Dennis nun wissen.

Falko überlegte kurz.

„Wenn ich mich richtig erinnere, dann hatten wir vor diesem merkwürdigen Gastspiel hier an der Porta Westfalica zuletzt in Berlin miteinander zu tun. Ist schon ein Weilchen her. Er macht, ach nein, machte ja vor allem was mit dem Fernsehen. Ist viel einträglicher, müssen Sie wissen. Wobei ich für mich persönlich das Theater unbedingt vorziehe, schon weil man da den direkten Draht zu den Zuschauern hat, eine entsprechende Stimmung aufbauen kann, das Echo hautnah erfährt ..."

„Wann und wo also genau?"

Alex blieb hartnäckig, während er weiter grübelte. Vielleicht hatte es bei diesem Severin nur nicht für eine Filmkarriere gereicht, überlegte er. Deshalb machte er diese Form jetzt madig.

„Das war eine Hommage an Hildegard Knef, da hat er diese Engels rumgekriegt, so schnell konnte man gar nicht nachdenken. Bei unserer Premierenfeier hatten die beiden Bühnentechniker - Dick und Doof nannten wir die, weil die haargenau so aussehen - sogar eine Kiste Bier darauf verwettet. Daran kann ich mich noch erinnern. Das habe ich so nebenher aufgeschnappt. Jedenfalls lief wohl am selben Abend noch was mit Evelyn. Alle Anzeichen dafür waren eindeutig im Laufe der weiteren Aufführungen. Ich habe sie sogar beim Händchenhalten erwischt. Einfach nur megapeinlich! Als die Spielzeit mit diesem Stück vorüber war, haben wir uns ein wenig aus den Augen verloren, aber dann bei einem anderen Stück wiedergetroffen. Wie das in unseren Kreisen so üblich ist. Ich hab sie da auf Stefan angesprochen und sie war ganz merkwürdig geknickt, hat nur ausweichend geantwortet."

„Wissen Sie, worum es dabei ging?", fragte Dennis mit wachem Blick und betrachtete Falko aufmerksam, der seinen Blicken auswich.

„Nicht wirklich ..."

„Also doch?"

Dennis blieb dran.

„Ja, wenn Sie es nun schon wissen wollen. Obwohl: Man soll ja Toten nichts Übles nachreden. Aber in dem Fall ... Egal. Es ging um Geld, eine nicht unerhebliche Summe. Ich glaube 10.000 Euro. Die hat sich Stefan offensichtlich von verschiedenen Seiten zusammengeschnorrt."

„Und nicht unbedingt wieder zurückgegeben?", wollte Alexander jetzt wissen.

Falko schüttelte den Kopf.

„Vielleicht meinte er auch, seine Liebesdienste seien damit abgegolten. Denn wirklich ernst hat er es für meinen Geschmack mit keiner gemeint."

„Das wissen Sie so genau?", erstaunte sich Alex.

„Für mich war der Mann wie ein offenes Buch, nur die Damenwelt war total verblendet, sobald sie ihn nur sah. Und, wie ich schon sagte, ich kann absolut nicht verstehen, welchen Narren die alle an ihm gefressen hatten."

„Hat er das mit dem Pumpen auch bei Ihnen mal probiert?", erkundigte sich Dennis noch.

Falko schüttelte verneinend den Kopf.

„Wo denken Sie hin. Ich passte doch gar nicht in sein Beuteschema. Außerdem hätte ich ihm da sofort eine glatte Abfuhr erteilt ..."

Als sie Falko Severin nach der Befragung hinausbegleiteten, saß Melissa de la Motte schon wartend vor der Tür, die Beine elegant übereinandergeschlagen. Alexander stellte sich höflich vor und entschuldigte sich dafür, dass sie sich etwas hatte gedulden müssen.

„Kein Problem, Herr Kommissar. Ich habe in meinem Beruf das Warten gelernt. Warten auf den Einsatz, warten auf eine Rolle, warten auf die Gage ..."

Dabei schien sie zu lächeln. Zumindest die Lachfältchen rund um ihre Augen machten diesen Eindruck.

Am Abend zuvor war es Alexander gar nicht aufgefallen, da hatte das Licht der Nacht einen milden Schein auf das Gesicht der Schauspielerin geworfen. Nun aber kerbten sich die Falten tief in die Stirn und die Mundwinkel hingen nach unten, wenn sie sich nicht die Mühe machte, sie zu beherrschen. So direkt aus der Nähe sah sie eher aus wie die Mutter derjenigen, die da auf den riesengroßen Plakaten abgebildet war, die die Stadt schmückten. Der Gedanke durchfuhr Alex ganz flüchtig, aber er hütete sich davor, ihn als Satz über die Lippen zu bringen.

Nachdem sie im Vernehmungsraum saßen, stellte Dennis der Schauspielerin ungefragt eine kleine Flasche mit Mineralwasser hin, öffnete sie und füllte damit ein Glas.

„Oh, wie aufmerksam von Ihnen", strahlte sie Dennis an, der seinerseits daraufhin breit lächelte, und nahm einen winzigen Schluck.

„Wir haben Sie ja am gestrigen Abend schon zum Hergang befragt. Ist Ihnen vielleicht noch etwas eingefallen, was Sie uns sagen möchten?", wollte Alexander wissen. „Schildern Sie uns doch einfach erneut, wie alles gestern ablief. Bis zu jenem Schrei, der den Fund des Toten verkündete."

Melissa griff erneut zu dem Glas und nahm diesmal einen großen Schluck, dabei zitterte ihre Hand leicht.

„Ich hatte den ganzen Abend schon so ein ungutes Gefühl", fing sie an und Alexander dachte sofort an Heike, die ebenfalls stets mit dieser Gefühlsschiene loslegte und meist damit auf der richtigen Seite lag.

„Können Sie das vielleicht näher beschreiben?“, wollte Dennis wissen.

„Ach, junger Mann, das ist schwierig. Eben nur so ein Gefühl. Aber es hat mich ja nicht getäuscht. Unheil lag in der Luft. Auf jeden Fall. Wir haben uns in den Abend hineingespielt, wie immer. Jeder auf seine Art perfekt. Es ist auch ein wunderschönes kleines Stück, mit viel Spannung und Humor, Liebe und allem Drumherum, womit man die Zuschauer begeistern kann. Natürlich liebe ich eigentlich die Klassiker viel mehr, einen Hebbel, einen Kleist, einen Dürrenmatt, aber wenn dann kaum jemand im Publikum sitzt, dann ist der Kunst nicht geholfen ...“

Alexander verkniff sich ein Lachen, eine Regung, die Melissa bemerkte, worauf sie aber nicht weiter einging. Sie blieb ernst.

„... und uns Künstlern unterm Strich auch nicht. Jedenfalls spielten wir unser Spiel, so als ob es das letzte sein sollte, mit aller gebotenen Inbrunst. Wissen Sie, man muss als Schauspieler immer das Beste geben. Egal, was man aufführt und wie viele da vor einem sitzen, auch wenn es nur zwanzig Zuschauer sind. Das Freilichttheater war erfreulicherweise richtig gut gefüllt, was einem auf der Bühne natürlich ebenfalls Kraft gibt. Der Applaus, bevor es in die Pause ging, war bezeichnend. Man könnte ihn als grandios beschreiben. Wir haben uns jedenfalls allesamt sehr gefreut und dann die kurze Auszeit genossen. Jeder hat da so seine Rituale. Unser Professor Fate, also Falk Severin, nimmt immer einen Schoppen Rotwein, gelegentlich auch mehr. Für mich kommt als Getränk höchstens ein Salbeitee infrage. Ich ziehe mich gern in meine Garderobe zurück, um total in mich zu gehen. Autogenes Training, verstehen Sie?“

Alexander nickte wissend. Damit kannte er sich aus.

„Dann haben Sie allerdings keine Zeugen für Ihren Aufenthalt in der Pause?“, erkundigte er sich.

„Bei so einer Freilichtbühne ist es ja was anderes. Da gibt es nicht diese großzügigen Möglichkeiten individueller Rückzugsorte. Sie haben es ja selbst gesehen ...“

„Stimmt“, fiel Alex ein.

„Insofern gibt es natürlich allerlei Kollegen, die mich gesehen haben und mit denen ich ein paar Sätze gewechselt habe“, fuhr Melissa fort. „Einer der Bühnentechniker hat mir auch freundlicherweise einen von mir erbetenen heißen Salbeitee besorgt. Ist eben wirklich gut für die Stimme und ich spürte so ein feines Kratzen im Hals. Da muss man dann sofort etwas dagegen unternehmen. Ich kann es mir ja nicht leisten, meine Stimme zu verlieren ...“

„Wie sieht es mit Ihrer Beziehung zu Stefan von Sangerhausen aus?“, wollte Dennis spontan wissen.

Melissa hatte in dem Moment das Wasserglas angesetzt und verschluckte sich. Laut hustend hielt sie sich die Hand vor den Mund und ihr Gesicht färbte sich rot.

Alex und Dennis sahen sich bedeutungsvoll an, nur einen für andere kaum wahrnehmbaren Augenblick lang. Das klappt fast schon so gut wie mit Wolfhard, fiel es Alexander ein. Obwohl das mit dem neuen Kollegen am Anfang gar nicht den Eindruck gemacht hatte. Aber inzwischen schien er sich eingelebt und die ersten Schwierigkeiten überwunden zu haben.

Wenn Alex noch an seinen eigenen Einstieg im Kommissariat zurückdachte, dann wurde ihm im Nachhinein stets mulmig. Offensichtlich hatten das aber alle vergessen oder taten zumindest so. Er hatte zwecks Teambildung eine gemeinsame Unternehmung vorgeschlagen, was von Sport geplappert und gemeint, es müsse ja nicht der vergleichsweise langweilige Handball sein. Noch heute könnte er sich bei dem Gedanken an diesen Fauxpas in den Hintern beißen. Man sollte sich immer vorher informieren, was die Gepflogenheiten in einer neuen Gegend sind, auf die man sich einlässt, damit man nicht gleich in jedes Fettnäpfchen latscht. Ach ja, Wolfhard hatte ihn später aufgeklärt und an die Hand genommen. Fast hätte Alexander aufgeseufzt.

Melissa de la Motte hatte sich in der Zwischenzeit beruhigt und offensichtlich einen Entschluss gefasst.

„Also, Sie werden es ja sowieso herausbekommen. Stefan und ich, wir hatten gewissermaßen eine Liaison, aus der durchaus mehr hätte werden sollen. Darin waren wir uns beide im Grunde schon einig.“

Sie schluchzte auf, dachte an die aufregenden Schäferstündchen, die doch mehr als nur solche waren, beruhigte sich wieder und fuhr fort.

„Natürlich unter der Hand, sodass es die anderen in der Truppe nicht erfuhren. Insofern bin ich auch so persönlich betroffen, wie Sie ja schon bemerkt haben. Es ist ein ganz tiefer Verlust für mich ...“

„... auch weil Sie nun Ihr Geld verloren haben?“, ergänzte Dennis nüchtern und Alex dachte kopfnickend: Hut ab, der Junge macht sich.

„Das wissen Sie also auch schon. Nun gut. Ja. Ich stehe dazu. Ich habe ihm Geld geborgt, weil er sich in einer sehr vertrackten Lage befand. Seine todkranke Mutter brauchte ein gutes, wirklich ausgezeichnetes Pflegeheim. Und darum hat er sich gesorgt. Das ist doch eine sehr lobenswerte Haltung. Welcher Sohn kümmert sich schon so rührend um seine Mutter?! Natürlich habe ich ihm sofort unter die Arme gegriffen. Und nun ..."

Melissa schluchzte erneut auf.

„... jetzt, wo er tot ist, kann ich den Verlust des Geldes auch verschmerzen. Es war und ist ja für einen guten Zweck. Viel, viel schlimmer ist die Sache mit der Insolvenz und dass wir da offensichtlich unsere Gagen nicht bekommen werden! Vor allem jetzt nicht, wo wir nach diesem Eklat im Grunde einpacken können."

Alexander überlegte einen Augenblick, ob er Melissa de la Motte reinen Wein einschenken und ihr davon erzählen sollte, wo sich die Mutter von Stefan von Sangerhausen aufhielt. Aber dann ließ er es sein, er wollte sich hier auch nicht als Gerechtigkeitsapostel aufspielen. Vielleicht erfuhr sie es sowieso irgendwann über den Buschfunk unter den Schauspielern, vielleicht aber blieb sie in ihrem Glauben, eine gute Tat getan zu haben. Und das wiederum würde ihr Kraft geben. Sie schien wirklich zu leiden, saß da wie ein Häufchen Elend. Alex verspürte Mitleid mit ihr.

„Ich glaube, wir haben jetzt Ihre Zeit genügend in Anspruch genommen", sagte Alexander und wunderte sich über seine formvollendete Äußerung.

„Sollten wir weitere Fragen haben, wissen wir ja, wie wir Sie erreichen können. Sie bleiben noch ein Weilchen in der Stadt?"

„Ich habe mich in einer kleinen Pension eingemietet. Vielleicht findet Patricia doch noch kurzfristig eine Lösung, dass wir die Vorstellungen fortsetzen können."

Es klang nicht so, als hätte sie tatsächlich diese Hoffnung. Ihr Blick war leer auf den Boden gerichtet.

Als Alexander nach dem Dienst in seinen Wagen stieg, fühlte er sich total erschöpft. Körperlich und seelisch.

Er hatte das Gefühl, als habe ihn jemand windelweich geschlagen. Alles tat weh. Er schüttelte den Kopf. Vielleicht war das nur eine Erkältung, die im Anmarsch war mit ihren entsprechenden Vorzeichen. Am besten würde er daheim zum Abend hin schon einmal vorsorglich das Präparat schlucken, das über Nacht äußerst wirksam für erholsamen Schlaf sorgte und das die Apotheker immer mit erhobenem Zeigefinger kommentieren mussten.

Du solltest dir wirklich mal eine Auszeit nehmen, schlug seine innere Stimme vor. Gute Idee, dachte Alexander, aber wann bitte? Wenn du schon so tolle Vorschläge hast, dann hätte ich auch gern eine konkrete Umsetzungsmöglichkeit. Vielleicht würde es aber ausreichen, wenn er die trüben Gedanken, die um berufliche Probleme und häusliche Sorgen kreisten, einfach mal beiseiteschob. Das sollte doch auch helfen, hatte er mal gehört. Er wusste nicht mehr genau, wann und wo. Aber positiv denken wäre doch eine super Grundhaltung. In dem Augenblick rückte Alex sich in seinem Sitz gerade hin und legte ein Lächeln auf seine Lippen. So. Das musste jetzt aber klappen.

Währenddessen bewegte er sein Fahrzeug Richtung Zuhause. Und dabei kam auch die Erinnerung an das Treffen mit Andreas und Denise.

Andreas hatte ihn angerufen.

„Na, alter Junge. Mal wieder Lust auf ein Gespräch?", hatte sich Andreas am anderen Ende nicht vorgestellt, was auch gar nicht nötig war. Seine Stimme war unverkennbar und bei Alexander konnte sich sowieso niemand verstellen.

„Ach, Andreas, das ist ja toll. Ich hatte gerade an dich gedacht", fiel es Alex spontan ein.

„Und warum hast du dann nicht augenblicklich meine Nummer gewählt, um mit mir zu sprechen? Mit deinem alten, besten Freund?!"

„Die fehlende Zeit, mein Lieber. Meist bleiben alle guten Vorhaben in den Ansätzen stecken."

„Kann ich mich noch schwach dran erinnern, als ich im Polizeidienst war!", konterte Andreas.

„Und wie stemmst du das jetzt mit dem Cateringservice? Läuft das noch gut?", wollte Alexander wissen.

„Bestens. Die Nachfrage ist größer, als wir es bewältigen können. Aber wir suchen uns unsere Kunden auch aus und übernehmen nicht jeden Auftrag nur um des lieben Geldes willen. Unser Einsatz muss sich rechnen und unsere Freizeit ist uns ebenso wichtig. Wir haben da einen festen Rhythmus, was die Arbeit und die Zeit daneben angeht. Seit ich mich mit Denise um die außergewöhnlichen Speisen kümmere und vor allem dafür die Werbung und die Presse- und Öffentlichkeitsarbeit in der Hand habe, bin ich ein anderer Mensch geworden."

„Wirklich?"

„Kannst Denise fragen. Sie wird es dir bestätigen. Und nun mal zu meinem Anliegen. Wir machen jetzt eine Rundtour mit dem Wohnmobil. Da haben wir Hille mit auf unsere Reiseroute gesetzt!"

„Das ist ja klasse. Habt ihr euch das Wohnmobil gemietet oder gekauft?"

„Gekauft, mein Lieber. Ein schickes Teil. Das wirst du ja sehen. Passt euch denn das kommende Wochenende?"

Alexander hatte nicht lange überlegt, schaute auch nicht in seinen Terminkalender, sondern sagte spontan zu.

Als die beiden dann mit ihrem großen Fahrzeug in die Dorfstraße eingebogen waren, hatte Tina schon ihr Kommen verkündet.

„Besuch, Besuch. Papa, unser Besuch kommt!“

Alexander war vor das Haus getreten und hatte seine Kleine in den Arm genommen, während Andreas das Auto geschickt rückwärts auf den Parkplatz manövrierte.

Lange hatten sie an jenem Abend gesessen und auch die Kinder waren erst spät dazu zu bewegen gewesen, ins Bett zu gehen. Erst danach brachte Alexander das Gespräch doch noch einmal auf den Afghanistan-Einsatz von Andreas.

„Hast du das inzwischen verkraftet?“, wollte er gegen Mitternacht wissen.

Andreas zuckte nur ganz kurz, dann sagte er sachlich: „Ich habe es inzwischen als zwar bittere, aber eben Erfahrung abgespeichert. Es hat zu meinem Leben dazugehört und ich kann es nicht einfach streichen.“

„Mittlerweile schläft Andreas auch wieder die Nächte durch“, sagte Denise und stupste ihn in den Bauch. „Und das Essen schmeckt ebenfalls!“

Dann hatten alle drei gelacht.

Am nächsten Morgen waren sie direkt nach dem gemeinsamen Frühstück noch nach Espelkamp gefahren. Ein Vorschlag von Andreas, bei dem auch Denise glänzende Augen bekam.

„Wir wollten die ganze Zeit schon einmal hin. Das ist einmalig. Die Unternehmerfamilie Gauselmann hat da Zeitzeugen eines international bedeutsamen Wirtschaftszweiges gesammelt. Ich glaube, momentan verfügen sie dort über 1800 Exponate eben aus aller Welt, von denen man etwa zweihundert in einer Dauerausstellung betrachten und zum Teil auch aktiv erleben kann. Das sind Waren-, Dienstleistungs-, Geschicklichkeits-, Glücksspiel- und Unterhaltungsautomaten, außerdem Flipper und tolle Musikboxen ... Da bekommt man einen wirklichen Einblick in ein Stück Kultur-, Industrie- und Wirtschaftsgeschichte. Freunde von uns waren schon mal dort im deutschen Automatenmuseum und haben geschwärmt. Ich habe mich dann noch im Internet belesen. Schade, dass wir es nicht zur Elvis-Presley-Sonderausstellung geschafft haben, die muss grandios gewesen sein ..."

Die Mädchen allerdings schienen nicht sonderlich begeistert. Elvis Presley sagte ihnen gar nichts.

„Automaten? Das muss jetzt aber wirklich nicht sein. Ist doch Sonntag und wir könnten ganz in Ruhe abhängen", hatte Lena störrisch gemeint.

Denise wollte es den Kindern schmackhaft machen, indem sie auf das Schloss Benkhausen mit seinem wunderbaren Garten verwies, wo das Automatenmuseum lag.

„Na gut, Garten haben wir hier zwar auch, aber ein Schloss ist okay! Dann kommen wir mit, nicht wahr, Lena?!", hatte Tina ihre große Schwester mit dem Ellbogen in die Seite gestoßen und ihr zugeflüstert: „Schau doch mal, wie Papa sich schon freut. Vielleicht ist das überhaupt nicht so schlimm."

Später waren es die Mädchen, die gar nicht mehr aus der Ausstellung herauswollten und bei fast allen Objekten interessiert schauten. Alexander war ebenfalls gefesselt vom Anblick der vielen kostbaren Exemplare.

Ein Geldstück nach dem anderen erbat sich Tina von ihrem Vater, um die großformatige Musikkapelle mit den witzigen Figuren zu aktivieren. Dabei starrte sie gebannt auf die roboterähnlichen Musiker, die sich etwas schwerfällig im Takt erhoben und wieder setzten.

„Oh, Papa, das ist toll. Können wir so was auch für zu Hause haben?“, hatte Tina gebettelt.

Später hatten sie sich auf dem Parkplatz an der Schlossallee verabschiedet und Alexander und die Kinder dem Wohnmobil von Denise und Andreas noch lange hinterhergewunken.

Gunter Rosenbaum lief im Wohnzimmer auf und ab. Das strahlende Licht der Sonne warf mustrige Schatten durch die Gardine auf die Tischdecke. Es roch muffig. Die Rosen in der Vase, auf der sich schon eine Staubschicht gebildet hatte, waren verwelkt und ließen traurig ihre Köpfe hängen, ein paar braune Blättchen lagen auf der Decke.

Gunter hatte weder für das Wetter noch für die Blumen einen Blick. Er trug nur sein geripptes Unterhemd, die ausgeleierte Hose wurde mit Hosenträgern gehalten, seine Füße steckten in ausgetretenen Latschen. Sein Gesicht war hochrot und er tigerte weiter mit gebeugtem Rücken und gesenktem Haupt durch den Raum, wobei er mit den Hacken immer mal wieder auf den Saum seiner Hose trat. Hin und her, her und hin. Dabei hielt er die Hände auf dem Rücken und umgriff das linke Handgelenk mit der Rechten, die freien Finger zappelten. Es schmerzte fast. Aber er spürte auch das nicht. In seinem Kopf schossen die Gedanken durcheinander, aber er bekam sie nicht wirklich zu fassen.

Eben war der Hausarzt da gewesen, weil sich Gunter keinen Rat mehr gewusst hatte. Doch als sehr hilfreich hatte er dessen Besuch auch nicht empfunden. Eine Beruhigungsspritze für Hella, die eine Weile danach eingeschlummert war. Ihr Blutdruck war deutlich zu hoch, hundertachtzig zu hundertdreißig. Auf die Idee, ihm den Blutdruck ebenfalls zu messen, war Dr. Müller gar nicht gekommen. Dessen Blick galt zwischendurch nur seiner Armbanduhr. Dann schrieb er ein Rezept für Entwässerungstabletten auf und legte es auf den Nachttisch.

„Sie sollten Ihrer Frau dann mal die Beine wickeln", hatte Gunter noch den Vorschlag des Arztes im Ohr. Verbandsmaterial hätte er ja sicherlich.

Darauf war Gunter gar nicht eingegangen. Natürlich waren die Beine geschwollen. Schon seit einiger Zeit. Aber meist hatte Hella es mehr oder weniger geschickt verstanden, das vor ihm zu verbergen. Vielleicht wollte ich das auch nicht sehen, warf sich Gunter jetzt innerlich vor. Er atmete heftig aus. Ich sollte Alex anrufen, nahm er sich daraufhin vor, löste die Hände voneinander und griff zum Telefon. Dann betätigte er die eingespeicherte Dienstnummer seines Sohnes. Es war gegen zwölf Uhr. Er musste im Büro sein, so hoffte der Vater.

„Hallo Mutti", ertönte es mit betont fröhlicher Stimme am anderen Ende.

Gunter holte tief Luft.

„Nein, Junge, ich bin's, dein Vater", stieß er hervor.

„Nanu, wo brennt es denn? Hat Mutti keine Zeit?"

Alexander lachte.

Einen sehr langen Moment herrschte betretenes Schweigen.

„Vati? Bist du noch dran?"

„Hm."

„Bedrückt dich was? Du klingst so komisch? Rück schon raus mit der Sprache."

„Eigentlich wollte ich dich da raushalten, mein Junge. Aber jetzt geht es nicht mehr. Meine Kräfte sind am Ende ..."

Alexander zog die Augenbrauen hoch und hakte nach.

„Wieso am Ende? Was meinst du denn damit?"

„Es geht um deine Mutter. Ich schaffe das nicht mehr. Sie braucht rund um die Uhr Betreuung. Sobald ich sie einen Augenblick unbeobachtet lasse, passiert irgendwas. Eben war der Arzt da ..."

„Warte mal, Vati", Alexander schaute zur Uhr. „Ich muss hier nur ein paar Dinge klären. Dann komme ich zu euch."

„Geht das wirklich, Junge?", wollte der Vater wissen und die Frage wirkte kläglich. „Da fällt mir jetzt ein Stein vom Herzen. Bestimmt finden wir eine Lösung."

Jetzt klang Gunter Rosenbaum schon deutlich erleichterter.

„Ja, da bin ich absolut überzeugt von", beschwichtigte Alexander, meinte es aber nicht wirklich ehrlich. In ihm stieg Beklommenheit auf.

Als er das Gespräch beendet hatte, stand er auf und blickte besorgt aus dem Fenster. Die Bäume wichen dem heftigen Wind aus, der trotz des Sonnenscheins über das Land fegte. Selbst die größeren Exemplare gaben nach.

Alexander überlegt kurz, ob er seinen Vorgesetzten anrufen sollte, um seine vorübergehende Abwesenheit zu erklären. Dann entschied er sich aber lieber dafür, zu ihm zu gehen.

„Herein, wenn's kein Schneider ist!"

Reinhold Riechmanns Stimme kommentierte das Klopfen von Alexander, der im gleichen Moment auch schon eintrat und die Tür wieder hinter sich schloss.

„Ich will nicht lange stören", fing Alexander an.

„Sie stören doch nie, mein Lieber", entgegnete der Kriminaloberrat. „Was liegt denn an? Geht es um den

Schauspielermord, denn um einen solchen wird es sich ja wohl handeln?! Haben Sie Neuigkeiten zu vermelden? Oder ist es gar nichts Dienstliches, sondern was Privates?"

Alexander zuckte kurz zusammen. Woher nur ahnte sein Vorgesetzter, dass es offensichtlich nicht um einen der aktuellen Fälle ging. Na ja, Menschenkenntnis eben, dachte Alex und antwortete: „Ich habe ein Problem."

Reinhold Riechmann nickte nur mit verständnisvollem Blick, um ihn zum weiteren Erzählen aufzufordern.

„Also genauer gesagt, nicht ich habe das Problem, sondern meine Eltern und ich eben mit ihnen. Mein Vater rief gerade an. Ziemlich aufgelöst und hilflos. Meiner Mutter geht es nicht gut. Die beiden brauchen meine Unterstützung. Ich kann da nicht bis nach Dienstschluss warten. Wäre besser, wenn ich eben mal vorbeifahren würde. Vielleicht kann ich gleich was klären ..."

„Keine Frage", entschied Reinhold Riechmann. „Bringen Sie Ihr persönliches Anliegen auf die Reihe. Und kehren Sie mir wieder fit an Ihren Arbeitsplatz zurück. So wie ich es von Ihnen gewohnt bin. Heute aber will ich Sie nicht mehr in der Dienststelle sehen. Delegieren Sie einfach mal an Ihre Mitarbeiter. Es reicht ja aus, wenn Sie telefonisch zu erreichen sind. Verstanden?!"

Jetzt nickte Alexander dankbar.

„Das ist prima. Dann bin ich auf jeden Fall morgen in alter Frische wieder da."

„Schauen Sie aber früh kurz bei mir vorbei und setzen Sie mich unbedingt in Kenntnis, wie der Stand der Dinge ist. Möglicherweise kann ich behilflich sein."

Behilflich sein, behilflich sein – diese letzte Formulierung tickerte in Alexanders Gehirn, nachdem er sich verabschiedet hatte und den Gang entlanglief. Wobei könnte ihm denn der Kriminaloberrat behilflich sein?

Wenig später parkte Alexander sein Auto in der Nähe des Wohnhauses seiner Eltern am Königswall. Nachdem er ausgestiegen war, verlangsamten sich seine Schritte, so als wolle er die Begegnung hinauszögern. Jetzt reiß dich aber mal am Riemen, rief er sich innerlich auf. Alter Waschlappen!

Als er an der Tür seiner Eltern klingelte, versuchte er ein Lächeln in sein Gesicht zu zaubern, aber nur der Mund verzog sich, die Augen blickten fast ängstlich, als der Vater öffnete und ihn in die Wohnung zog.

„Komm rein, mein Junge, gut, dass du da bist!"

„Klar, Vati. Ich hab mich beeilt. Du klangst ja auch recht dringend!"

Beide liefen einvernehmlich schweigend durch den Flur, als im Hintergrund eine Stimme ertönte.

„Alex, bist du das?"

Vater und Sohn schauten sich an, dann ging Gunter statt zum Wohnzimmer, wo er eigentlich erst unter vier Augen mit seinem Sohn reden wollte, zum Schlafzimmer und schob die Tür, die nicht verschlossen gewesen war, weit auf. Alexander überholte ihn nun und trat an das Bett seiner Mutter.

„Was machst du denn für Sachen?", fragte Alexander, drückte die Bettdecke beiseite und setzte sich auf die Kante.

„Ich? Wieso?"

Hella blickte erstaunt.

„Ich habe mich nur mal einen Augenblick hingelegt, so wie man das tut, wenn man etwas älter ist. Warte nur mal ab, wenn du erst in meine Jahre gekommen bist, Alex. Außerdem wäre so ein gelegentlicher Mittagsschlaf auch für dich eine gute Idee, mein Junge, so blass, wie du um die Nase rum aussiehst. Außerdem bist du so schmal geworden. Isst du nicht ordentlich? Oder steckst du dienstlich in irgendeinem Schlamassel und kommst mit der Lösung eines Falls nicht voran?"

Sie schaute ihren Sohn besorgt an, der nur verblüfft seinen Vater musterte. Gunter Rosenbaum zuckte mit den Schultern, drehte sich um und verließ das Zimmer.

„Aber, mein Junge, wo du nun gerade mal da bist und dich endlich wieder sehen lässt, können wir ein wenig plaudern", setzte Hella wieder an und rückte im Bett etwas nach oben. „Du könntest mir mal das Kopfkissen aufschütteln, damit ich es bequemer habe. Ich stehe dann auch gleich auf! Im Moment ist mir nur so ein bisschen schwindlig."

Alexander tat, wie ihm geheißen, half seiner Mutter vorsichtig beim Vorbeugen, griff sich das Kissen an einem Zipfel und schwang es, nach mehrfachem ruckartigen Schütteln, von einer Ecke zur nächsten, bis er drei Runden absolviert hatte. Das sollte reichen und war exakt die gleiche Verfahrensweise, die Hella immer praktizierte. Sie lächelte ihren Sohn an, während sie ihn genau beobachtete.

„Du weißt, wie es sich gehört! Das habe ich dir mal beigebracht, Jungele ..."

Alexander nickte, dann legte er das Kissen wieder an seinen Platz und half seiner Mutter in eine einigermaßen aufrechte Position.

„Ich hätte ja Kuchen gebacken, wenn ich gewusst hätte, dass du kommst ..."

„Ach, Mutti, ich muss ja auch auf gesunde Kost achten und nicht zu viel Süßes in mich reinstopfen. Außerdem sitze ich viel zu viel am Schreibtisch. Da musst du dir nicht immer solche Mühe machen."

„Das ist keine Mühe", sagte Hella ernst. „Eine Mutter tut das gern für ihr Kind."

Plötzlich wurden ihre Augen glasig und sie rutschte in sich zusammen. Alexander wollte schon seinen Vater rufen, aber da redete sie mit einem Mal weiter, schien ihn aber nicht mehr zu bemerken.

„Was wollt ihr von uns?", flüsterte Hella und fuchtelte mit ihren Händen in der Luft herum. „Wir haben euch doch gar nichts getan. Warum ist überhaupt diese ganze Mischpoke hier? Und wieso sagt ihr Judenschweine zu uns?"

Alexander traten Tränen in die Augen. Seine Mutter schien jetzt in ihre Kindheit abgetaucht zu sein, als sie die schöne große Wohnung in der Bäckerstraße verlassen mussten.

„Warum darf ich denn meinen Papagei nicht mitnehmen?", fragte sie, ohne auf Antwort zu warten.

Alexander griff sich die Hand seiner Mutter und streichelte über die braunfleckige, faltige Haut.

„Der ist schon zu alt und überlebt eine große Reise vielleicht nicht", fiel ihm spontan ein.

„Dann muss jetzt aber jemand gut auf ihn aufpassen", erklärte Hella plötzlich mit klarer Stimme.

„Sicher", quälte Alexander hervor.

Wenn doch bloß sein Vater wiederkäme und ihn aus dieser misslichen Situation befreien würde. Wo führte denn dieser Exkurs in die Vergangenheit nur hin? Das war wohl das berüchtigte Langzeitgedächtnis, das sich einschaltete, mit all seinen verletzenden Erinnerungen. Wohingegen das Kurzzeitgedächtnis alles sofort wieder hinauswarf.

Seine Mutter schien sich nicht daran zu erinnern, dass eben der Arzt da gewesen war. Dafür war ihr die Lage gegenwärtig, als sie damals Minden verlassen mussten, aus ihrer Heimat vertrieben und ins KZ eingesperrt wurden.

„Kann ich denn überhaupt mit meinem schönen Kleid verreisen?", fragte Hella mit besorgtem Ton. „Die helle Spitze wird in der Eisenbahn bestimmt schmutzig. Das soll nicht sein ... Mama wird schimpfen. Vielleicht ziehe ich mir wenigstens noch einen Mantel über. Möglicherweise wird es auch zum Abend hin kalt."

„Das ist alles nicht so schlimm, das kann man wieder sauber machen", hauchte Alexander.

„Kommst du denn mit, Papa?", fragte sie plötzlich und schaute ihren Sohn an.

In dem Moment stand Gunter im Türrahmen, der die letzte Szene offensichtlich mitbekommen hatte. Von Gram gebeugt, das erhielt bei seinem Vater eine wirkliche Bedeutung, dachte Alexander und erhob sich mit weichen Knien.

„Bleib du ruhig noch einen Moment liegen, Mutti", sagte Alex, beugte sich übers Bett und streichelte seiner Mutter über den Oberarm.

„Vati und ich, wir kümmern uns mal um den Kaffee und du lässt dich einfach verwöhnen."

Für den Bruchteil einer Sekunde schaute Hella verwirrt, dann schien sie sich zu orientieren.

„Das ist mal ein schöner Vorschlag, Jungele. Ich mache es mir noch ein wenig in den Federn gemütlich und setze mich dann an den fertig gedeckten Tisch. Wie schön, dass ihr beiden mich so verwöhnt!"

Hella seufzte freudig auf und ließ sich im Bett hinunterrutschen.

Alexander lief zur Tür und umschlang mit einem Arm seinen Vater.

„Dann wollen wir Männer das mal stemmen", sagte er, um die gedrückte Stimmung anzuheben. Gunter nickte dazu und beide gingen in die Küche, wo der Vater die Tür hinter ihnen schloss.

„Vati, was ist denn bloß los mit Mutti? So schlimm hatte ich das gar nicht erwartet. Sie ist ja wirklich völlig verwirrt. Diese Erinnerung an die Vertreibung muss sie enorm belasten. Sogar an den Papagei erinnert sie sich noch", sagte Alex und dachte an seinen Besuch in der Bäckerstraße, als er sich, ein dienstliches Ansinnen vorgebend, in der früheren Wohnung seiner Familie umgeschaut hatte und ebenjener Papagei noch dort zu Hause war. Alexander schüttelte sich. Dann blieb sein Blick an seinem Vater hängen. Sonst war der immer gut gekleidet, und jetzt das. Er ließ sich deutlich gehen. Ob er das Gespräch darauf bringen sollte?

Gunter hatte mechanisch angefangen, die Kaffeemaschine zu befüllen. Sie hatten noch ein Modell, das mit Filter und gemahlenem Kaffee zu bedienen war, obwohl ihnen Alex schon seit längerem so eine Pad-Maschine ans Herz gelegt hatte. Das Geld hätten sie schließlich, das könne doch kein Problem sein, hatte er mal gemeint, woraufhin ihn sein Vater vorwurfsvoll angeschaut hatte.

„Und um die Natur machst du dir gar keine Gedanken, mein Sohn? Noch mehr Abfall, der unsere Erde belastet? Solange das gute Stück hier seinen Dienst tut, darf es bleiben!"

Alexander hatte die Worte seines Vaters im Ohr und musste jetzt lächeln. Er blickte kurz durch den Raum, lief zum Fenster und öffnete es weit.

„Frische Luft sollte hier mal rein", kommentierte Alex, als er die Blumenvase vom Tisch räumte, den Inhalt in den Müll warf und die Decke mit den Blütenblättchen aus dem Fenster ausschüttelte. Dabei fiel ihm ein, dass er eigentlich strenge Order von seiner Mutter hatte, so etwas nie zu tun. Immerhin konnten doch Reste auf die Bewohner unter einem fallen. Wo käme man da denn hin. Das würde sich einfach nicht gehören! Hat sie aber diesmal zum Glück nicht bemerkt, dachte Alex. Und der Vater wirkte ohnehin nur vollkommen emotionslos, schien sein Umfeld auszublenden; der würde auch nichts sagen.

Ordentlich legte Alexander das weiße Tuch mit den Stickereien am Rande wieder hin und strich es glatt. Dann öffnete er die Tür eines Hängeschrankes und griff sich nach und nach Teller, Untertassen und Tassen von dem guten Hutschenreuther Geschirr mit dem Markenzeichen des Löwen auf der Rückseite, das immer für Besuch beziehungsweise besonders liebe Gäste genommen wurde. Es durfte auch nicht in die Spülmaschine, damit es keinen Schaden an der feinen Bemalung nahm.

Zunächst erledigten die beiden Männer alles stillschweigend. Als dann die Kaffeemaschine geräuschvoll das kochendheiße Wasser durch den gefüllten Filter laufen ließ und ihren Duft verbreitete, fing Gunter an zu erzählen, nachdem er sich auf einen Küchenstuhl gesetzt hatte.

„Weiß du, mein Sohn, ebenso schlimm wie diese Erinnerung, als sie aus ihrem Zuhause musste, sind die weiteren aus der Zeit des Transports ins Lager, vom Aufenthalt dort und später von der Rettung. Wobei: Das mit der Rettung ist schon wieder wie ein Hoffnungsschimmer. Aber sie erinnert sich an jedes noch so kleine Detail. Sie weiß sogar, wie der Russe, der sie auf den Arm genommen hat, roch, nach Wodka nämlich, und dass er schlecht rasiert war, weil es so auf ihrem Gesicht kratzte, als er sie an sich drückte und streichelte und für sie unverständliche Laute ausstieß. Sie meint, sie würde das Kratzen noch spüren und es wäre nicht einmal unangenehm! Die eine Wodkaflasche, die wir für Gäste noch stehen hatten, habe ich jetzt weggeschüttet. Dann entsteht vielleicht kein auslösender Gedanke für deine Mutter bei ihrem Anblick oder vielleicht dem speziellen Geruch. Schmeckt ohnehin nicht, der Fusel ..."

Alexander fühlte einen Kloß im Hals.

„Wie soll das denn jetzt mit euch weitergehen, Vati?"

„Ich weiß es nicht, Junge. Ich bin nur völlig überfordert. Eigentlich könnte ich mich hinlegen und schlafen, schlafen ... Dabei finde ich gar keinen Weg in den Schlaf, sobald ich im Bett liege. Im Gegenteil. Ich bin hellwach. Außerdem kreisen dann meine Gedanken nur noch um diese fürchterliche Situation."

„Es gibt da doch bestimmt Medikamente, die helfen können", schlug Alexander vor.

„Mit Pillen kannst du die Wunden der Seele auch nicht heilen", sagte Gunter. „Außerdem kann ich nicht einen Schritt tun, ohne deine Mutter an meiner Seite zu haben. Neulich wollte sie Filet braten, hat es auch in die Pfanne getan, war dann ins Wohnzimmer gegangen, um alles zu vergessen. Als ich aus dem Keller kam, wo ich nur zwei Flaschen Mineralwasser holen wollte, und die Wohnung betrat, da fing der Rauchmelder schon an, Signal zu geben. Ich kann sie nicht mehr allein lassen. Schau mich doch an, wie ich aussehe. Nicht mal beim Friseur war ich in der letzten Zeit ..."

„Na, das lässt sich ändern. Begleitest du mich einfach zu meinem nach Hille. Als Männer bekommen wir da auch ganz kurzfristig einen Termin. Wenn wir Glück haben, sind wir sogar gleich dran, völlig ohne Wartezeit. Und Mutti nehmen wir mit!"

„Meinst du?"

Gunter schaute gleichgültig ins Leere. Seine Frisur war ihm offensichtlich völlig egal.

„Habt ihr denn Kekse oder Kuchen im Haus?", wollte Alex wissen.

Gunter nickte und wies mit dem Zeigefinger auf eine Tortenform mit Deckel, die Alex in der Aufregung gar nicht bemerkt hatte. Dabei stand sie am selben Platz wie stets. Werde ich jetzt auch schon senil, quälte ihn ein schneller Gedanke. Das vererbt sich doch bestimmt ...

„Hm, Streuselkuchen! Selbst gebacken?", bemerkte er, als er den Deckel angehoben hatte und der aromatisch-süßliche Duft in seine Nase stieg.

„Ja. Sogar von deiner Mutter. Gestern. Allerdings musste ich immer genau auf alles schauen, damit sie nicht Zucker und Salz vertauscht oder statt Mehl vielleicht die Gipstüte aus meiner Handwerksecke holt ..."

Bei der letzten Bemerkung hatte Gunter Schalk, kombiniert mit Verzweiflung im Blick. Alexander bemerkte es und schloss seinen Vater in die Arme.

„Wir finden einen Ausweg. Glaub mir. Ich habe da im Kollegenkreis auch jemanden, der seinen Opa immer in die Tagespflege schickt. Soll gar nicht so schlecht sein. Ich könnte mir das ja mal anschauen, und wenn ich es für gut befinde, gehen wir alle drei hin ... Mutti muss es ja auch akzeptieren, denn gegen ihren Willen werden wir wohl keinen Erfolg haben."

Gunter nickte.

„So, jetzt hole ich mal deine Mutter. Du musst ja sicher irgendwann wieder arbeiten oder dich um unsere Enkelinnen kümmern. Wie geht es den beiden überhaupt, machen sich in letzter Zeit etwas rar bei uns."

„Ach Vati, die sind schon ziemlich groß und selbstständig. Ich weiß gar nicht, wo die Zeit geblieben ist. Kommt mir so vor, als hätte ich sie vorgestern noch im Arm gehalten und in den Schlaf gewiegt."

„So ist das im Leben, mein Junge. Manchmal kann einem die Zeit nicht schnell genug vergehen, vor allem in der Kindheit, und dann saust sie in Siebenmeilenstiefeln davon, immer schneller, je älter man wird, und ehe du dich versiehst, schaust du dir schon die Möhren von unten an ..."

Gunter erhob sich mit einem unguten Lachen und einem Ächzen. Dann verließ er den Raum, um seine Frau an den Küchentisch zu holen, während Alex seinen Gedanken nachhing.

Was hatte er neulich gelesen? Die Siebzig wäre die neue Sechzig? Und es hieß, die Älteren würden immer fitter sein. Obwohl doch viele jenseits der Siebzig gleichzeitig fünf oder sogar mehr Krankheiten mit sich rumschleppten und Tag für Tag einen Berg an Tabletten in sich hineinstopften. Der Fachbegriff Multimorbidity blitzte in seinem Gehirn auf, gleichzusetzen etwa mit Vielfacherkrankungen. Ein Längerleben, das aber in so vielen Fällen nur ein Längerüberleben bedeutete, dank medizinischer Künste.

Als seine Mutter mit einem deutlichen Lächeln die Küche betrat, setzte Alexander sich aufrecht hin und strahlte ebenfalls.

Während Alexander und Dennis nach Bad Oeynhausen fuhren, tauschten sie sich darüber aus, wie die jüngsten Unwetter bei ihnen abgelaufen waren: schon wieder sintflutartige Regenfälle. Schäden hatte keiner von beiden vermelden müssen. Aber Dennis berichtete davon, wie er sich Sorgen um seine schwangere Frau machen würde, nicht dass die in so einer Situation, auf dem Weg zum Arzt vielleicht, mal einen Unfall bauen würde ...

Alex nickte verständnisvoll.

„Passt bloß aufeinander auf."

Er wusste, wovon er redete, aber weitere Details schienen ihm zu intim. So lange kannte er schließlich Dennis noch nicht. Deshalb lenkte er das Gespräch in eine andere Richtung.

„Bei uns waren es jetzt wieder achtzig Prozent Luftfeuchtigkeit im Haus. Wenn das so weitergeht, dann wachsen uns eines Tages Schwimmflossen."

Beide amüsierten sich über diese Vorstellung.

Dann plauderten sie über ungelöste Fälle. Dennis kannte einige aus seiner vorherigen Dienststelle und Alexander musste auch nicht lange grübeln. Vor allem an den einen Fall erinnerte er sich, weil er sich doch gerade in seinem jetzigen Heimatort abgespielt hatte, irgendwo zwischen der Wiehengebirgsmolkerei, von der er immer die Schlagsahne kaufte, wenn die Kinder die für Kuchen oder Erdbeeren wünschten, und der Möbelfabrik Priess. Das war kurz nach dem Jahrtausendwechsel gewesen. Was erst wie ein Unfall ausgesehen hatte, stellte sich in der Gerichtsmedizin als Tod infolge innerer Verblutungen durch mehrere Messerstiche heraus.

„Die Kollegen haben damals umfangreich ermittelt, alle Kräfte wurden gebündelt und weitere Fachleute hinzugezogen, aber keine Spur. Alle Ansätze verflüchtigten sich ins Nichts. Selbst ein späterer Beitrag bei Aktenzeichen XY ungelöst brachte keine neuen Erkenntnisse."

„Da lebt der Täter also noch unter uns", sagte Dennis mehr zu sich. Und es klang auch nicht nach einer Frage, sondern nach einer sachlichen Feststellung.

Alexander fiel ein nächster, sehr mysteriöser Fall ein.

„Irre war auch die Sache mit dem Chemiefacharbeiter der BASF in Minden. Der wollte einfach nur seinen Durst löschen, nahm eine Flasche Limo aus dem Kühlschrank und trank davon. Kurz darauf brach er zusammen und starb: Blausäurevergiftung! Irgendjemand musste nicht nur die Flasche, sondern auch noch eine weitere mit Chemikalien versetzt haben. Wenn man mal davon ausgeht, dass der Arbeiter es nicht selbst getan hatte, um Selbstmord zu begehen. Da soll hier auch alles Kopf gestanden haben, hat Wolfhard erzählt."

„Tja, so kann man unliebsame Kollegen entsorgen", erklärte Dennis nüchtern.

Alexander schaute ernst auf ihn.

„Du machst dir da jetzt aber nicht etwa Gedanken? Musst du nicht. Keiner hat was gegen dich, keine Bange. War vielleicht am Anfang so, wie das immer mit Neuen ist. Da neckt man sich eben. Und was früher mal in Bielefeld passiert ist, ist Schnee von gestern. Schwamm drüber! Jeder von uns hat irgendwann mal Mist gebaut, das kannst du mir glauben. Was zählt, das ist das Jetzt und Hier. Ich bin jedenfalls sehr zufrieden mit deiner Arbeit und überhaupt. Bin sehr froh, dass du bei uns im Team bist."

Jetzt schaute Dennis zugleich dankbar und erleichtert auf seinen Chef, der fortfuhr: „Meine erste Zeit hier war auch eher ein Spießrutenlauf. Da kannst du sicher sein. Und als Berliner neigt man eben dazu, kein Fettnäpfchen auszulassen."

„Davon habe ich gehört", grinste jetzt Dennis.

„Siehst du, das meine ich. Der Buschfunk funktioniert eben blendend. Aber noch einen Fall hätte ich in petto. Eine über Achtzigjährige wurde brutal erschlagen. Zuletzt war sie noch bei Gartenarbeiten gesehen worden und dann fand ihre Tochter sie tot auf. Die alte Dame hatte allein gelebt, und was genau passiert ist, haben wir hier nie herausbekommen. Selbst ein Massen-Gentest brachte nicht die gewünschten Hinweise. Über sechshundert Männer haben damals eine Speichelprobe abgegeben ..."

„Die haben wir jetzt alle in unserer Datenbank!", kommentierte Dennis.

„Genau, und sie sollten sich unbedingt überlegen, ob sie sich danebenbenehmen. Erfasst ist erfasst!"

„Und dann wäre da doch noch der Fall mit dem Physiotherapeuten aus Hüllhorst", fiel Dennis jetzt ein.

„Stimmt. Den hätte ich beinahe vergessen. Ist spurlos verschwunden und seiner Geliebten sowie deren Freund konnte nichts nachgewiesen werden. Aber Mord verjährt ja nicht. Und Gottes Mühlen mahlen langsam ..."

„... aber seiner Gerechtigkeit entgeht keiner", ergänzte Dennis.

Alexander parkte das Auto jetzt vor einer attraktiven Villa. Die beiden Beamten stiegen aus und liefen zum Eingang.

Alexander sah sich den Schlüsselbund durch, den er aus der Hosentasche gezogen hatte, und überlegte, welches Exemplar passen könnte, dann zog er einen Basi-Schlüssel heraus. Die Sorte hatten seine Eltern auch. Er setzte an und der Schlüssel fuhr sanft ins Schloss.

„Da hast du ja den richtigen Blick gehabt", meinte Dennis anerkennend. „Ich verliere bei solchen Riesenpacken von Schlüsseln immer die Übersicht."

„Genau. Wenn es nach meinen Töchtern ginge, dann hätten wir schon ein Smart Home mit allem Schnickschnack inklusive Schließanlage. Die drängeln laufend, ich wäre von vorgestern, solle mich um mehr Technik kümmern und sie würden das dann schon beherrschen ..."

„Wahrscheinlich haben sie recht. Die Kids saugen das ja mit der Muttermilch ein", antwortete Dennis.

„Na, dann mach dich mal auf was gefasst", antwortete Alex. „Ich für meinen Teil brauche noch keine Online-Wohnküche mit vernetzten Elektro-Einbaugeräten. Von unterwegs aus muss ich doch nicht den Geschirrspüler starten oder die Verbrauchswerte von Wasser und Strom checken?!"

„Oder nimm die Backöfen mit integriertem Dampfgarer inklusive Rezeptdatenbanken", fiel Dennis passend ein, denn genau damit hatte ihm gerade Jessi in den Ohren gelegen. „Wobei du an der rasant voranschreitenden Technik gar nicht vorbeikommen kannst. Im Supermarkt habe ich gerade elektronische Preisschilder entdeckt und Einkaufswagen mit Tablet gesehen, damit du dich gleich während der Fahrt durch den Laden im Internet orientieren kannst."

„Als ob ich beim Einkaufen auch noch surfen will?! Und für Rezepte habe ich meine Mutter", konterte Alex. „Ansonsten ist mir das Thema Sicherheit hierbei immer noch ein wenig suspekt. Woher weiß ich denn, dass nicht jemand anderes aus der Ferne meinen Küchenherd betätigt und dabei mein Haus abgefackelt wird? Nur mal so aus Jux und Dallerei?!"

„Da musst du doch nur deinen WLAN-Router individuell verschlüsseln", antwortete Dennis.

„Und das soll ausreichen? Also ich weiß nicht. Einen Kühlschrank, der mir sagt, dass die Milch alle ist, den brauche ich nicht. Das sehe ich doch und schreibe es auf unseren Einkaufszettel. Wenn es allerdings darum geht, mir die zeitraubende Haus- oder Gartenarbeit etwas zu verkürzen, dann fände ich das eine oder andere schon prima."

„Also einen Mähroboter für deinen Rasen und einen Saugroboter fürs Haus?", schlug Dennis vor.

„Mal schauen", entschied Alex. „So einen kleinen Gesellen für meine Wiese, das wäre schon zu überlegen. Da könnte dann mein Kater Albert aufsitzen und sich durchs Gelände kutschieren lassen. Das wäre was ..."

Beide mussten lachen.

Sie hatten die Wohnung in der Villa an der Kaiserstraße von Bad Oeynhausen betreten und orientierten sich. Hier hatte sich Stefan von Sangerhausen eingemietet. Die Besitzerin des Hauses war bei der telefonischen Nachricht von seinem Ableben sofort in Schluchzen ausgebrochen und schien sich kaum fassen zu können. Was sicher zum Teil mit dem Verlust eines Mieters zusammenhing, aber zum größeren Teil wohl mit ganz anderen Dingen, hatte Alexander sofort kombiniert und Gisela Sandmann zum Durchsuchungstermin mit dazugebeten.

Es dauerte auch nicht lange, da klingelte es schon an der Tür. Alexander und Dennis hatten sich gerade erst eine grobe Übersicht über die äußerst edel eingerichtete Wohnung verschafft.

Dennis lief zur Tür und öffnete. Davor Gisela Sandmann, mittelgroß, ein klein wenig zu kräftig, aber dennoch sehr sportlich trainiert, in einem türkisfarbenen Hosenanzug, die mokkabraunen Haare frisch frisiert und die Lippen offensichtlich gerade nachgezogen. Silberne Ohrringe und eine passende Kette mit auffallendem Stein harmonierten damit. Ein zarter, kaum wahrnehmbarer Duft umschwebte sie.

„Gestatten, Sandmann. Gisela Sandmann. Ich bin die Hausbesitzerin. Es ist zwölf Uhr." Sie schaute kurz auf ihre silberne Armbanduhr. „Sie baten um ein Gespräch in der Wohnung von Herrn von Sangerhausen."

Gisela Sandmann klang sachlich-nüchtern. Die Glocken der nahe gelegenen Kirche gaben die Mittagszeit an, als sie die Schwelle übertrat und die Tür hinter sich ins Schloss zog.

„Ich bin zutiefst erschüttert, was da mit Stefan von Sangerhausen geschehen ist, meine Herren. Das können Sie mir glauben", versicherte Gisela, nachdem Alex und Dennis sie begrüßt und sich vorgestellt hatten.

„Was wir selbstverständlich auch tun", versicherte Alexander und erwartete eine weitere Äußerung der Vermieterin.

„Die Zeit mit ihm war hier viel zu kurz. Ich hätte mir noch so viel davon versprochen. Ein derartig begnadeter Künstler und dann bei mir im Haus. Ich war richtig stolz darauf, davon können Sie auf jeden Fall ausgehen. Wo er doch bislang in der Hauptstadt gelebt und gewirkt hatte. Wie soll denn die Fernsehserie jetzt ohne ihn laufen ..."

Gisela Sandmann schluckte und ihre blaugrauen Augen bekamen einen glasigen Schleier.

„Wir wollen uns einmal in der Wohnung umschauen, ob wir Hinweise finden, die uns bei der Lösung des Falls helfen können", erklärte Dennis und Alex nickte dazu.

„Tja, wenn Sie also Fragen an mich haben sollten, dann heraus damit. Punkt eins müsste ich mich auch wieder auf den Weg machen. Ich habe dann einen Termin mit meiner Steuerberaterin. Wir treffen uns zum Essen, geschäftlich natürlich."

„Keine Sorge, so lange wird das nicht dauern", sagte Alexander und fuhr fort: „Erzählen Sie doch einmal, wie Sie zu Ihrem Mieter gekommen sind und was er für ein Mensch war."

Mehr wollte er zunächst noch nicht andeuten.

„Das war einfach ein Glücksumstand. Ich kenne die Regisseurin Patricia Petersen sehr gut. Sie stammt auch aus Bad Oeynhausen und wir haben einst hier gemeinsam das Abitur abgelegt. Sehr erfolgreich übrigens. Dann trennten sich unsere Wege. Wir blieben aber all die Jahre locker befreundet. Sie ging zum Studium und ich lernte noch während meines Praktikums in einer Anwaltskanzlei meinen späteren Mann kennen."

„Aha", rutschte es Alexander heraus und er fluchte innerlich. Aber Gisela Sandmann ging auf diese Bemerkung nicht ein.

„Dieses Haus hier haben wir zunächst bewohnt. Es ist das Elternhaus meines Gatten. Bis es uns zu klein wurde und wir uns für einen Neubau direkt in der Nähe des Kurparks entschieden, der ist durchaus repräsentativer. Von dem Objekt hier allerdings kann sich nun mein Mann aus Gründen der familiären Erinnerung nicht trennen. Seine Eltern starben zwar früh bei einem Autounfall, aber mein Herfried ist so sentimental und hängt an allem. Deshalb also haben wir das Haus hier in der Kaiserstraße behalten, es gründlich sanieren lassen und nun vermietet. Schließlich verursacht es auch Kosten und das muss ja wieder irgendwie abgedeckt werden."

Gisela Sandmann beendete ihre Ausführungen.

„Also über Patricia Petersen sind Sie an Stefan von Sangerhausen gekommen? Sie war quasi die Vermittlerin?", wollte Alexander bestätigt haben.

Gisela nickte.

„Wir sind – wie ich schon sagte – mal zusammen zur Schule gegangen und immer noch befreundet."

„Da wäre noch die Frage offen, was Stefan von Sangerhausen für ein Mensch war ...?", warf Dennis ein.

Gisela setzte sich jetzt äußerst gerade auf einen der Biedermeierstühle und schlug dann die Beine übereinander.

„Ein ganz wunderbarer, wenn Sie meine ehrliche Meinung wissen wollen."

„Das wollen wir ...", unterstützte Alex.

„Er war charmant, großzügig und immer gut gelaunt. Außerdem von Kopf bis Fuß eine gepflegte Erscheinung! So was ist ja heutzutage auch eher ein Auslaufmodell."

Ihre Blicke wanderten über die beiden Beamten.

„Wie alt ist Ihr Mann eigentlich?", wollte Dennis plötzlich wissen.

„Was spielt das denn in diesem Zusammenhang für eine Rolle?"

„Ach, einfach nur so aus allgemeinem Interesse gefragt ...", lenkte Dennis ein.

„Es gibt da schon einen größeren Altersunterschied."

„Und der wäre?", hakte nun Alex nach.

Gisela bekam deutlich Farbe unter ihrem kräftig aufgelegten Make-up.

„Zwanzig Jahre. Aber das spielt in unserem Fall überhaupt keine Rolle. Es war eine reine Liebesheirat."

So viel?, wäre Alexander fast herausgerutscht, aber eben nur fast. Er überlegte.

„Gab es da vielleicht mehr zwischen Ihnen und Herrn von Sangerhausen?", wollte Alex für seine Verhältnisse einigermaßen diplomatisch wissen.

Die Frau atmete inzwischen heftiger und aufgeregter. Sie griff sich ihre Handtasche und nestelte nervös am Verschluss herum.

„Wir sind gelegentlich ausgegangen. Er hat mich zum Essen eingeladen, war ein äußerst anregender, weltmännischer Gesprächspartner ..."

Gisela sah sich mit Stefan im Café Finselbach sitzen, wo sie häufiger zu Gast waren und die ausgefallenen Köstlichkeiten genossen. Dann meist in einem der oberen Geschosse, um der Laufkundschaft nicht direkt ins Auge zu fallen. „Genießen Sie Ihre Leidenschaft", fiel Gisela gerade der Slogan des Unternehmens ein, was allerdings die Konditorenkunst seit 1906 meinte und nicht ihrer beider Leidenschaft. Aber das Motto war ihr seit der ersten Begegnung mit Stefan nicht mehr aus dem Kopf gegangen.

Weit abgeschlagen lag da die Erinnerung an ein einstiges Pralinenseminar, an dem sie einmal teilgenommen hatte. Seit den Aufenthalten mit Stefan dort im Café konnte sie nicht mehr in der Fußgängerzone der Klosterstraße vorbeigehen, ohne Herzklopfen zu bekommen. Das setzte ein, sobald sie den markanten Schweinebrunnen erblickte, dessen lebensbejahende Figuren mitten in den Passanten zu stehen schienen.

„... und hat Sie die Rechnungen bezahlen lassen?", fragte Dennis, nachdem er Gisela Sandmann einen Augenblick der Besinnung gegönnt hatte.

„Ja, wenn er nun mal seine Geldbörse nicht dabeihatte ... Außerdem war er gerade etwas knapp bei Kasse, weil er ja seine sterbenskranke Mutter unterstützte ...", entschuldigte Gisela Sandmann.

„Hat er überhaupt die Miete regelmäßig bezahlt?", fiel Alex jetzt ein.

Gisela schüttelte den Kopf und schien eine Antwort hinauszuzögern. Dann aber fasste sie sich ein Herz.

„Er war ein klein wenig im Rückstand. Aber das war doch aufgrund der Situation mehr als verständlich. Und er hätte es in Kürze alles begleichen wollen. Das hat er mir absolut glaubhaft versichert ..."

„Auch die Summe, die er sich von Ihnen geliehen hatte? 10.000 Euro!"

Alexander trieb die Frau in die Enge.

„Woher wissen Sie das?", erschrak Gisela und fasste sich an die Brust. Fast wäre ihr die Handtasche vom Schoß gerutscht.

„Nur so eine Vermutung unsererseits. Wo waren Sie eigentlich am Abend dieser Theatervorstellung?"

Alexander blickte aufmerksam auf die Frau.

Die Farbe wich aus dem Gesicht von Gisela Sandmann und sie hauchte nur: „Sie meinen doch nicht etwa ...?"

„Es geht uns nur darum, Alibis zu überprüfen, Frau Sandmann. Eine reine Routineangelegenheit", erläuterte Alexander.

Gisela schluckte und beteuerte: „Herfried und ich, wir befanden uns für ein paar Tage auf unserer Almhütte in Österreich. Außerdem sind wir auch nicht so die Freunde von Freilichtbühnen. Das ist uns zu ungemütlich und von der Garderobe her eher unakzeptabel. Die Leute sitzen da ja in Jeans und Pullover! Unser Theater im Park hier im Kurpark von Bad Oeynhausen kommt da eher infrage, insbesondere, was den Spielplan angeht ..."

Alexander nickte zustimmend, denn sofort war ihm sein Aufenthalt mit Celine dort eingefallen, als sie zufällig am seitlichen Eingang dem Hauptakteur des Abends, Klaus Maria Brandauer, über den Weg liefen. Auch in diesem Jahr hatte der österreichische Schauspieler und Regisseur wieder einen Auftritt im Rahmen des Literatur- und Musikfestes „Wege durch das Land" in dem kleinen, bezaubernden Theater von Bad Oeynhausen. Alex hatte davon gehört. Diesmal las der Weltstar wohl aus „Moby Dick" von Herman Melville und dazu gab es Klaviermusik von Debussy, Satie, Bartók, Ravel, Strawinsky und Wagner.

Alexander unterdrückte ein Seufzen. Nein, diesmal hätte er auch keine Begleitung für so einen Abend. Deshalb kam das überhaupt nicht infrage. Wieso nur, um alles in der Welt, war er auf diesen Gedankensprung gekommen? Ach ja, Insolvenz. Auch bei diesem Veranstalter war das Thema im Gespräch gewesen oder hatte es nur ganz allgemein Ungereimtheiten im Finanziellen gegeben? Was genau geschehen war, hatte Alexander nicht richtig wahrgenommen. Schließlich war es nur der Aufhänger für eine aufregende Erinnerung an eine einzigartige Frau, die ihm immer wieder über den Weg lief. Und die Pathologie konnte er nun mal nicht meiden …

„Das lässt sich ja sicherlich überprüfen", legte Dennis ohne Rührung nach.

Gisela Sandmann räusperte sich und bekam eine steile Falte in der Stirn. Sie schien ihre Fassung wiedergefunden zu haben.

„Selbstverständlich, meine Herren."

Dann erhob sie sich mit einem Blick auf ihre silberne Armbanduhr.

„Ich müsste mich jetzt auch auf den Weg machen. Meine Verabredung. Sie kommen hier ja bestimmt allein zurecht. Und sollten Sie weitere Fragen haben, so wissen Sie, wie Sie mich erreichen können. Wir haben in der nächsten Zeit auch nichts vor, wenn Sie das noch wissen wollen ..."

„Natürlich", sagte Alexander freundlich. „Und vielen Dank für die Auskünfte. Sie haben uns sehr geholfen!"

„Hab ich das?", erstaunte sich Gisela Sandmann.

„In der Tat, das haben Sie", beendete Alexander das Gespräch und geleitete die Frau zur Tür, wo er sich noch verabschiedete. Dennis war währenddessen im Wohnzimmer geblieben.

„Auf Wiedersehen", sagte Alexander.

„Eine Bitte noch", rang sich Gisela Sandmann nun doch durch.

„Und die wäre?"

„Wenn Sie meinen Mann eventuell befragen sollten, dann lassen Sie freundlicherweise Vorsicht walten. Er ist ... Er ist ziemlich eifersüchtig."

„Hätte er denn in diesem Fall Grund dazu?"

Das war jetzt schneller raus, als Alex es gewollt hatte. Aber gesagt war gesagt und nicht mehr zurückzunehmen.

„Ich bitte Sie! Selbstverständlich nicht. Aber man sollte doch keine schlafenden Hunde wecken!"

Alexander überlegte kurz, während er auf die Frau und durch sie hindurch blickte. Es brachte ja auch überhaupt nichts, wenn sie im Nachhinein noch Ärger bekam. Stefan von Sangerhausen war ohnehin nicht mehr am Leben. Das Kapitel war abgehakt, wenn es denn je eines gewesen war.

„Wir tun unser Möglichstes", sagte Alexander.

„Danke", entgegnete Gisela und entfernte sich langsam.

Als Gisela Sandmann ein paar Meter weiter mit dem Rücken zu ihrer Villa stand, liefen ihr Tränen über das Gesicht. Sie vermied es, sich noch einmal umzudrehen, weil sie vermutete, die Beamten würden sie noch beobachten. Und sie wollte sich nicht die Blöße geben, sich nicht im Griff zu haben.

Ganz langsam ging sie zu ihrem silbergrauen Porsche, betätigte die Zentralverriegelung und öffnete die Fahrertür. Dann ließ sie sich in die roten Ledersitze gleiten. Sie tat das mit großer Eleganz und Übung. Ihre Handtasche stellte sie in den Bodenbereich der Beifahrerseite.

Ehe sie startete, setzte sie sich ihre große Sonnenbrille auf, die sie sich aus dem Handschuhfach geholt hatte. Niemand sollte ihre Tränen sehen, obwohl das während der Fahrt eher unwahrscheinlich war, aber hinter den dunklen Gläsern fühlte sie sich sicherer.

Als sie den Wagen geschickt aus der Parklücke fuhr, arbeiteten ihren Gedanken schon das Gespräch mit den beiden Polizisten ab, um schließlich bei Stefan von Sangerhausen hängenzubleiben. Bei jenem Augenblick, als sie sich kennenlernten.

Da war erst das Telefonat gewesen, wo er sich außerordentlich formvollendet vorgestellt und auf seine Bekanntschaft mit ihrer Schulfreundin Patricia hingewiesen hatte. Mit so perfekt ausgewählten Worten, wie es vielleicht nur ein Schauspieler oder ein Politiker vermochte. Sein „Gnädige Frau", hatte sie noch im Ohr. Das war ihr runtergegangen wie Öl. Es hatte nach Handkuss geklungen und tatsächlich bekam sie einen solchen bei ihrer ersten Begegnung. Sie hätte dahinschmelzen können, als sie Stefan die Wohnung zeigte und ihm jedes Zimmer vorführte. Hätte damals schon ein Bett im Schlafzimmer gestanden, sie hätte nicht für sich die Hand ins Feuer legen mögen, ob sie nicht stehenden Fußes mit ihm darin gelandet wäre. So aber verbot es sich auf dem nackten, frisch abgezogenen Parkettfußboden. Das wäre ihr bei allem flüchtigen Rausch doch zu unbequem gewesen. Außerdem machte Stefan überhaupt nicht den Eindruck eines Draufgängers.

Ganz vorsichtig hatten sie sich einander angenähert. Wie zufällig kamen die Einladungen zu einem Kaffee und später zu einem Essen. Immer dann, wenn ihr Mann gerade unterwegs war. Er leitete immer noch seine Kanzlei, auch wenn er das aufgrund seines fortgeschrittenen Alters gar nicht mehr nötig gehabt hätte. Vom vorhandenen Geld ganz zu schweigen.

Und irgendwann kam jener Moment, als Stefan sie zu sich in die Wohnung einlud, um ihr seine Neuanschaffung, diesen wunderschönen und geheimnisvollen Sekretär, vorzuführen. Schließlich liebte sie ebenso wie er Antiquitäten und war immer auf der

Suche nach einem besonders schönen, ausgefallenen Stück.

„Ich habe auch eine Flasche Champagner kaltgestellt", hatte Stefan im Laufe des Nachmittags fallenlassen, nachdem sie den Sekretär gebührend bewundert hatte.

„Ein Gläschen in Ehren ...", war ihr da eingefallen, wobei sie kokett gelächelt hatte.

„... kann niemand verwehren", hatte er sanft ergänzt und sie mit seinen blauen Augen angestrahlt.

Die Sonne hatte das Innere der Villa kraftvoll ausgeleuchtet, als sich Gisela schließlich in seine Arme fallen und verwöhnen ließ ...

Gisela Sandmann riss sich aus ihren Gedanken, als sie bei Rot über die Kreuzung fuhr und daraufhin ein Hupkonzert anderer Fahrzeuge einsetzte, die sie zu abrupten Bremsmanövern gezwungen hatte.

Wieder im großen Wohnzimmer tauschten Dennis und Alexander Blicke. Beide waren zum Fenster gelaufen und beobachteten Gisela Sandmann, wie sie zu ihrem Wagen ging.

„Sehr aufschlussreich, dieses Gespräch", meinte Alex. „Dann sollten wir jetzt keine Zeit verlieren und uns hier mal in Ruhe umschauen, ob wir noch was finden."

Dennis nickte.

„Wonach suchen wir eigentlich?"

Alexander zuckte mit den Schultern. Er zog jetzt die Einweghandschuhe aus seiner Hosentasche und streifte sie über. Dennis erledigte das ebenfalls. Bislang hatten sie ja lediglich die Tür geöffnet, die als Spurenträger nicht infrage kam. Wenn, dann waren daran viel zu viele Abdrücke.

„So genau weiß ich das auch nicht. Die Erleuchtung kommt bestimmt erst, wenn wir was in den Händen halten. Ich nehme mir das Wohnzimmer vor. Du kannst ja vielleicht schon mal ins Schlafzimmer gehen."

Die beiden trennten sich und begannen zu suchen.

Alexander schaute aus dem Fenster auf die Straße, die von dicken, alten Bäumen gesäumt war. Eine äußerst schöne Gegend war das hier. Dann wanderte sein Blick über die Möbel. Alles feinste Antiquitäten, wie er feststellte. Vielleicht nicht hundertprozentig stilecht und von den Epochen her etwas zusammengewürfelt, aber wenn nachgemacht, dann von einem perfekten Handwerker.

Wär nicht ganz so mein Ding und den Mädchen würde es sicher auch nicht gefallen, dachte Alex und prüfte die Möglichkeiten, wo Papiere abgelegt sein konnten. An einer Wand stand ein bildschöner Sekretär aus Mahagoniholz. Ja, klar, dort solltest du mal schauen, forderte er sich auf und lief hin.

Alexander zweifelte daran, ob die übergestreiften Handschuhe überhaupt Sinn machten, eigentlich glaubte er nicht, dass hier irgendwelche Spuren zu vernichten oder zu überlagern waren. Ungern arbeitete er mit ihnen, fühlte sich seines Tastsinns beraubt. Er betrachtete das Möbelstück sorgsam von oben bis unten und überlegte, dass solche Teile aus früheren Zeiten doch gern auch über ein Geheimversteck verfügten.

Wo könnte das sein?, fragte sich Alex und kniete nieder. Mit einer kleinen Taschenlampe, die er stets am Schlüsselbund bei sich trug, leuchtete er die Ecken aus, bis er auf eine Auffälligkeit stieß. Ein kaum zu erkennender Knopf, den er behutsam betätigte und woraufhin über ihm ein schnarrendes Geräusch ertönte. Alexander fuhr schlagartig mit dem Kopf hoch und stieß damit an die Tischplatte.

„Aua", entfuhr es ihm und er rieb sich die schmerzende Stelle. Dann kroch er ein Stück rückwärts und erhob sich. Bingo, dachte Alexander, als er eine kleine Schublade entdeckte, die, offensichtlich von seinem Knopfdruck ausgelöst, aufgesprungen war. Darin entdeckte er ein Notizbüchlein, mit seitlichen Gummibändern, die es verschlossen hielten, das hochwertige Papier mit Goldschnitt, der seitlich glänzte.

Vorsichtig hatte Alexander das Buch herausgezogen und betrachtete es nun eingehend von allen Seiten. Was wohl hat man dir anvertraut?, fragte er sich. Schau einfach rein, drängte seine innere Stimme. Er löste behutsam die Gummis und öffnete das Notizbuch. Daten, Namen, Orte, Summen. Nicht etwa ein Tagebuch, wie er zunächst vermutet hatte. Fast überall waren die Summen identisch: 10.000 Euro. Dann blätterte Alexander eilig in den hinteren Teil des Buches, das zwanzig Jahre zuvor begonnen worden war. Da: Melissa de la Motte. Und dort: Gisela Sandmann. Er wechselte noch einmal von Seite zu Seite. Es handelte sich ausschließlich um Frauennamen. Bei ein paar der Berliner Namen hatte er den spontanen Verdacht, dass sie ihm irgendwie bekannt vorkamen. Aus der Politik vielleicht?

„Im Schlafzimmer ist nicht wirklich was zu finden, wenn man mal von einem überaus vielfältigen Vorrat an Kondomen absieht", erklärte Dennis, der gerade das Wohnzimmer betrat.

„Hatte ich auch nicht anders erwartet", antwortete Alexander. „Aber du glaubst nicht, was ich hier gefunden habe?!"

„Was denn?"

„Ein Tagebuch gewissermaßen ..."

Dennis schaute Alexander über die Schulter.

„Wieso Tagebuch? Ich sehe keine Sätze. Da stehen doch nur Namen, offensichtlich nach Datum sortiert, und Zahlen dahinter."

Alexander triumphierte.

„Doch ein Tagebuch. Stefan von Sangerhausen hat nämlich, wie es scheint, genau Buch darüber geführt, wann er mit wem eine Beziehung hatte. Da und dort ist auch das Ende eingetragen. Und dann, schau nur, immer die Summe von 10.000 Euro, über die wir schon gestolpert sind. Die hat er sich ganz offensichtlich jedes Mal von seinen Liebschaften geborgt. Da schien er ganz konsequent gewesen zu sein."

„Zeig mal her", forderte Dennis und Alexander reichte ihm das Buch.

Dennis schlug die erste Seite auf, blätterte dann durch und landete auf der letzten beschriebenen Seite.

„Mir fehlen die Worte! Durchnummeriert hat er die Damen auch noch. Warte mal ..."

Er überschlug kurz im Kopf.

„Das sind exakt sechs Frauen pro Jahr. Jeden zweiten Monat eine neue. Das glaube ich einfach nicht!"

„Ich auch nicht", antwortete Alex.

„Wahrscheinlich musste er sich zeitlich so kurz fassen, weil ihm sonst der Boden unter den Füßen zu heiß wurde. Vielleicht war es auch so eine Art Ritual für ihn. Die Leute haben ja die abenteuerlichsten Macken."

Alexander schüttelte den Kopf.

„Ganz dicht jedenfalls kann er nicht gewesen sein, dieser Stefan von und zu."

Dennis lachte.

„Aber es muss ja auch immer die Creme de la Creme gewesen sein. Bestimmt gut aussehende und finanziell nicht schlecht ausgestattete Damen. Nehmen wir mal Gisela Sandmann. Die war auch nicht ohne ..."

Alexander legte den Kopf schräg und frotzelte: „Muss ich mir da jetzt Gedanken machen? Du bist doch in festen Händen und wirst demnächst Papa. Mach mir keine Schande!"

Dennis grinste immer noch.

„Aber träumen darf man doch mal?!"

„Womit wir wieder mal das Thema wechseln sollten. Zurück aus der Traumwelt und ab in die Realität. Ich glaube, dieses Beweisstück hier ist schon mal eine prima Grundlage, um weiter zu ermitteln. Die jüngsten weiblichen Errungenschaften lassen sich ja konkret zuordnen. Ein Motiv zumindest hätte jede der Damen. Der Verlust von 10.000 Euro und dieses generelle Betrogensein beziehungsweise plötzliche Verlassensein, das kann schon den Auslöser für eine Tat bilden, ob nun aus Verzweiflung oder Wut oder was auch immer. Kriegen wir raus. Der Knopf und das Abzeichen sind vielleicht auf eine ganz andere Art und Weise an unserem Fundort gelandet. Möglicherweise, um uns in die Irre zu führen."

Alexander reichte Dennis das Notizbuch.

„Zu guten Händen. Du kümmerst dich drum. Wobei du die Recherche natürlich nicht allein betreiben musst, nimm dir jemanden aus unserer Gruppe an die Seite. Am besten Susanne, die ist immer so gründlich."

Dennis nickte. Die Kollegin war nicht verkehrt. Hatte zwar eine große Klappe, war aber sehr zuverlässig. Dann steckte er das Notizbuch in eine Plastiktüte und schaute sich noch einmal um.

„Tolle Wohnung. So was kann sich unsereins nicht leisten."

„Na ja, die Antiquitäten vielleicht nicht. Aber das erbt man eventuell auch. Außerdem wohnst du doch in einem Haus, wenn ich mich recht entsinne. Jammer also hier nicht rum. Da hättest du Politiker werden sollen, wenn dir viel Geld vorschwebt. Man nehme so einen Bundestagsabgeordneten. Die haben sich gerade ihre Diäten erhöht und das geschieht jetzt immer automatisch, angepasst an die Bruttolohnentwicklung. Muss also keiner mehr langatmig diskutieren und drüber abstimmen ..."

„Tatsache?", erkundigte sich Dennis. „Was kriegen die denn so?"

„Liest du denn keine Zeitung? Satte 9300 Euro im Monat. Hinzu kommen über 4300 Euro als Aufwands- oder Kostenpauschale, weil man ja durch so ein Mandat eben viel Aufwand betreiben muss. Einrichtung und Unterhalt vom Wahlkreisbüro, dortige Fahrten, Zweitwohnsitz ... Da kannst du also nicht mithalten!"

„Dachte ich mir fast", sagte Dennis und ergänzte: „Hat sich unser Stefan von Sangerhausen ja quasi nur einen guten Monatslohn von den Damen erbeten."

„Wenn du das so siehst ...", lachte Alexander. „Dein Humor wird immer besser!"

„Findest du?"

„Ja, klar. Und was hältst du von dem Topmanager, der mal bei einem großen Medienkonzern und dann noch bei einem Handels- und Touristikkonzern in führenden Positionen tätig war? Komme gerade nicht auf den Namen, aber der fällt mir bestimmt noch ein. Jedenfalls hatte der sich, wie es so üblich scheint, einiges in die eigene Tasche gewirtschaftet. Langer Rede kurzer Sinn: Jetzt darf er seine Strafe im offenen Vollzug verbüßen, muss nur nach Arbeitsende in die Haftanstalt zurück und hat natürlich aus gesundheitlichen Gründen einen eigenen Haftraum. Und er arbeitet als Hilfskraft in irgendeiner Werkstatt für 1785 Euro brutto im Monat. Nicht schlecht, wie ich finde. Zweihundert Euro muss er zu seinen Haftkosten monatlich beisteuern und der Rest geht an den Insolvenzverwalter. Der ..., Mensch, wie heißt der bloß ..., na, egal – dieser Topmanager jedenfalls hatte ja Privatinsolvenz angemeldet und die Gläubiger sitzen ihm mit Millionenforderungen im Nacken. Wird wohl ein Weilchen dauern, bis er alles zurückgezahlt hat ..."

Alexander schüttelte sich und hatte einen zornigen Blick bekommen.

„Wahrscheinlich hat er mit seiner steinreichen Gattin Gütertrennung und er selbst hat so ganz plötzlich auch gar kein Vermögen mehr gehabt ... Die Reichen wissen schon, wie sie es machen müssen. Und komischerweise bekommen die auch oft eine günstigere Rechtsprechung. Da verstehe ich manchmal die Welt nicht", entgegnete Dennis.

„Ich will auch gar nicht wissen, wie es mit unseren Tätern weitergeht, wenn die hinter Schloss und Riegel sitzen!"

„Geht mir genauso. Und nun komm, wir müssen wieder zurück in die Dienststelle. Und versiegel die Wohnung ordentlich. Nicht, dass sich hier noch jemand unbemerkt in unserer Abwesenheit zu schaffen macht ..."

„Da könnte ich mir allerdings nur eine Dame vorstellen, nämlich die, mit der wir uns gerade unterhalten haben ..."

„Ja, aber ich denke nicht, dass sie was mit dem Fall zu tun hat. Wenn, dann könnte es höchstens sein, dass sie Spuren verwischen will, die auf ihr Verhältnis zu

Stefan von Sangerhausen hindeuten. Das nämlich steht in dem Notizbüchlein ohne Enddatum! Wobei sie es zwar noch nicht zugegeben, aber auch nicht wirklich geleugnet hat ...", stellte Alexander fest.

„Ich hol mal noch das Siegel", sagte Dennis, lief vor zum Auto, griff alles Nötige und war sofort wieder zurück, um diese Amtshandlung zu erledigen.

Die Tage bis zum Termin der Verabredung waren wieder einmal schneller vergangen, als es Alexander lieb war. Er saß an seinem Schreibtisch, blickte auf die Zeitanzeige des Computerbildschirms rechts unten und runzelte die Stirn. Bis 19 Uhr war eine knappe Stunde Zeit. Er könnte Wolfhard noch anrufen und das Treffen verschieben. Alex griff schon zum Telefon, doch dann schüttelte er den Kopf. Nein, dachte er, das machst du nicht. Schließlich hast du dich auf das Gespräch mit deinem Lieblingskollegen gefreut! Und die privaten Netzwerke sollte man schon gelegentlich hegen und pflegen.

„Genau“, murmelte Alexander halblaut, zog die Hand vom Telefon zurück und angelte sich stattdessen aus einer Schreibtischschublade ein paar Gummibärchen, die er im Mund verschwinden ließ. Dann griff er sich einen Stift und ging seine separate, handschriftliche To-do-Liste des Tages durch. Eigentlich lag er ganz gut mit der Erledigung der einzelnen Punkte.

Erst seit Kurzem hatte er so eine Übersicht der Büroaufgaben in seinen alltäglichen Ablauf aufgenommen. Gleich morgens erstellte er auf einem sauberen, weißen Blatt die Notizen mit Anstrichen und dahinter den jeweiligen Begriffen beziehungsweise knappen Formulierungen. Dass es eine Wohltat war, Erledigtes durchzustreichen, hatte er tatsächlich von Anfang an empfunden. Super Idee aus diesem Seminar vor ein paar Monaten: „Warum ist am Ende des Tages noch so viel Arbeit übrig oder was haben die ALPEN mit Zeitmanagement zu tun?“

ALPEN war natürlich nur eine witzige Abkürzung, die sich aber sehr gut merken ließ, ohne weitere Eselsbrücken. A eben wie Aufgaben zusammenstellen. L dann, wie die Länge der Tätigkeiten schätzen. P stand fürs Reservieren von Pufferzeiten (wobei hier eine Fünfzig-zu-fünfzig-Regel greifen konnte, vier Zeitstunden für ein Projekt fest einplanen, dazu zwei weitere als Puffer nebst neuerlichen zwei Stunden für „spontane" Aktivitäten). Das vor allem war ihm ziemlich neu vorgekommen. Bislang hatte er sein tägliches Zeitkorsett ziemlich eng gestrickt und war deshalb immer am Schieben gewesen. Man sollte so gute Tipps auch beherzigen, riet sich Alexander im Stillen und erinnerte sich weiter. E meinte Entscheidungen über Prioritäten, Kürzungen und Delegationen treffen. Letzteres fiel Alexander trotz der vielen Dienstjahre immer noch schwer. Er wusste, wenn er es tat, dann wurde alles vernünftig nach seinen Vorstellungen erledigt, und wenn etwas schieflief, dann musste er nur mit sich ins Gericht gehen. Beim Delegieren hatte er schon des Öfteren falsch gelegen, sich darauf und auf die Kollegen verlassen und schließlich reichlich Nacharbeit gehabt. Ach ja, und zuletzt N wie das Notieren des Planungsergebnisses. Alles in allem ein sinnvoller Hintergrund fürs tägliche Planen. Wenn man es denn dann auch so durchhielt ...

Projekt- und Gesundheitsmanagement hatte auf der Visitenkarte der Referentin gestanden, die sie auf dem Tisch im großen Beratungsraum an alle verteilt hatte.

Die Teilnahme in der Dienststelle war freiwillig gewesen, deshalb hatte sich auch nur eine kleine Truppe nach Feierabend eingefunden, die allerdings mit großem Interesse bei der Sache war. Am Flipchart hatte Kassandra Franke schon vorab ein paar Gedanken festgehalten, die sie locker mit weiteren Strichen ergänzte. Es gab viele Nachfragen und Bemerkungen aus der Runde.

Alexander erinnerte sich an die Frau, vielleicht irgendwo in den Vierzigern, wahrscheinlich etwas älter als er, aber schwer zu schätzen. Dunkelbraune, halblange Haare und eine markante Brille auf der Nase. Ihre kompetente Art hatte ihn gleich überzeugt und er war am Ende der Veranstaltung geneigt, sie zum Essen einzuladen. Was er dann doch verworfen hatte. Wann schließlich sollte es sein? Und wollte er sich wirklich wieder in ein nächstes Abenteuer stürzen?

So blieb ihm das sympathische Lächeln in Erinnerung, als er jetzt die oberste Schublade aufzog, in der die Visitenkarte lag. Er griff sie sich, schaute auf die Rückseite und sah den Vermerk mit dem Termin des Seminars, daneben ein Smiley. Unweigerlich musste er lachen. Vielleicht ein andermal, dachte Alexander, legte das kleine Pappstück wieder an seinen Platz und schob das Schubfach zu.

Die Minuten verrannen, während er einen Ordner sichtete. Dann strich er auf der Liste der zu erledigenden Dinge einen weiteren Punkt durch: das Telefonat mit der Pathologie. Er hatte Professor Engelbrecht vorhin gleich am Apparat gehabt und ein Stein war ihm vom Herzen gefallen. Nicht dessen Assistentin, Dr. Celine Vlachos, die er sonst häufig im Büro erwischte. Das Gespräch mit dem Professor war kurz und bündig und sehr klar strukturiert. Keine weiteren Neuigkeiten. Der Obduktionsbericht stand.

„Ich dachte mir gleich, als der Tote vor mir lag, dass es diesmal ziemlich eindeutig werden würde", hatte Alexander den Professor noch im Ohr.

„Wieso das denn?", hatte Alex wissen wollen.

„Ein ziemlich makelloser Körper, was ich bei der äußeren Leichenschau so begutachten konnte. Außerordentlich gepflegt, vom Kopf bis zu den Fußspitzen. Hat man eigentlich eher selten. Dieser Stefan von Sangerhausen hat sich bestimmt nicht irgendwie gehenlassen, jedenfalls nicht in Dingen, die seine Gesundheit hätten gefährden können. Ich habe bei der Gelegenheit, als er vor mir auf dem Edelstahltisch lag, selbstverständlich die inneren Organe untersucht. Die Leber eins a, nicht verfettet oder bindegewebig vernarbt. Zu viel Alkohol hatte er jedenfalls nicht in seinem Leben getrunken. Wobei eine Fettleber natürlich auch andere Ursachen haben kann."

„Und was unsere Vermutung angeht mit dem Schal als Tatwerkzeug?"

„Das trifft es genau. Die Augenbindehäute waren punktförmig unterblutet, was darauf hindeutet, dass ihn jemand stranguliert hat. Andere Anzeichen habe ich nicht gefunden."

Alexander hatte sich noch höflich bedankt.

Inzwischen vermied er es, mit ironischen Bemerkungen aufzuwarten. Der Professor konnte durchaus kontern, aber es war nicht sein Stil. Schade eigentlich. Ansonsten war er ein sehr angenehmer Zeitgenosse. Gern hätte Alex etwas häufiger und ausführlicher mit ihm geplaudert. So aber blieben nur die Momente an einer Leiche und da überkam Alexander ja meist dieses Würgen. Er konnte sich einfach nicht an den Geruch in der Pathologie gewöhnen.

In seinem nächsten Leben würde er einen ganz anderen Beruf ergreifen, hatte er mal in einem Gespräch mit Engelbrecht gewitzelt. Dann würde er klassischer Klavierspieler werden. Für einen Moment hatte der Professor gezuckt, so als würde er die Äußerung für bare Münze nehmen. Aber dann kam doch ein Scherz von ihm.

„... und ich Kindergärtner!"

„Gute Idee, so machen wir das", hatte Alexander beschlossen und dann hatten sie sich noch über Wut und Trauer und Ekel unterhalten. Alles Empfindungen, die beide durchaus hatten, aber stets mit einem selbst angelegten Panzer abzuwehren versuchten. Es gelang ihnen. Meistens jedenfalls.

Wenn Alexander mal von seinem ersten Fall hier in Minden absah, als es um den Kindesmissbrauch und die Tötung der Kleinen ging. Da hätte er ununterbrochen heulen können, und wenn er allein war, dann waren ihm damals auch gelegentlich Tränen gekommen.

Nur ein Anstrich war übrig und der war heute sowieso nicht mehr zu bewältigen, sondern durfte auf dem morgigen Zettel gleich den Auftakt machen. Der Bericht für den Staatsanwalt. Dafür war auch das Gespräch mit dem Gerichtsmediziner wichtig gewesen. Vorab sollte eine Mail ausreichen, zumal sich nichts an den Sachverhalten ändern würde, beschloss Alexander und öffnete das Mailprogramm, klickte die Adresse von Marc Oberländer an und verfasste ein paar Zeilen, die sich auf einen abgeschlossenen Fall bezogen. Nur eine kurze Zusammenfassung, der ausführliche Bericht würde in Kürze folgen.

Erst hatte Alexander „am nächsten Tag" geschrieben und es dann mit diesem Begriff „in Kürze" relativiert. Er wollte sich damit nicht zu sehr festlegen. Wer weiß, was er so an aktuellen Dingen am nächsten Tag alles auf den Tisch bekam. Und schließlich war der Staatsanwalt seine Zuverlässigkeit gewohnt. Dabei sollte es bleiben.

Während Alex seinen Schreibtisch aufräumte und eine aktuelle Akte nach vorn platzierte, klopfte es kräftig an der Tür und im selben Augenblick stand auch Wolfhard schon im Raum. Das blühende Leben in Person. In schwarzblauen Jeans, einem rot-schwarz karierten Hemd und einer strapazierfähigen Outdoorjacke darüber, an deren rechtem Ärmel sich ein Riss befand, der Alex sofort ins Auge fiel. Bestimmt der Terrier, schlussfolgerte er.

„Na, mein Junge. Wird das heute was mit uns beiden?"

Alexander hatte ein Strahlen aufgesetzt und erhob sich.

„Aber klar doch, lieber Wolfhard! Du hattest nicht etwa gezweifelt?!"

Wolfhard legte den Kopf schräg und kniff die Augen etwas zusammen.

„Ich spüre deine ironische Art und kombiniere mal direkt, dass du schon mit dem Gedanken gespielt hast, unsere Verabredung neuerlich zu verschieben, vielleicht gerade eben noch auf den letzten Drücker ..."

„... erwischt!" Alexander lachte. „Aber ich habe mich nach heftigem Ringen gegen mich selber durchgesetzt!"

„Hut ab. Das will was heißen. Und wen hast du jetzt in die Warteschleife geschickt?"

„Den Staatsanwalt, wenn du es genau wissen willst!"

„Das ehrt mich aber. Ich will auch gar nicht wissen, was du da jetzt vor dir herschiebst. Sicher irgendeinen unsäglichen Bericht ..."

Alexander nickte stumm.

„... aber Papier ist ja bekanntlich geduldig. Und morgen ist auch noch ein Tag. Zumal ich nicht unbedingt glaube, dass der Oberländer um die Zeit darauf lauert, dass dein Schreiben bei ihm eintrifft. Selbst Staatsanwälte sollen wohl ab und an ihren wohlverdienten Feierabend genießen!"

„Man weiß ja nie ...", setzte Alexander dazwischen.

Wolfhard kam auf ihn zu, umarmte ihn und beschloss: „Wir machen uns jetzt sofort auf den Weg, ehe du dir das eventuell anders überlegst! Ich muss ja die einmalige Gelegenheit beim Schopfe packen."

„Gebongt!"

Einvernehmlich verließen beide den Raum, gingen durch den Flur und die Treppe hinunter.

„Sag mal", erkundigte sich Alex grinsend, „hattest du keine ganze Jacke für deine Verabredung mit mir?"

Wolfhard lachte.

„Da solltest du mal meine anderen Sachen sehen. Alles Spuren von Gonzo. Der muss einem halt immer wieder seine überbordende Liebe mitteilen und die ist eben mitunter recht tatkräftig. Wobei das aber schon viel, viel besser geworden ist. Wirf übrigens einfach mal einen Blick auf seine kräftigen Pfoten! Eigentlich sollte Rita den Schlitz längst geflickt haben. Muss ich ihr wohl auf einen Zettel schreiben. Irgendwie wird man vergesslich im Alter ..."

An der Schleuse nickten sie den Kollegen zu. Wolfhard erhielt ein paar winkende Hände zum Abschiedsgruß.

„Wo steht denn dein Auto?", wollte Alexander vor der Tür wissen.

„Gleich hier auf dem Parkplatz", erwiderte Wolfhard und wies in die Richtung. „Wir sollten erst mal hingehen. Ich bin nämlich nicht allein."

„Aha. Rita oder Gonzo?"

„Was denkst du denn? Gonzo natürlich. Ich dachte doch an einen Männerabend."

Alexander lachte.

„Und dein Vierbeiner ist kneipentauglich?"

„Schon alles in der Zwischenzeit ausprobiert. Das läuft bestens bei ihm. Wie geschmiert. So als ob er es schon ewig gemacht hätte. Du wirst es sehen ... Aber erst mal musst du ihn natürlich richtig kennenlernen. Neulich hast du ja nur kurz einen Blick von draußen auf ihn geworfen. Der ist inzwischen schon wieder gewachsen! Dabei habe ich den kleinen Welpen eben noch so locker auf dem Arm halten können ..."

Wolfhard klang wehmütig.

„Ich könnte ja mein Auto hier stehenlassen. Dann fahre ich morgen mit dem Rad zur Dienststelle. Hab ich aus Zeitgründen schon ewig nicht mehr getan", bedauerte Alex mit Trübsal in der Stimme. „Wäre also ein bestens geeigneter Einstieg für einen neuen Anfang."

„Gute Idee. So machen wir das", bestätigte Wolfhard.

Die beiden näherten sich dem Fahrzeug, aber noch blieb alles ruhig. Erst als sich Wolfhard an die Scheibe des Kofferraums lehnte, erhob sich der Hund, legte die Vorderpfoten durch die silbriggrauen dicken Gitterstäbe seiner Box an die Scheibe und fing an zu bellen. Sieht aus wie im Knast, dachte Alex.

„Ganz ruhig, mein Lieber", besänftigte Wolfhard. „Sitz!"

Gonzo verstummte und setzte sich wie befohlen hin. Dann öffnete Wolfhard die Tür, während der Hund, auf weitere Anweisungen wartend, sitzenblieb und aufmerksam die beiden Männer musterte.

„Gestatten, das ist also Gonzo, unsere Mitbewohner“, sagte Wolfhard mit Blick zu Alexander und Richtung Hund: „Das hier ist mein ehemaliger Chef, Alex.“

Gonzo knurrte unterschwellig und richtete sich zu voller Größe auf.

„Aus und Platz!“, gab Wolfhard vor, worauf der Hund sofort reagierte und sich auf die Decke legte.

„Junge, Junge, der pariert ja aufs Wort“, staunte Alexander. „Davon würd ich bei meinen Mädels mal träumen ... Und was der für Pranken hat?! Aber das Auto hattest du ja nicht einmal abgeschlossen? Noch nie was von Kriminellen gehört?“

Wolfhard grinste.

„Nicht mehr nötig. Bei dem Insassen traut sich keiner ran, besser als jeder noch so perfekte Schließmechanismus. Dieser Hund bleibt immer so lange still, bis sich einer dem Fahrzeug nähert, und dann wird er extrem aktiv. So ähnlich wie gerade eben. Das hast du ja gesehen. Schreckt jeden Ganoven ab. Da kannst du Gift drauf nehmen.“

„Glaub ich dir aufs Wort, bin allerdings an Gift nicht interessiert ... Und wohin soll es jetzt gehen?“

„In Dützen ist ein ganz netter Grieche. Den hab ich mit Gonzo schon getestet. Alles wunderbar. Dann fahre ich dich im Anschluss nach Hause. Ist kein großer Umweg.“

Alexander nickte.

„Ach so, wie lange haben dir denn deine Mädels Ausgang gegeben?“

„Ein Babysitter ist ja zum Glück nicht mehr nötig. Ich habe die Nachbarin gebeten, mal kurz zum Abendbrot vorbeizuschauen, ob alles klappt. Und Hertha Jendritzky ist die Zuverlässigkeit in Person. Wie ich sie kenne, wird sie die beiden mal wieder verwöhnen.“

„Kann ich mich noch gut dran erinnern, wie du immer von ihr geschwärmt hast. Wie alt ist die Dame eigentlich?"

„Kein Thema. Könnte meine Mutter sein."

„Ach, so hatte ich das gar nicht gemeint ..."

Wolfhard blickte verschmitzt.

Als beide ins Auto einstiegen, bemerkte Alexander einen eigentümlichen, etwas schweren, fast erdigen Geruch. Er rümpfte die Nase, was Wolfhard während eines kurzen Rundumblickes beim Starten bemerkte.

„Hast du was?", fragte er scheinheilig.

„Ich weiß nicht, irgendwas riecht bei dir anders als sonst ..."

„Und da hat der Herr Hauptkommissar keine Erklärung für?"

Alexander schlug sich die Hand an die Stirn.

„Was bin ich blöd. Natürlich, der Hund. Hat eben seinen Eigengeruch. Vielleicht etwas gewöhnungsbedürftig ..."

Wolfhard blickte ihn schräg aus den Augenwinkeln von der Seite her an, es schien fast herausfordernd.

„Nein, nein, ich will da jetzt gar keine Kritik anbringen", lenkte Alexander ein. „Ich hab ja auch Albert daheim. Und so ein Kater schleppt bestimmt ebenfalls seine Duftnote mit ins Haus. Nur merke ich das eben nach so langer Zeit gar nicht mehr. Eben alles eine Frage der Gewöhnung, wie ich schon sagte ..."

Wolfhard startete das Fahrzeug und fuhr los.

„Hast du das mit dem Diebstahl der sechs französischen Bulldoggen-Welpen samt Muttertier in deinem Nachbardorf gelesen?", wollte Wolfhard wissen, als er bei Rot an der nächsten Ampelkreuzung halten musste.

„Wenn ich ehrlich bin, dann komme ich kaum dazu, mal ins Tageblatt zu schauen", erwiderte Alex und ihm lag noch auf der Zunge, dass er Hundenachrichten sowieso nicht wahrnehmen würde.

„Jedenfalls haben sie die Mutter eine Weile später auf einem Parkplatz einer Diskothek bei Bremen wiedergefunden. Aber keine Spur von den Welpen, wie euer Pressesprecher Kai Schmökel geäußert hat. Weil eben so viel Nachwuchs dieser Rasse aktuell auf dem Markt ist, gestaltet sich die Suche schwierig!"

Wolfhard setzte eine gezielte Pause, die dafür geplant war, dass Alex sich entsprechend äußerte. Dem aber fiel nur ein, dass ihm der Pressesprecher fast leidtat bei all den ausgefallenen Dingen, zu denen er sich fachgerecht, ohne in ein Fettnäpfchen zu treten, äußern musste. Ziemliche Gratwanderung. Er wäre dazu nie und nimmer in der Lage. So schwieg Alexander lieber, während seine Hochachtung für Kai Schmökel stieg.

Alexander versuchte, das Gespräch auf die Polizeiarbeit zu bringen, und erzählte von unechten Ordnungshütern, die gerade unterwegs gewesen und denen vor allem Senioren auf den Leim gegangen waren. Im Rahmen von Ermittlungen gaben die sogenannten Beamten vor, Schmuck sehen zu wollen. Und bereitwilligst führten die alten Leute all ihr Geschmeide vor, von dem natürlich später ein Teil fehlte. Oder die Idee mit Ermittlungen bei der Hausbank, woraufhin die Opfer mal eben locker die Zugangsdaten und Transaktionsnummern fürs Konto freiwillig herausgaben. Einfach obrigkeitshörig, die betagten Herrschaften, befand Alexander. Natürlich hatte er an den Rentner Wolfhard gedacht, aber der ging überhaupt nicht auf dieses Thema ein. Alles schien sich bei ihm nur noch um Hunde zu drehen. Nur kurz waren sie mal bei etwas anderem gelandet.

„Hattest du dich nicht direkt nach deiner Pensionierung in die Aktion mit der Beratung eingeklinkt?“, wollte Alexander wissen.

„Doch“, antworte Wolfhard etwas gelangweilt, „aber das war nicht so ganz mein Ding.“

„Und wieso nicht? Prävention ist eine tolle Sache!“

„War auch bestimmt klasse. Wir hatten uns zum Beispiel mal am Mindener Marktplatz getroffen und die Fragen von Passanten fachmännisch beantwortet. Da gab es schon einen ziemlichen Zulauf. Etliche wollten wissen, wie Trickdiebe meist auftreten. Und da haben wir eben von den üblichen Vorgehensweisen berichtet. Der Rempeltrick, der beim Einsteigen in den Bus oder beim Betreten eines Geschäfts angewandt wird – man rempelt jemanden an und im folgenden Gedränge greift man in dessen Tasche. Flugs sind die Mäuse weg. Dann die verschiedensten Ablenkungstricks mit der Bitte um Geldwechsel, dem vermeintlichen Beschmutzen von Garderobe, dem freudestrahlenden Umarmen durch einen Unbekannten. Bankkunden werden beobachtet, wenn sie am Automaten Geld abheben, und die Täter wissen sofort, wo das Portemonnaie weggesteckt wird. Und so weiter und so fort. Eben die übliche Leier. Wobei das eben nicht neu ist und du dir den Mund fusselig redest, aber die Leute trotzdem blauäugig in die nächste Falle tapsen. Wahrscheinlich direkt nach unserer Aufklärung. Außerdem: Wenn du zuvor den Rest deines Berufslebens bei der Kripo verbracht hast, dann sind Langfinger einfach nicht der Bringer.“

Alexander musste lachen.

„Hättest du also lieber ehrenamtlich weiterhin mit Mord und Totschlag zu tun?"

„Also in gewissem Sinne ist es das mit der Hundemafia schon ..."

Wenig später landeten sie an ihrem Ziel. Während der Fahrt war es ums Thema Essen gegangen. Alexander lief schon das Wasser im Mund zusammen. In einem griechischen Restaurant war er lange nicht mehr gewesen, und wenn er ehrlich zu sich war, dann hatte er es auch vermieden, um die unweigerliche Erinnerung an Celine nicht heraufzubeschwören.

Jetzt schob er diesen aufkeimenden Gedanken beiseite. Verdammt, konzentrier dich mal und genieße einen schönen Abend mit deinem Kumpel Wolfhard, forderte ihn seine innere Stimme auf. Und wenn alle Gastronomie mit irgendwelchen ehemaligen Flammen belegt ist, dann bleibt dir ja bald gar kein Laden mehr übrig ... Ein feines Lächeln legte sich in das Gesicht von Alexander und seine trüben Gedanken verflüchtigten sich. Auch, weil jetzt Gonzo seine Aufmerksamkeit forderte.

Wolfhard war ausgestiegen, hatte die hintere Tür von seinem Kombi und dann die Tür der Box geöffnet und der Hund hatte sich, ohne einen Mucks von sich zu geben, anleinen lassen. Dann war er elegant aus dem Wagen gesprungen, hatte sich neben Wolfhard gesetzt und fragend zu ihm nach oben geschaut.

„Alles klar, mein Bester. Fein gemacht", tätschelte ihm Wolfhard den Kopf, klaubte ein Leckerli aus der Hosentasche und hielt es Gonzo hin, der es sofort verschluckte. Offensichtlich schien der Hund gern noch mehr davon haben zu wollen. Breitbeinig stand er da, blickte erwartungsfroh auf sein Herrchen und wedelte mit dem Schwanz.

„Sieht schon drollig aus, wenn dein Gonzo so voller Begeisterung mit dem Schwanz wedelt", kommentierte Alex.

„... mit der Rute", verbesserte Wolfhard.

„Womit?", wollte Alexander wissen, bei dem der Groschen gerade nicht fiel.

„Na ja, Fachsprache. Das heißt eben nicht Schwanz, sondern Rute bei den Hunden."

„Aha", nickte Alex.

„Weit mehr als sieben Millionen Hunde leben bei uns in über fünf Millionen deutschen Haushalten!"

„Und die meisten in Berlin. Da landest du laufend in den Tretminen, wenn du nicht aufpasst ...", rutschte es Alexander raus.

„Na ja", lenkte Wolfhard ein, „als Hundehalter bist du allerdings verpflichtet, die Hinterlassenschaften zu entsorgen. Was aber nicht jeder tut."

„Genau", bestätigte Alex.

„So und nun mal rein zu Dimitrios. Mein Lieblingskellner müsste heute Dienst haben. Ich hab nämlich vorneweg angerufen und uns angekündigt."

„Meinst du, das war nötig? So voll wird es schon nicht sein! Der Parkplatz ist ja auch nicht gerade üppig gefüllt."

„Besser ist besser", meinte Wolfhard. „Außerdem kennst du doch mein Sicherheitsbedürfnis, was Planungen betrifft."

Alexander nickte.

„Eine von deinen vielen wunderbaren Eigenschaften, die ich bei der Arbeit so geschätzt habe. Da konnte wirklich nichts schiefgehen. Und ich konnte mich hundertprozentig auf dich verlassen."

Ein Seufzen schloss sich an, aber Wolfhard tat so, als habe er das überhört. Er lief voraus, Gonzo dicht an seiner Seite. Dann öffnete er die Tür der Gaststätte.

Alexander musterte in wenigen Augenblicken die gesamte Einrichtung, scannte sie ab, so wie er einen Tatort in sich aufsaugte. Typische Anmutung, wie man sich hierzulande Griechenland vorstellte. In den Farbtönen Blau und Weiß gehalten, wie das Meer und ein paar duftige Wolken am Himmel. Vielleicht aber auch dem Umstand geschuldet, dass sich die Inhaber ein Stück weit die Heimat in ihren Alltag holen wollten. Wenn sie denn dann tatsächlich aus der Gegend stammten.

Sie wurden freundlich begrüßt und Wolfhard stellte Dimitrios vor. Der schwarzhaarige Kellner strahlte warme, herzlich wirkende Gastfreundschaft aus und geleitete sie zu einem Tisch, auf dem sich ein Reserviert-Schild befand.

„Für deinen besten Freund habe ich schon frisches Wasser serviert", betonte Dimitrios und wies auf die gut gefüllte Keramikschale, ebenfalls in Blau-Weiß, die direkt an der Wand stand. Gonzo schien nur auf den Moment gewartet zu haben, stellte sich davor und ließ lautstark seine Zunge hineinschnellen, um seinen Durst zu stillen. Tropfen zierten in Windeseile den Boden ringsum. Wolfhard setzte sich gleich daneben auf die Sitzbank, schlang die Leine um einen Fuß des Möbelstücks und sicherte sie mit dem Karabinerverschluss. Alexander beobachtete das aufmerksam und nickte anerkennend, als auch er Platz nahm, direkt gegenüber von Wolfhard.

„Ihr seid ja schon ein perfektes Team", sagte er.

„Genau wie wir das mal waren", antwortete Wolfhard mit sehnsuchtsvoller Erinnerung in der Stimme.

„Ach ja, ist wirklich schade. Aber alles im Leben hat seine Zeit. Und du hast dir dein Rentnerdasein redlich verdient", beschloss Alexander.

Der Kellner brachte zwei Speisekarten, empfahl ein besonderes Tagesgericht mit Lamm und nahm die Getränkebestellung entgegen. Alexander überlegte kurz.

„Oh, da könnte ich ja eigentlich auch mal ein richtiges Bier trinken, wenn du mich nach Hause fährst."

Wolfhard nickte. Er bestellte sich ein Mineralwasser und Alexander nahm ein Bier vom Fass.

„Du hattest doch neulich was von Hundemafia erzählt", fing jetzt Alexander an und tat interessiert, viel lieber hätte er sich über den aktuellen Fall ausgetauscht.

„Genau. Ich wollte jetzt bloß nicht gleich mit der Tür ins Haus fallen. Aber das ist so eine extreme Geschichte, der ich da auf der Spur bin ..."

„Klingt spannend", warf Alexander ein, um höflich zu sein. Fast hätte er allerdings gegähnt.

„Ist es auch. Sehr sogar. Und du musst dich unbedingt einklinken. Allein komme ich jetzt nicht weiter. Sobald ich sage, dass ich nicht mehr im Dienst bin, werden alle unkonkret, weichen aus und verlieren sich in Allgemeinplätzen."

„Na, dann hol doch einfach mal etwas weiter aus. Ich habe ausreichend Zeit mitgebracht und bin ganz Ohr. Bis unser Essen auftaucht, dauert es sicher noch ein Weilchen", sagte Alexander, griff sich sein Bier, das der Kellner gerade vor ihn hingestellt hatte, und prostete seinem Gegenüber zu. Dann nahm er einen großen Schluck.

„Also", fing Wolfhard an, „angefangen hat das alles, als Rita und ich auf die Idee kamen, einen kleinen Hund in die Familie aufzunehmen. Ursprünglich wollten wir ja einen aus dem Tierheim retten, das hatten wir ganz fest vor. Aber da kam uns unser Nachbar in die Quere. Der hat nämlich Riesenschnauzer und kennt sich bestens mit den Tieren aus, trainiert die, war schon bei zig Wettbewerben richtig erfolgreich und hat reichlich Preise eingeheimst, schmücken alle die Wände in seinem Wintergarten. Logischerweise haben wir uns beraten lassen, denn so ein Vierbeiner muss ja auch vom Wesen her zu einem passen, und zufällig kannte unser Nachbar einen Züchter in Bielefeld, der gerade einen Wurf mit Jungtieren hatte. Sind wir also gemeinsam mit unseren Nachbarn hingefahren, nachdem ich mich kundig gemacht hatte, ob die Rasse auch für uns geeignet ist. Alles klar. Idealer Familienhund so ein Airedale Terrier. Und als wir uns dann vor Ort davon überzeugten, wie prima die Kleinen aufwuchsen und wie gut erzogen und ausgesprochen hübsch die Mutter war, da konnten wir nicht mehr zurück. Vor allem nicht, als wir den Knirps mal auf dem Arm halten durften. Liebe auf den ersten Blick quasi. Die Frau von unserem Nachbarn hat dann auch ein Erinnerungsfoto vom ersten Tag unserer Begegnung geschossen: Rita, Gonzo und ich. Wobei ich inzwischen manchmal denke, der Hund muss irgendwann vertauscht worden sein. Sieht sich so gar nicht mehr ähnlich."

Wolfhard hatte geredet, ohne auch nur einmal Luft zu holen. Jetzt war er allerdings ziemlich rot im Gesicht geworden.

„Du solltest mal einen Schluck von deinem Wasser nehmen, sonst erstickst du mir noch!", empfahl Alexander.

Wolfhard griff sich sein Wasserglas und trank es bis auf einen kleinen Bodensatz leer.

„Jedenfalls durften wir ihn da noch nicht mitnehmen, weil so ein kleiner Racker erst acht Wochen alt sein muss, ehe er von seiner Mutter los kann. So sind die Spielregeln."

„Aha."

„In dem Zusammenhang hat uns der Züchter dann davon erzählt, was mit den so wunderbar niedlichen Welpen für ein Geschäft gemacht wird. Es gibt sogar eine Initiative namens Wühltischwelpen. Die lehnt sich natürlich dagegen auf. In Online-Börsen oder auch direkt in den Grenzbereichen werden sie angeboten: Hundebabys aller Rassen. Bildhübsch sind die Kleinen, blicken artig in die Kamera und sind jung, sehr jung. Eben noch keine acht Wochen, wenn sie schon offeriert werden. Die Winzlinge kannst du dir einfach so in die Jackentasche stecken! Reinrassig sollen sie angeblich sein und ausschlagend ist dann das Preisargument. Einfach nur billig, frei nach dieser dämlichen Geiz-ist-geil-Mentalität. Das kann ein ehrlicher Züchter natürlich nicht bieten. Bei dem hat eben so ein kleiner Hund auch seinen Preis, weil er zuvor allerlei kostet – mit Qualitätsfutter, Impfungen und allem Drumherum. Der Züchter hat mir dann auch Fotos auf seinem Handy gezeigt, wo er mal in Polen unterwegs war, ziemlich dicht an der Grenze. In einem Pappkarton hatte ihm ein Verkäufer einen Schwung Welpen hingehalten. Auf den ersten Blick echt süß. Aber wenn du die Hintergründe erfährst!"

„Und die sind?"

Alexander fühlte sich irgendwie unwohl. Er war ja auch ein Verfechter vom Tierschutz, aber Wolfhard kam einfach nicht auf den Punkt. Er wusste immer noch nicht, worauf sein ehemaliger Kollege hinauswollte und vor allem wie er ihm nun helfen konnte.

„Du wirst dich jetzt sicher fragen, wo hier der rote Faden meiner Erzählung ist!“, fügte Wolfhard an, woraufhin Alex erleichtert nickte.

In dem Moment kam der Kellner, der zwei große, gut gefüllte Teller und dazu kleine Salatschüsseln in den Händen balancierte. Als er alles abgestellt und einen guten Appetit gewünscht hatte, meinte Wolfhard: „Stört es dich, wenn ich die Geschichte beim Essen weitererzähle?“

„Bin doch keine Mimose und außerdem so allerlei gewöhnt. Mach ruhig“, entgegnete Alexander und ergriff Messer und Gabel.

„Also, in Osteuropa werden dafür Hundemütter unter den fürchterlichsten Bedingungen gehalten. Ständige Geburten stehen für sie auf dem Plan. Anders als hier, wo es bei den Züchtern eben Auflagen gibt, in welchen Abständen der nächste Nachwuchs kommen darf. Dort geschieht das aber, sobald es wieder möglich ist. Das sind dann reine Gebärmaschinen. Hinzu kommen schlechte Ernährung und fehlende medizinische Versorgung. Sowohl für die Muttertiere als auch für die Welpen, die ganz früh weitergereicht werden, nur damit sie auch wirklich so niedlich wie auf den Fotos sind. Da kannst du dir dann so einen Knirps in die Handtasche deiner Frau packen. Allerliebst. Eigentlich. Die Kleinen brauchen natürlich ihre Zeit bei der Mutter und ganz viel Fürsorge. Gefälschte Papiere werden für die sogenannten Reinrassigen fix erstellt und dann geht es auf Tour durch ganz Europa. Bis sie in die Hände der neuen Besitzer kommen, die glauben, ein echtes Schnäppchen gemacht zu haben. Weil es ja so billig war. Aber so ein Winzling kränkelt oft vor sich hin oder stirbt gar. Natürlich nehmen die neuen Herrchen noch hohe Tierarztkosten in Kauf, um ihren Liebling zu retten."

Alexander schaute jetzt doch sehr interessiert, ließ sich aber gleichzeitig das Essen schmecken, er war stärkeren Tobak gewöhnt. Wolfhard fuhr fort.

„Das Ganze hat sich inzwischen zu einem Millionengeschäft entwickelt und der Handel mit den reinrassigen Welpen wird echt professionell betrieben, mit mafiösen Strukturen! Die Polizei kontrolliert zwar stichprobenartig und deckt Woche für Woche illegale Welpentransporte auf. Aber das ist nur ein Tropfen auf den heißen Stein. Und bei der aktuellen Lage mit den Flüchtlingen, die zum Teil auch illegal transportiert werden, geht so was natürlich thematisch unter. Was ich irgendwie sogar verstehen kann. Sind ja nur Tiere ..."

Wolfhard zuckte mit den Achseln und hatte Tränen in den Augen.

Alexander legte ihm jetzt eine Hand auf den Arm, um ihn zu beruhigen.

„Wenn ich dir irgendwie helfen kann, dann tu ich, was in meiner Macht steht."

Er wusste zwar im Moment noch nicht wie, aber das würde sich finden, dessen war er sicher. Immerhin konnte er doch seinen langgedienten ehemaligen Kollegen nicht im Stich lassen.

Alexander hatte nur kurz mit sich gerungen, welche Variante er wählen sollte. Schließlich war beides möglich. Er konnte einerseits jemanden in Berlin beauftragen, die Befragung zu übernehmen. Andererseits konnte er als Ermittlungsbeamter auch hinfahren und selbst befragen. Wenn schon die Chance bestand, dienstlich in seine Heimatstadt zu fahren, dann wollte er die auch nutzen. Vielleicht ließ es sich sogar mit einem Abstecher zu seiner Cousine Vanessa verbinden. Das wäre ja grandios. Nun müsste zunächst nur der Staatsanwalt sein Einverständnis geben.

Die Lüfter des Computers rauschten lautstark, während Alexander die Nummer von Marc Oberländer betätigte.

„Was haben Sie denn auf dem Herzen?", erkundigte sich der Staatsanwalt, der sofort mit deutlichen Kaugeräuschen am Apparat war. „Entschuldigung, ich nehme gerade mein Mittagessen ein. Heute reicht es mal wieder nur für ein belegtes Brötchen aus der Kantine ... Ich hoffe, es geht um unseren toten Schauspieler? Das sollte doch zügigst geklärt sein. Für meinen Geschmack ist da schon ein wenig zu viel Zeit ins Land gegangen ..."

Alexander lag eine Bemerkung auf den Lippen, aber die wäre für eine Genehmigung seiner Dienstreise sicherlich nicht förderlich gewesen.

„Ich würde gern in dieser Sache ein paar Befragungen in Berlin durchführen wollen."

„Eine Art Heimaturlaub, was?", scherzte Marc Oberländer.

Alexander biss sich auf die Lippen, um nicht auf seine übliche Art zu reagieren.

„Ganz wie man es sieht. Natürlich freue ich mich, wenn ich ein paar Tage in meiner Geburtsstadt sein darf. Aber das ist ja nebensächlich. Es geht um einige Damen aus dem Umfeld des Toten, die wir unbedingt befragen müssten. Ich könnte ja einen Kollegen in Berlin darum bitten, aber ich stecke natürlich mehr im Thema drin ..."

„Gar keine Frage. Was für Damen sind es denn?"

„Das ist das Problem. Unser Toter hatte sehr enge Kontakte auch zu höheren gesellschaftlichen Kreisen der Stadt. Darunter namhafte Schauspielerinnen, eine Politikerin aus dem Bundestag ..."

„Oh, da lassen Sie mir aber bitte unbedingt Fingerspitzengefühl walten. Letztere genießt ja auch eine gewisse Immunität! Wobei Mord das natürlich aushebelt."

„Selbstverständlich. Ich werde alle mit Samthandschuhen anfassen."

Die Bemerkung konnte sich Alexander jetzt nicht verkneifen, aber der ironische Unterton war dem Staatsanwalt offensichtlich nicht aufgefallen, und wenn, dann überging er das.

„Gut. Von meiner Seite aus alles in Ordnung. Sie haben schließlich das Detailwissen, das sich aus der Aktenlage nicht immer ergibt. Sie können also viel intensiver und tiefgründiger arbeiten. Informieren Sie aber unbedingt zuvor die örtlich zuständigen Kollegen ..."

Alexander verdrehte die Augen, schwieg aber zu dieser Äußerung.

„... das ist ganz wichtig, vielleicht benötigen Sie ja in irgendeiner Art Unterstützung. Außerdem können

Ihnen die Kollegen wahrscheinlich einiges aus dem Umfeld der zu vernehmenden Personen sagen, was Ihnen weiterhilft!"

„Ja, das mache ich natürlich", erklärte Alex.

„Ich wähne Sie im Grunde schon auf dem Weg Richtung Hauptstadt. Viel Erfolg. Und berichten Sie mir umgehend über Ihre Ergebnisse, wenn möglich auch von unterwegs aus."

Alexander hatte das Gespräch noch nicht beendet, als es an der Tür klopfte und Dennis im selben Moment schon im Raum stand. Mit ein paar Gesten deutete Alex an, dass er noch ein paar Augenblicke brauchte und Dennis sich schon einmal setzen sollte.

„Gut, dass du gerade reinschneist", sagte Alex schließlich. „Du kommst wie gerufen!"

„Immer wieder gern", meinte Dennis und strahlte. Inzwischen hatte er sich doch zu einer konsequenten Kurzhaarfrisur durchgerungen, was ihm deutlich besser stand.

Dann berichtete Alexander von seinem Vorhaben und dass er Dennis in der Zwischenzeit als seinen Stellvertreter betrachten würde. Dennis schien auf seinem Stuhl ein Stück zu wachsen. Beide gingen den aktuellen Stand durch und Dennis machte sich ein paar Notizen.

„Willst du denn deine Kinder mitnehmen, wenn du nach Hause fährst?", erkundigte sich Dennis.

Alexander schlug sich mit einer Hand vor den Kopf.

„Gut, dass du mich dran erinnerst. Ich war gerade so euphorisch, dass ich noch nicht daran gedacht habe. Es ist ja Schule. Ich kann die beiden nicht so ohne Weiteres aus dem Unterricht nehmen."

„Wenn du Hilfe brauchst ..."

„Das ist nett von dir, Dennis, aber das pack ich schon. Bin ja inzwischen ein perfekter Organisator, was das Familienleben angeht."

„Da habe ich eines Tages bestimmt mal ein paar Fragen an dich!"

„Später gern", sagte Alex mit einem Blick auf die Uhr. „Wenn ich mich jetzt nicht spute, dann kippt die Planung!"

„Bin schon weg. Gutes Gelingen in Berlin. In den Bundestag würde ich natürlich auch ganz gern mal schauen wollen, vor allem nicht als Besucher, wo man sich stundenlang anstellen muss, wie ich gehört habe ..."

Jetzt lachte Alex auf.

„Also da kann ich mir was Besseres vorstellen, als ausgerechnet dieses Forum auch noch von innen zu begutachten."

Mehr wollte er dazu gar nicht kommentieren.

Kaum hatte Dennis den Raum verlassen, als Alexander schon alle Hebel in Bewegung setzte, um die Aktion in die Wege zu leiten. Reinhold Riechmann hatte er bereits vor dem Gespräch mit dem Staatsanwalt darüber informiert, was er vorhatte. Nicht dass er sich übergangen fühlte. Von ihm gab es nur ein verständnisvolles Nicken und keine unpassenden Bemerkungen.

Für Tina und Lena gewann er die Nachbarin Hertha in Kombination mit Heike, die zufällig ein paar Überstunden abbummeln sollte.

„Prima, mach ich doch mit deinen Mädels gern", hatte Heike zugestimmt. „Brauchst dich nicht zu sorgen. Wir haben alles im Griff."

Alexander hatte inzwischen ziemliche Farbe im Gesicht bekommen. Er erledigte ein Telefonat nach dem anderen und erstaunlicherweise klappte es überall.

„Hallo Häschen, hier ist dein Lieblingscousin, ich stehe in den Startlöchern auf dem Weg nach Berlin", war er bei Vanessa mit der Tür ins Haus gefallen.

„Und nun benötigst du ein preiswertes Quartier, wie ich dich kenne", hatte sie sofort reagiert. „Aber nur, wenn du die Mädchen mitbringst!"

„Geht leider nicht", hatte Alex erwidert. „Die beiden müssen in die Schule. Ich habe auch eigentlich viel zu viel zu tun. Aber das erkläre ich dir, wenn ich da bin."

„Dann plane aber in absehbarer Zeit eine Stippvisite bei uns mit deinen Kindern ein. Zwischendurch sollte man sich schon mal in die Augen schauen. Immerhin sind wir doch deine Familie."

Das klang vorwurfsvoll.

„Ja, Häschen", lenkte Alex ein und beide lachten in Vorfreude auf das familiäre Treffen.

Die Tour nach Berlin über die A2 war ausnahmsweise komplikationslos verlaufen. Kein Stau, kein Unfall, keine Totalsperrung. Alex hatte diesmal nur die Minimalfahrtzeit benötigt und lag gut im Rennen. Ein echter Glückstreffer.

Denn neulich erst hatte Alex von der ADAC-Verkehrsdatenbank gelesen und dass die NRW im Jahr zuvor auf den rund 2200 Autobahnkilometern 182.000 Staus bescheinigt hatte. Autofahrer würden Tausende von Stunden im Stau stecken. Selbst die Staulänge in Nordrhein-Westfalen hatte jemand addiert und kam auf 323.000 Kilometer. Womit sich NRW als bevölkerungsreichstes Bundesland zum Spitzenreiter in der Staubilanz hochgeschaukelt hatte.

Doch, etliche Kilometer davon standen auf seinem Tacho! Vertrödelte Lebenszeit. Auch bundesweit war die Anzahl der Staus gestiegen, um zwanzig Prozent sogar binnen eines Jahres! Zum einen lag das schon an der gründlicheren Erfassung, vor allem durch Fahrzeugflotten-Daten. Zum anderen kam aber das deutlich erhöhte Verkehrsaufkommen dazu, wofür nun wiederum die Bundesanstalt für Straßenwesen aktuelle Fahrleistungsdaten parat hatte. Schließlich aber die jerege Bautätigkeit auf den Autobahnen. Auf der A2 jedenfalls schien sie nie ein Ende zu nehmen. Kaum war eine Baustelle beendet, machte die nächste auf. Da nutzte auch nicht der freundliche Spruch auf den großen Plakaten, man würde sich fürs Verständnis bedanken ...

Bevor Alexander sich auf den Weg zu dem Gespräch mit der Bundestagsabgeordneten machte, schaute er bei seinem Berliner Kollegen Frank Richter vorbei. Über ihn hatte er auch alle zuvor nötigen Absprachen und Abstimmungen geklärt.

„Schön, dass es dich mal wieder nach Neukölln verschlägt", hatte Frank Alexander begrüßt und ihn in die Arme geschlossen.

„Ich freue mich auch, selbst wenn es nur dienstlich ist und ich leider nicht einmal die Zeit für ein gemeinsames Bierchen mitgebracht habe. Diesmal muss ich bei meiner Cousine sitzen, sonst verzeiht sie mir das nie. Sie hat schon alles fürs Abendbrot ganz in Familie vorbereitet. Eigentlich finde ich das richtig schön ..."

„Mach das mal. Kein Problem", klopfte Frank Alex auf die Schulter. „Ich bin heute ebenfalls schon verplant. Dann verschieben wir das auf ein andermal. Oder wir treffen uns mal in einem virtuellen Raum auf ein Pils, ha, ha!"

„So weit kommt es noch", lachte Alexander herzlich. „Da ziehe ich mir ein echtes Treffen doch wirklich vor. Ich weiß nur nicht, wieso einem immer wieder die nötige Zeit abhandenkommt. Eben noch plane ich alles ganz gemütlich und im selben Augenblick ist schon wieder alles vorüber."

„Geht mir ebenso. Das ist wohl das Leben heutzutage. Immer hektisch, immer auf der Überholspur. Frage mich nur manchmal, wo das noch hinführen soll ..."

„Hast du denn einen Kaffee für mich?", erkundigte sich Alex mit schelmischem Lächeln.

Frank schlug sich mit der flachen Hand an die Stirn.

„Wie konnte ich das vergessen. Bist du schon kaffeetechnisch dehydriert?"

„Vollkommen!"

„Dann wird gleich was serviert. Warte mal, ich rufe Tanja an. Die wird sich auch freuen."

Frank telefonierte mit seiner Kollegin und bestellte Kaffee für alle. Wenig später schob sich die Tür auf.

„Also normalerweise bin ich hier nicht die Bedienung des Hauses", flachste Tanja und strahlte dabei übers ganze Gesicht. „Aber für dich, mein lieber Alex, will ich mal eine Ausnahme machen."

Dann stellte sie die Kaffeebecher auf den Tisch und breitete die Arme aus. Alexander erhob sich und ließ sich in die herzliche Begrüßung fallen.

„Ist mein Kaffee auch schwarz und ohne Zucker?", wollte Alex wenige Augenblicke später wissen.

Tanja stemmte die Fäuste in die Hüften.

„Jetzt willst du mich wohl testen? Meinst du, dass ich deine Vorlieben vergessen habe? Nie und nimmer", protestierte sie energisch, nahm die Arme wieder herunter und setzte sich.

„Weiß ich doch, Tanja. Ich wollte dich nur mal testen. Ach, was hatten wir hier für schöne Zeiten", erinnerte sich Alexander wehmutsvoll und die zwei stimmten in sein Seufzen ein, griffen zeitgleich nach den Kaffeebechern und prosteten sich zu.

„Ich muss dann allerdings auch gleich wieder an die Arbeit. Mitarbeiter der Straßenreinigung haben gerade zwischen geparkten Autos unter einem Laubhaufen ein totes Baby gefunden. Schon ziemlich verwest die Leiche. Jetzt läuft die ganze Maschinerie an. Fundort abgesperrt, Spurensicherung im Einsatz. Und wir dürfen erneut wegen des Verdachts eines Tötungsdelikts ermitteln. Wenn das nicht mal wieder einer von den Erziehungsberechtigen war, der seine Misshandlungen damit anderen in die Schuhe schieben will. Von wegen Kind entführt und die gängigen Fantastereien", erzählte Tanja, während sie sich wieder erhoben hatte, und schloss an: „Vor ein paar Tagen erst der erdrosselte Mann in der Mülltonne, vermutlich von seinem Bruder auf diese Art und Weise entsorgt ... Der nächste Typ steckte kopfüber in einem offenen Gully. Da dachten wir auch zunächst, einer habe nachgeholfen. Aber der wollte offensichtlich nur seinem reingefallenen Schlüssel hinterher. Dumm gelaufen. Und dann der 14-Jährige, der auf seiner Klassenfahrt hier in Berlin seinem Lehrer einen Schnürsenkel um den Hals legte und versuchte ihn zu erdrosseln. Manchmal hasse ich den Job regelrecht!"

Alexander nickte verständnisvoll.

„Geht mir genauso!"

„Dann schon mal Tschüssi an dieser Stelle", verabschiedete sich Tanja.

„Vielleicht sehen wir uns noch?"

„Bestimmt", erwiderte Alexander.

„Ich schaue bei dir noch einmal vorbei, ehe ich gehe."

Dann saßen Frank und Alexander einen Moment schweigsam im Büro.

„Und was liegt sonst so an?", wollte Alex wissen.

„Ach, das Übliche. Die gewalttätigen Großfamilien und Clans bekommen wir nicht wirklich in den Griff. Fließende Übergänge zur organisierten Kriminalität. Wir können das alles nur noch unzureichend kontrollieren. Da fehlen einfach die Mittel und das Personal. An die abgeschottet lebenden patriarchalischen Familien kommst du sowieso nicht ran ... Manchmal ist es zum Verzweifeln."

Alexander brummte zustimmend.

„Ich hab bei uns im Tageblatt gelesen, dass es vor der Deutschen Oper bei euch eine große Explosion gab. War ein Sprengsatz unter einem Auto angebracht ..."

Frank winkte ab.

„Vom Bezirk her nicht unsere Baustelle. Aber ist schon richtig. Der Hintergrund könnte im Bereich des Kokainhandels liegen. Deshalb diese spektakuläre Vorgehensweise, um vielleicht einen Verräter auszuschalten. Die Kollegen sind dran. Manchmal verliere ich hier schon die Übersicht, bei den vielen Vorfällen.

Insgesamt steigt die Zahl der Einbrüche, vor allem Verbrecherbanden ziehen durch die Lande und wir kommen mit dem Aufklären gar nicht hinterher. Außerdem gerät deren Bekämpfung immer mehr in den Schatten anderer wachsender Aufgaben ..."

„Genau wie bei uns. Wobei die kriminellen Banden vorwiegend bei uns im Westen unterwegs sind. Nordrhein-Westfalen soll ein besonders starkes Betätigungsfeld der italienischen Mafia sein."

„Haben die daheim nix mehr zu tun, dass sie sich jetzt hier bei uns in Deutschland austoben?", warf Frank ein und Alexander musste lachen.

„Schlimm finde ich aber, dass die Täter immer dreister werden", hob Alex hervor. „Unlängst erst haben sie direkt vor unserer Polizeiwache an der Marienstraße in den frühen Morgenstunden einen Streifenwagen angezündet. Übrigens hatten wir einen vergleichbaren Fall noch nie, wie unser Pressesprecher Kai Schmökel dann verlautbaren ließ. Hat uns alle ziemlich betroffen gemacht, immerhin stehen dicht daneben auch gleich unsere Privatwagen! Da hatten wir zusammen mit den Bielefelder Kollegen sogar den Staatsschutz von dort mit im Boot und es wurde eine spezielle Ermittlungsgruppe gegründet. Vielleicht wollte sich irgendjemand für irgendwas rächen, was wir ihm angetan haben ... Es gibt eben wahrhaftig andere Berufe, mit denen man sich eher Freunde macht!"

„Kannst du dich noch an Kalle erinnern?", wechselte Frank das Thema.

„Klar doch. Ein Unikum!"

„Der hat sich jetzt der Liebe wegen nach Hamburg versetzen lassen."

„Ist doch schön. Hoffentlich kommt er dort auch klar. Überall sind wir Berliner nicht so gern gesehen."

„Ja, geht so. Ich sollte dich übrigens von ihm grüßen. Wir haben gerade telefoniert. Und dabei hat er mir von einem Fall erzählt, da ist ein Mann im Betonfußboden seines Restaurants untergebracht worden."

„Na, das kommt mir aber bekannt vor. So eine langweilige Entsorgungsmethode hatten wir doch gerade im Vorjahr ..."

„Eben. Deshalb erzähle ich das ja. Muss wohl Streitigkeiten zwischen ihm und seinem Chefkoch gegeben haben. Der ist dann ausgerastet und zufällig wurde gerade renoviert, weshalb sich dieses praktische Grab ergab."

„Was ja in der Wirklichkeit dann doch nicht praktisch ist, wie wir wissen", sagte Alex. „Irgendwie sind die Täter auch nicht sonderlich einfallsreich. Wiederholt sich alles. Keine Fantasie mehr ..."

„Schlimm finde ich die Fälle, die einem dann wirklich nahegehen", meinte Frank. „Neulich die junge Frau, die von einem Typen aus Bremen vor die U-Bahn gestoßen wurde. Einfach so, purer Zufall, dass es sie getroffen hatte. Der war voller Frust und hatte offensichtlich nicht alle Tassen im Schrank. Ich habe gleich an deine Olga gedacht."

Frank verstummte und auch Alexander antwortete nicht darauf.

Alex versuchte dann den Faden wieder aufzunehmen und kam auf das Thema Einbrecher zu sprechen, speziell auf die „Beerdigungs-Einbrecher", die Todesanzeigen studierten und während der Beisetzung zuschlugen. Schließlich stand gern die Traueranschrift bei den Anzeigen und in aller Regel war die gesamte Nachbarschaft dann auf dem Friedhof und beim anschließenden Leichenschmaus. In Gedanken war er bei Heike, sah sie mit einem weichen Pinsel über ein eingedrücktes Fenster an einem Einfamilienhaus streichen, Rußpartikel verteilen und dabei Fingerabdrücke sichtbar werden lassen.

Schnell schob Alexander die Erinnerung an seine Lieblingskollegin von der Spurensicherung beiseite und war beim Weißen Ring und seiner schätzenswerten Tätigkeit. Er kannte ein paar von den Mitarbeitern und auch ehemalige Kollegen machten sich gern verdient darum. Schließlich erzählte er noch vom Diebstahl etlicher Brillenfassungen in einem Mindener Augenoptikfachgeschäft.

„Weiß der Geier, was die Diebe damit anfangen wollten. Im Grunde sind die leeren Gestelle wertlos. Etliche lassen sich durch Codenummern oder Gravuren identifizieren und Unikate eben ganz eindeutig zuordnen. Manchmal geht es wohl wirklich nur ums Klauen, und wenn kein Bargeld da ist, wird eben alles andere eingesteckt, was man zu packen kriegt. Hauptsache, man hat die Tasche voll, wenn man wieder abhaut."

Frank nickte und meinte: „Wobei es inzwischen ja gern in Richtung Computerkriminalität geht. So mancher macht sich eben ungern in der Praxis vor Ort die Hände schmutzig. Und wir hinken den Hackern immer hinterher. Das frisst einen Haufen an Zeit und Personal."

„Hast du eigentlich mal über einen anderen Beruf nachgedacht?", wollte Alex plötzlich wissen. Dabei schaute er seinen Freund mit schräg gelegtem Kopf an.

„Ehrliche Antwort?"

„Ja, unbedingt!"

„Ich bin schon im richtigen Beruf angekommen", beschloss Frank nach ein paar kurzen Bedenksekunden. „Und wenn ich noch einmal wählen dürfte, würde ich es wieder so machen. Und du?"

„Klavierspieler."

Jetzt brach Frank in Lachen aus.

„Zeig mal deine Hände."

Alexander hielt ihm beide ausgestreckt hin.

„Das könnte sogar hinhauen", bemerkte Frank. „Ziemlich schlank gebaut und sehr lang. Ha, ha, ein Langfinger."

„He, jetzt werd mal nicht persönlich ..."

Alexander boxte seinem ehemaligen Kollegen zart in die Seite. Dann erhob er sich.

„Ich muss dann auch mal wieder. Meine Damen warten."

„Aha", zwinkerte ihm Frank zu. „Dann wünsche ich dir maximale Erfolge. Aber du bist ja auch ein charmanter Typ. Das wird schon klappen. Davon bin ich felsenfest überzeugt. Und benimm dich ordentlich! Nicht, dass mir Klagen kommen ..."

Alexander verabschiedete sich noch von den anderen Kollegen. Zuletzt schloss er Tanja in die Arme. Dann verließ er die Berliner Dienststelle.

Während er sein Auto durch den starken Verkehr dirigierte, dachte er daran, dass gerade wieder die Schließung von Polizeiwachen im Kreisgebiet im Gespräch gewesen war. Dabei war das doch besonders wichtig, diese direkte Erreichbarkeit vor Ort. Zum Glück hatte sich der Landrat für den Erhalt der Polizeiwachen eingesetzt und die Präsenz in der Fläche als wichtig eingeschätzt. Und auch der Innenminister hatte beteuert, er wolle die Polizeistärke in Nordrhein-Westfalen bis 2020 halten.

Dann aber waren die Dienstzeiten der Wachhabenden für einige Polizeiwachen auf dem Prüfstand. Dabei sollte weiterhin unbedingt Bürgernähe gewährleistet sein. Und dann gab es da doch noch vor einiger Zeit diese Expertenkommission „Bürgernahe Polizei – den demografischen Wandel gestalten". Wie war das mit den Ergebnissen? Alex konnte sich nicht konkret erinnern. Um die dreihundert Seiten war der Bericht stark gewesen, in dem es um Verbesserungs- und Einsparungsmöglichkeiten in der Polizeiarbeit gegangen war. Er hatte ihn doch auch auf dem Tisch gehabt ... Ob sie hier in Berlin auch Dienststellen einsparen wollten?

Er hatte sich neulich erst mit dem noch relativ neuen Vorsitzenden der Gewerkschaft der Polizei vom Kreis Minden-Lübbecke unterhalten. Sie hatten sich auf Anhieb verstanden und bei einer gemeinsamen Tasse Kaffee festgequatscht. Der Gewerkschafter hatte von der Baader-Meinhof-Zeit erzählt, als verstärkt Kräfte eingestellt wurden, und genau die würden ja nun in Pension gehen. Insofern war der Ruf nach mehr Personal ganz wichtig, um die Lücken zu schließen. Schließlich fehlten landesweit die nötigen Kräfte. Über die Sicherheitsproblematik am Mindener Bahnhof hatten sie geplaudert, wo immer wieder Fußballfans für Ärger sorgten. Beide waren sie sich einig, dass Kriminalität eher verwaltet als geklärt wurde, wo doch die Sachbearbeiter immer mehr Fälle erhielten, worunter natürlich die Ermittlungsarbeit leide. Das schließlich würde die Bearbeitung verzögern.

Auch Alex konnte sich daran erinnern, dass Untersuchungsergebnisse von DNA-Spuren oft erst dann vorlagen, wenn sich Tatverdächtige längst aus dem Staub gemacht hatten. Gerade hatte ihm ein Kollege sein Leid geklagt. Und dann dieser lange Zeitraum, bis alles seinen Lauf nahm. Es dauerte eben immer noch viel zu lange vom Abschluss der Ermittlungen bis zur Erhebung der Anklage und letztlichen Verurteilung der Straftäter. Bei dem Gedanken schüttelte Alexander den Kopf und gab Gas, um Unter den Linden in der Gelbphase noch über die Ampelkreuzung zu fahren.

Die Gespräche mit den beiden Schauspielerinnen vom Deutschen Theater waren ergebnislos verlaufen, wenn man mal von einer außerordentlich netten Begegnung absah, wie Alexander es empfunden hatte. Sie hatten sich in einem Restaurant am Schiffbauerdamm verabredet, kurz hintereinander, aber so, dass die Frauen sich nicht begegnen konnten. Darauf hatte Alex Wert gelegt. Er wollte auch niemanden kompromittieren. Man wusste ja nie, wie die internen Zusammenhänge waren. Vom Tisch am Fenster aus hatte Alexander seinen Sitz so gewählt, dass er auf die vorbeifahrenden Schiffe schauen konnte.

Dabei blitzte eine Erinnerung an gemeinsame Dampferfahrten mit den Kindern und Olga auf. Daran, wie die Kleinen übers Deck rannten, an den Geländern turnten und er immer panische Angst hatte, eine der Töchter könnte ins Wasser fallen. Während seine Frau gelassen auf einer Bank saß und sich die Sonne aufs Gesicht scheinen ließ. Er roch das leicht muffige Wasser, gemischt mit dem Motorenöl. Möwen kreischten im Hintergrund und stürzten sich auf Brotbrocken, die ihnen Touristen zuwarfen. S-Bahn-Züge fuhren im Minutentakt.

Beide Schauspielerinnen, vom Typ her relativ ähnlich, hochgewachsen und schlank, waren nach dem identischen Schema abgearbeitet worden und durften acht Wochen an der Seite von Stefan von Sangerhausen verbringen. Auch sie hatte er jeweils um 10.000 Euro erleichtert. Aber hier ebenfalls kaum Bedauern über den Verlust, nur die Entschuldigung, dass er ja seine ehrenhaften Gründe für die Schulden gehabt habe. Und beide hatten ein Alibi für jenen Abend, als es geschah. Alexander hatte eigentlich nichts anderes erwartet.

Die Bundestagsabgeordnete Nicoletta Graumann traf Alexander im Anschluss am Brandenburger Tor. Sie hatte um einen relativ neutralen Ort gebeten und ihn ins Adlon eingeladen.

„Ich lade Sie auf einen Kaffee ein, am besten in der Lobby an der Bar. Staatsbedienstete sind ja nicht immer so gut honoriert. Selbstverständlich bezahle ich das aus meiner privaten Kasse", hatte sie am Telefon gemeint.

Nein, einen Fünf-Sterne-Luxus konnte und wollte er sich nicht leisten, aber neugierig war er schon, dieses legendäre Kempinski-Hotel einmal von innen zu erleben. Wenn er sich recht entsann, dann war es 1997 wiedereröffnet worden, aber irgendwie war dieses Ereignis damals an ihm vorbeigerauscht. Was gingen ihn auch Hoteleröffnungen an, wo er als Berliner doch sowieso nicht auf die Idee kam, darin zu übernachten. Alexander fieberte dieser Begegnung entgegen. Irgendwie war das eine ganz andere Art von Zeugenbefragung. Vielleicht lag es an der Besonderheit dieser Frau, vielleicht auch an dem einzigartigen Ort.

Rechtzeitig hatte sich Alexander im Adlon eingefunden, um die Atmosphäre in sich aufzunehmen. Er fühlte sich in eine andere Zeit versetzt. Und das Haus hatte ja wohl einiges an Geschichte aufzuweisen. Aber dafür fehlte ihm die Zeit, auch noch in dieser Richtung zu recherchieren, passte sie schließlich nicht ins Thema: Lösen des aktuellen Falls.

„Herr Kommissar?"

Vor Alexander stand eine hochgewachsene Frau mittleren Alters. Ihr rotblondes Haar war in eine üppige Steckfrisur gewunden, ein paar Löckchen kringelten sich heraus. Sie trug einen silbergrauen Hosenanzug, dazu eine tiefgrüne, schillernde Bluse. Wie aus dem Ei gepellt, fiel Alexander ein und er lächelte, während er sich erhob.

„Ja, woher wissen Sie das?"

„Ach, man hat da so seine Quellen", lächelte Nicoletta Graumann und setzte sich. Es brauchte nicht einmal einen Fingerzeig, dass sich ein Kellner näherte und nach ihrem Wunsch fragte.

„Zwei Kaffee hätten wir gern", bestellte sie und schaute Alexander dabei nur fragend an. Der nickte. „Wie sind Sie denn darauf gekommen, mit mir heute diesen Termin auszumachen?"

„Ach, auch wir haben da unsere Quellen", antwortete Alexander spontan, wobei er sich für einen Moment über seine Direktheit ärgerte. Aber sein Gegenüber blieb außerordentlich gelassen.

„Das will ich Ihnen glauben. Dann fragen Sie einfach. Ich habe nicht allzu viel Zeit mitgebracht. Höchstens eine Dreiviertelstunde. Dann muss ich wieder zurück in den Bundestag. Die nächste Sitzung darf ich nicht verpassen."

Alexander nickte.

„Dann will ich rasch zur Sache kommen. Es geht ja um den toten Stefan von Sangerhausen ..."

„Wenn Sie jetzt wissen wollen, ob ich eifersüchtig war und ihm nachgereist bin und ihn schließlich ermordet habe, dann sind Sie auf dem falschen Dampfer."

So langsam gefiel Alexander dieses Spiel der Worte. Schade, dass sich ein weiterer Kontakt zu dieser Dame verbot. Sie war ja auch verheiratet, wie er recherchiert hatte.

„Nein, das glaube ich auch nicht unbedingt. Aber ein Motiv hätten Sie vielleicht. Wie war denn Ihre Beziehung zu Herrn von Sangerhausen?"

„Stimmt, es war eine Beziehung, wenn auch nur acht Wochen lang. Acht sehr schöne Wochen lang, wenn ich das mal betonen darf. Er war ein einzigartiger Mensch und ich bin wirklich froh und dankbar, dass ich das erleben durfte ..."

„Alles?", warf Alexander fragend ein.

„Wie meinen Sie das?"

„Na, auch den Verlust des Geldes, das Sie ihm geborgt haben?"

„Es war doch für einen guten Zweck und schließlich war ich nicht die Einzige, die ihm geholfen hat. Meines Wissens haben ihn auch ein paar Kollegen unterstützt ..."

Alexander nickte zwar, schüttelte aber innerlich seinen Kopf. Wie blöd waren die Frauen eigentlich, wenn so ein Schönling sie um den Finger wickelte? Dann wurde ihm die letzte Information bewusst. Kollegen hatte sie gesagt. Das klang doch eindeutig männlich. Möglicherweise sollten sie sich doch nicht zu sehr auf die Damenwelt fokussieren.

Er musste unbedingt noch einmal auf Teneriffa bei den dortigen Behörden nachhaken. Einer Dienstreise dorthin hatten seine Vorgesetzten nicht zugestimmt und sowohl Riechmann also auch Oberländer schienen sich in ihren Absagen einig zu sein. Seinen Urlaub solle er mal separat einreichen, hatte Reinhold Riechmann gescherzt. Da nun könnten ja wirklich die ausländischen Behörden Amtshilfe leisten. Oder ob er das anders sehen würde?

Alexander hatte sich nur kommentarlos bedankt und dann alles ins Rollen gebracht. In der spärlich eingerichteten Luxuswohnung mit einigen wenigen Antiquitäten hatte es aber offensichtlich keine Hinweise gegeben, die den Fall betreffen konnten. Vielleicht fand sich aber doch noch etwas, wenn man nur ganz gezielt schaute ...

Alexander stellte ein paar weitere Fragen zu Details und kam schließlich auf den Punkt.

„Wo waren Sie zur fraglichen Zeit?"

„Also doch ein Verdacht, mein lieber Hauptkommissar?"

„Nein. Das sagte ich doch schon. Aber wir müssen jeder Vermutung nachgehen und alles bis zum Ende ausermitteln."

„Oh, dieses Fachdeutsch. Wunderbar. Aber dafür können Sie ja nichts."

Jetzt lächelte Nicoletta Graumann offen und herzlich.

Alexander schluckte. Sie wirkte verführerisch und er spürte eine heftige Erregung in sich aufsteigen. Bist du denn irre, rief er sich zur Räson.

„Haben Sie also ein Alibi für den Zeitpunkt?", hakte er sachlich nach, nachdem er sich wieder zusammengerissen hatte.

„Aber selbstverständlich. Wie es sich gehört. Ich war bei meiner Familie in Bonn. Mein Mann ist zurzeit mit den Kindern daheim und kümmert sich um ihre Erziehung. Es ist sehr schön, dass man heutzutage solche Einteilungen in der Familie vornehmen kann. Wir hatten ein Weilchen mit dem Gedanken gespielt, gemeinsam nach Berlin zu ziehen, aber für meine beiden Töchter finde ich diese Großstadt doch zu kriminell, mit Verlaub gesagt. Da ist Bonn ein ganz anderes Pflaster."

Alexander nickte verständnisvoll und dachte an seine Töchter, die er auch lieber auf dem Land wusste.

„Wir werden das nachprüfen", setzte Alex nach.

„Da bin ich mir sicher. Und das können Sie natürlich auch", sagte Nicoletta kokett. Jedenfalls schien es Alexander so. Dann blickte er auf seine Armbanduhr und zückte sein Portemonnaie.

„Wir liegen gut in der Zeit."

In dem Moment stand schon ein Kellner neben ihnen, der offensichtlich den prüfenden Blick auf die Uhr bemerkt hatte. Auch war der Kaffee geleert.

Nicoletta senkte die Augenlider ganz langsam und öffnete sie wieder.

„Lassen Sie mal, mein Lieber, das übernehme ich. War ja so versprochen."

Alexander ließ es sich widerspruchslos gefallen, obwohl er damit eigentlich gegen die Regeln verstieß.

Alexander drückte die Türklinke zum Badezimmer herunter, aber erfolglos. Die Tür war verschlossen. Er lauschte kurz und hörte den Strahl der Dusche.

„Lena, wie lange brauchst du denn noch?"

Es kam keine Antwort. Dafür schlich Kater Albert maunzend durch seine Beine. Stimmt, der brauchte Futter ... Aber erst waren andere Dinge drängender!

„Lena! Andere Leute wollen auch mal ins Badezimmer. Du hältst dich jetzt eine geschlagene Stunde darin auf." Alexanders Stimme bekam einen ernsten Ton. Er klopfte hartnäckig an die Tür. Wiederum kein Echo, nur das Rauschen des Wassers. Er schüttelte den Kopf und verließ den Flur Richtung Kinderzimmer.

Tina lümmelte auf dem Bett, lag auf dem Rücken, die Beine angewinkelt und übereinandergeschlagen, der obere Fuß wippte. Sie hatte Stöpsel in den Ohren und bemerkte nicht, wie ihr Vater den Raum betrat. Als er sie sanft an die Schulter griff, zuckte sie zusammen und zog sich einen Stöpsel aus einem Ohr.

„Mensch, Papa, du hast mir jetzt aber einen Schrecken eingejagt!"

„Wieso das denn, mein Spatz?", erkundigte sich Alexander und strich der Neunjährigen über die dunkelblonden, widerspenstigen Locken. Sie wurde ihrer Mutter immer ähnlicher.

„Ach, ich war gerade so vertieft in die Geschichte ..."

„Was hörst du denn da?"

„Kennst du nicht. Ist ein Hörspiel, das ich von Jana habe. Da geht es um die Bewahrung eines ganz besonderen Steins, von dem das Heil der Erde abhängt.

Und zwei Mädchen kümmern sich dann darum und retten natürlich die Menschheit. Ohne die beiden wäre alles dem Untergang geweiht ..."

„Aha", kommentierte Alexander, ohne dass er richtig zugehört hatte.

„Sag mal", fuhr er fort, „seit wann schließt sich denn deine Schwester im Badezimmer ein? Ich wollte jetzt mal auf die Toilette, aber das geht ja seit mindestens sechzig Minuten nicht!"

„Jetzt übertreibst du aber, Papa. Außerdem kannst du Lena momentan vergessen. Die ist jetzt in der Pubertät und nur noch zickig."

Fast hätte Alexander gelacht, aber er verkniff es sich und fragte sachlich weiter.

„Woher weißt du das denn?"

„Einfach ihr ganzes Gehabe. Selbst vor mir hat sie nur noch Geheimnisse, schließt sich ein, alles weg und überhaupt ... Es geht wahrscheinlich um Jungs, wenn du mich fragst."

Alexander schluckte heftig und dachte kurz nach. Es war schon ein Weilchen her, da hatte er Heike gebeten, die Mädchen so weit wie nötig aufzuklären. Das hatte sie auch getan und war einfühlsam vorgegangen, wie sie ihm überzeugend versichert hatte. Alex hatte noch ihre Bemerkung vorab im Ohr, als sie ihn überhaupt erst auf die Idee brachte.

„Du musst mal langsam daran denken, dass aus deinen Mädchen junge Damen werden. Da ticken die Uhren anders. Außerdem kann deine Große jederzeit ihre erste Regel bekommen. Die verfällt doch in Panik, wenn sie da nicht vernünftig aufgeklärt ist. Für meinen Geschmack könnte das fast schon zu spät sein ..."

„Ach, Quatsch", hatte Alexander da nur entgegnet.

„Die werden doch in der Schule aufgeklärt und den Rest erfahren sie sowieso voneinander. Von ihrem alten Vater will sie bestimmt nicht wissen, was da so alles abgeht ..."

Heike hatte nur die Stirn krausgezogen und diesen besonderen Blick aufgesetzt, der ihm verhieß, es sei eine ernste Sache – so wie bei der Arbeit.

„Nicht alles klärt sich im Leben von allein!", hatte Heike noch energisch betont und er hatte sie schließlich darum gebeten, diesen Bereich zu übernehmen. So ein Gespräch von Frau zu Frau gewissermaßen. Das war doch was ganz anderes. Er als Vater und Mann wollte sich da nicht reinhängen. Und wenn er ehrlich war, dann war es ihm auch irgendwie peinlich.

Später hatte er sich bei den Mädchen nur erkundigt, ob Heike ihnen alle Details erläutert hatte, die sie zum Thema Sexualität erfahren wollten, und im gleichen Atemzug vorgeschlagen, wenn sie noch weitere Fragen hätten, dann könnten sie sich gern jederzeit vertrauensvoll an ihn wenden, außerdem könne man sicher in der Stadtbibliothek entsprechende Fachliteratur ausleihen.

„Klar, Papa, ich weißt jetzt bestens Bescheid", hatte Tina gesagt und Lena nur kommentarlos die Augen gerollt.

„Kommen wir mal zum Thema zurück", griff Alexander das Gespräch wieder auf.

„Du verschweigst mir doch nichts, Tina? Ist da irgendwas, was du mir erzählen solltest? Ganz im Vertrauen!"

„Mensch, Papa, du immer mit deinen Verhören ..."

„Vernehmungen, mein Kind, wenn, dann schon richtig!"

„Oh, nee ..."

„Doch. Korrektheit muss sein. Du bist schließlich die Tochter eines Kriminalisten."

„Ja, Papa, das ist mir schon klar. Schmierst du uns ja auch immer wieder auf die Stulle", sagte Tina und zwinkerte mit den Augen. „Kann ich dann mal wieder zu meiner Geschichte zurück? Es war gerade so spannend! Ich verliere noch den Faden."

„Na klar, mein Liebling", sagte Alexander. „Ich wollte dich auch nicht stören, aber wenn ich nicht in den nächsten fünf Minuten auf die Toilette kann, dann passiert ein Malheur!"

„Machst du dir dann in die Hosen?", fragte Tina ernst.

„Könnte sein", antwortete Alexander.

„Das geht aber nun gar nicht, Papa. Das wäre ja megapeinlich. Warte mal. Ich krieg Lena schon raus."

Tina rappelte sich vom Bett auf, schlüpfte in ihre rosafarbenen Plüschpantoffeln, die zwei Hunde darstellten, und hüpfte durchs Haus. Vor der Badezimmertür blieb sie stehen, klopfte kurz, aber außerordentlich kräftig, und rief dann durch die geschlossene Tür.

„Lena, ich glaube, du hast da ein paar SMS bekommen ..."

Und ihrem Vater flüsterte sie mit strahlenden Augen zu:

„Du wirst sehen, das wirkt Wunder!"

Im selben Augenblick wurde die Dusche abgestellt und ein Ruf drang in den Flur.

„Dass du mir nicht an mein Smartphone gehst. Untersteh dich. Ich bin gleich draußen."

Das klang energisch. Alexander und Tina sahen sich in die Augen und beide grinsten.

„Prima, Kleines. Vielen Dank. Das hilft mir jetzt unbedingt ..."

Tina verzog sich wieder hüpfend ins Kinderzimmer und Alexander tat beschäftigt, indem er die Haustür öffnete und nach der Post schaute.

Er hielt ein paar Briefe und Werbung von Baumärkten in der Hand, als Lena – ohne ihn eines Blickes zu würdigen – aus dem Badezimmer rauschte. Den Bademantel bis zum Hals geschlossen. Ich könnte ihr ja was weggucken, dachte Alexander, huschte ins Bad, knallte die Tür hinter sich zu, riss sich die Hose runter und saß auch schon auf der Toilettenbrille, um sich zu erleichtern. Schließlich wusch er sich die Hände, trocknete sie sorgsam ab und lief dann langsam zu seinem Computerarbeitsplatz.

Nachher würde er sich seine Große mal vornehmen, aber jetzt musste er unbedingt noch die Mails beantworten, darunter ein Schreiben von Reinhold Riechmann. Der Kriminaloberrat hatte eine Rückfrage zum jüngsten Fall, wollte ihn aber keineswegs an seinem freien Tag stören. Hat er schon, dachte Alex und widmete sich einer Antwort. Doch, der Bericht war bereits erstellt, es hatten nur noch die eine Information des Gerichtsmediziners und ein Detail von der Spurensicherung gefehlt, die er ergänzen wollte. Umgehend würde er seinem Chef alles auf den Tisch legen. Er gab schließlich den Befehl Senden von seiner Absenderkennung Kommissar-Rosenbaum@freenet.de ein und das Feld mit der Mail verschwand. Wie lief das eigentlich früher, als es all diese Technik noch nicht gab?, grübelte Alexander.

Bei den anderen Mails handelte es sich um private Dinge. Wolfhard hatte wieder irgendwelche Aktivitäten in Sachen Hundemafia unternommen und wollte nun dazu den Kommentar von Alexander, im Anhang befanden sich Fotos von fürchterlich aussehenden Hundewelpen. Seine Cousine Vanessa hatte ein paar Familienaufnahmen geschickt und wollte erfahren, ob er schon wüsste, wann er das nächste Mal in Berlin vorbeischauen würde, das Treffen unlängst sei doch so schön gewesen. Sie hätte Sehnsucht vor allem nach seinen Töchtern und auch schon wieder ein wenig nach ihm. Gleich darunter ein paar Zeilen von Frank Richter, seinem ehemaligen Berliner Kollegen. In der Betreffzeile stand „Lebenszeichen – Stichwort Prominente". Und Frank Richter hatte noch ein paar interessante Details zu der Bundestagsabgeordneten und zu den renommierten Schauspielerinnen zusammengetragen, die Alex im Fall Stefan von Sangerhausen befragt hatte. Allerdings kamen sie auch danach nicht für die Tat infrage.

Bis zu dem jüngsten Treffen, auch nur einem dienstlichen Termin geschuldet, waren Ewigkeiten vergangen, in denen sie einander nicht gesehen hatten. Das wollte ihm nicht mehr passieren. Er nahm es sich fest vor und schrieb gleich einen passenden Dreizeiler. Denn: Familiäre Beziehungen und Freundschaften sollte man pflegen. Wer hatte das bloß gesagt? Alexander überlegte. Natürlich, seine Mutter, wer sonst. Ein Lächeln stahl sich in sein Gesicht, erstarb aber gleich wieder. Seine Eltern schienen sich so langsam zu einem Problemfall zu entwickeln. Sein Vater weniger, aber der war offensichtlich völlig überfordert, was Hella anging.

Alexander machte sich Vorwürfe, dass er sein Familienleben hier in der Region eher dem Selbstlauf überlassen hatte. Aber der Berufsalltag fraß ihn eben auf. Manchmal dachte er, es wäre nur noch Schadensbegrenzung, die er da betrieb.

Sein Blick aus dem Fenster Richtung Wiehengebirge blieb an dem satten und vielschichtigen Grün hängen. Was für eine geniale Farbe, dachte Alex, und mit welcher Pracht sich wieder alles entwickelt hatte. Eigentlich so richtig seit dem Osterfest, das in diesem Jahr recht früh in den März gefallen war.

Er sah sich und die Kinder, wie sie sich auf den Weg zum Feld vom Bauern aus der Nachbarschaft gemacht hatten. Eigentlich wollte er gar nicht dorthin und hätte an seinem Schreibtisch was für die Arbeit erledigen müssen, aber Tina hatte ihn so flehentlich angeschaut, da konnte er einfach nicht widerstehen. Musste er eben wieder nachts an den Computer. Außerdem waren es zu Fuß keine fünfzehn Minuten bis zu den aufgehäuften Abschnitten von Bäumen und Sträuchern. Man konnte den Berg von der Haustür aus sehen. Sobald die Dämmerung einsetzte, sollte alles entzündet werden und auch dann erst fand man sich dort in dörflicher Runde zum gemeinsamen Verjagen des Winters ein.

Vorher brauchst du da gar nicht hin, hatte Alex noch einen Nachbarn im Ohr. Vor allem Tina war immer aufgeregt ans Fenster gelaufen und sogar vor die Tür, um den Moment abzupassen, wo sich etwas tat, und hatte schließlich voller Stolz ein Signal gegeben. Er hatte beide Mädchen angehalten, sich warme, aber auch alte Sachen anzuziehen, Funkenflug war nicht auszuschließen. Handschuhe, Schal und Mütze.

„Aber Papa, ist doch kein Winter mehr“, hatte Lena einen Flunsch gezogen.

„Entweder ihr zieht euch vernünftig an oder wir bleiben zu Hause“, hatte Alexander energisch geantwortet und dabei gedacht, dass so ein Spruch eins zu eins von seiner Mutter hätte kommen können.

Das Maulen der Mädchen aber war wider Erwarten rasch verebbt und sie wählten tatsächlich einigermaßen passende Kleidung aus. Er musste nur noch auf die groben Stiefel bestehen, als sie an der Haustür standen, weil beide natürlich wenigstens ihre schicken Halbschuhe anziehen wollten. Die Auseinandersetzung darüber erledigte sich rasch und alle drei hatten sich auf den Weg gemacht.

Ein paar Nachbarn standen schon auf dem Feld, das der Bauer für diesen Abend extra bereitgestellt und vorgerichtet hatte. Mittig ein großer Haufen Astwerk und Reisig, an der Seite ein paar Holzbänke mit Kissen, außerdem etliche rechteckige Strohballen. Das ist bestimmt bequemer zum Sitzen und nicht zu kalt am Hintern, hatte Alexander kurz gedacht und dann alle begrüßt.

Die beiden Mädchen gesellten sich zu einer Gruppe anderer Kinder, er stellte sich zu Hertha Jendritzky, die trotz der Kürze des Weges mit dem Auto gekommen war, das sie hinter der Baustaubrücke seitlich auf dem unbefestigten Weg geparkt hatte. Manchmal war sie nicht so gut zu Fuß, beginnende Arthrose, wie sie ihm mal in einem längeren Plausch ausführlich erzählt hatte, kein Detail auslassend, was diese Krankheit, die eben mit den Jahren zuschlug, so alles mit sich brachte.

„Na, Frau Nachbarin, diesmal ein Treffen am lodernden Feuer?“, hatte Alexander sie begrüßt.

„Tja, alle Jahre wieder, mein Bester. Schön, dass Sie es mit den Mädchen einrichten konnten“, kam als Antwort und ihm war eine Flasche Kirschlikör mit einem Glas dazu hingehalten worden.

„Einen kleinen Aufwärmer zum Einstieg? Sie sind ja zu Fuß. Da können Sie sich nicht wieder herausreden, Sie müssten noch Auto fahren und Alkohol würde sich demzufolge verbieten. Ich weiß ja, dass Sie ein Gesetzeshüter durch und durch sind."

Hertha Jendritzky zwinkerte ihm aufmunternd zu.

„Finden Sie unsere Gegend immer noch so einmalig, lieber Nachbar?", wollte sie von Alexander mit Schalk in den Augen wissen.

„Wieso?"

„Nehmen Sie doch einfach mal die Aussicht", wies Hertha zum Wiehengebirge. „Unschlagbar schön. Da kommt man sich nicht vor wie auf dem platten Land. Eine Cousine von mir wohnt nämlich in Petershagen-Neuenknick. Von ihrem Anwesen aus kann man so weit schauen, dass man am Mittwoch schon sieht, wer Sonntag zu Besuch kommt ..."

Sie brach in heftiges Gekicher aus und Alexander ließ sich anstecken. Dann schweiften seine Gedanken wieder zum Alkohol. Er erinnerte sich schlagartig an Aktionen im Ort, eine Goldene Hochzeit oder ein Schützenköniggelage oder einen Achtzigsten, und an seinen Blick auf dieses einzige Schnapsglas, das die Runde durch die gesamte Gesellschaft machte, da und dort eine Lippenstiftspur. Mehrfach hatte er das schon erlebt, aber geschickt abgelehnt, indem er behauptete, er müsse sich später noch hinters Lenkrad setzen. Aber diesmal?

„Und nun, nicht doch ein Gläschen von dem Süßen?"

„Likör ist nicht so mein Ding", war ihm spontan eingefallen.

„Na, macht nichts", hatte Hertha erklärt. „Ich glaube, Elsbeth hat auch was für starke Männer dabei. Einen guten Korn nämlich."

Die Ausrede war also untauglich gewesen. Alexander hatte nur irgendwie verkniffen gelächelt und gehofft, dass dieser Krug an ihm vorüberging.

Währenddessen war das Feuer schon hochgelodert und hatte die Äste bis in die Spitzen ergriffen.

„War ganz schön mühsam, alles noch einmal umzuschichten", stellte einer der Nachbarn fest.

Und ein anderer ging darauf ein, während er die Schnapsflasche in der Runde weiterreichte.

„Ist schon in Ordnung. Immerhin könnten sich ja ein paar Tiere in der Zwischenzeit, seit mit dem Aufschichten begonnen wurde, dort ein Nest aufgebaut haben."

„Meine Schwager hat mir gerade das Merkblatt mal gezeigt. Sie hatten sich nämlich erstmals für ein Osterfeuer angemeldet. Ausschließlich pflanzliche Abfälle wie Schnittholz von Büschen und Hecken oder Bäumen sowie Stroh dürfen rein und der aufgestapelte Holzberg darf nicht höher als drei Meter fünfzig sein. Wenn das mal überhaupt einer prüft ..."

Beide Männer schüttelten die Köpfe und Alexander dachte sich seinen Teil und an die mögliche Entsorgung von allerlei Unrat: Autoreifen, Plastikeimer oder gar einem Toten. Daraufhin stand wieder einer seiner früheren Fälle vor seinem geistigen Auge.

Die kleine Gruppe war enger herangerückt, und wer stand, der drehte sich immer mal auf die andere Seite, damit nicht nur Gesicht und Brust, sondern auch Rücken und Po Wärme abbekamen. Ein Knirps war mit einer großen Tüte Chips durch die Grüppchen der Dorfbewohner gelaufen und hatte freundlich davon angeboten, was Alexander ebenfalls ablehnte. Nur die Mädchen griffen dankend zu. Und Lena hatte dem Kleinen sogar liebevoll über den Kopf gestrichen. Irgendwann stolperte er in seinem Eifer, fiel auf die Tüte, die sofort zerriss und ihren Inhalt auf dem Boden zerstreute. Der Junge brach in Tränen aus.

Ein paar Körbchen mit bunten Eiern hatten die Runde gemacht und alle plauderten angeregt miteinander, während es knisterte und verbrannt roch. Die Funken flogen hoch in die Lüfte bis zu den nahegelegenen, noch kahlen Pappeln, hinter denen ein vorwiegend aus Tannen bestehendes Wäldchen anfing. Alexander hatte dabei sofort Besorgnis im Blick und das Stichwort Feuerwehr in seinem Kopf, dachte aber andererseits, dass sie hier wohl wüssten, was sie taten. Später wurden noch die Sitzballen mit der ausladenden Gabel eines Treckers ins nachlassende Feuer geschoben, das sich gierig aufflackernd über die neue Beute hermachte und noch einmal die Temperatur in der Umgebung anhob. Keiner fror an dieser kuschligwarmen Stelle und kurzweilig verging die Zeit.

Abend für Abend hatte es an den Tagen ums Osterfest herum in der Gegend gebrannt, Rauchwölkchen waren allerorts aufgestiegen und es hing ein brenzliger Geruch in der Luft, der sich Alexander auf die Schleimhäute legte und ihn an alles andere als an fröhliche Zusammenkünfte erinnerte. Da war er doch wieder ganz der Kriminalist, dem ehemalige Fälle das Gehirn blockierten.

Und zugleich dachte er daran, wie es wohl werden würde, wenn man für diese Brauchtumsveranstaltungen generell Gebühren nehmen würde. Immerhin waren private Osterfeuer durchaus genehmigungspflichtig und laut ordnungsbehördlicher Verordnung bei der jeweiligen Kommune entsprechend anzuzeigen. Wo heute alle über einen Mangel an Geld klagten! Wäre doch durchaus eine Einnahmequelle, überlegte Alex. Aber dann würde diese Art der Festivität sicherlich irgendwann aus der Mode kommen. Schade drum, befand er.

Die letzte Mail war beantwortet. Jetzt erhob sich Alexander, lief in die Küche und überlegte kurz, was er zum Mittagessen machen sollte. Grießbrei mit Sauerkirschen. Das ging immer. War eigentlich eine Lieblingsspeise von beiden Töchtern, die sonst eher unterschiedliche Geschmäcker hatten.

Seine Mutter setzte den Brei natürlich üblicherweise selbst mit Grieß an, rührte noch ein Eigelb darunter oder schlug Eiweiß zu festem Schnee und hob es behutsam unter die Masse, während er auf ein Fertigprodukt zurückgriff, nur den Tüteninhalt in die kochend-aufgeschäumte Milch mit dem Schneebesen etwa eine Minute verrührte, dann das Ganze abgedeckt zehn Minuten ziehen ließ, noch einmal umrührte – und fertig. Mehr Zeit konnte er in die Kocherei nicht investieren. Außerdem schmeckte es nicht einmal schlecht, die gesamte Familie war zufrieden damit.

Er lief zum Kinderzimmer und steckte den Kopf durch einen Spalt der geöffneten Tür hindurch:

„Wäre den Damen denn ein Grießbrei recht? Der Küchenchef würde sich dann mal an die Arbeit machen und könnte noch Hilfe gebrauchen ..."

Von Lena kein Wort. Sie saß mit heruntergezogenen Schultern an ihrem Schreibtisch und starrte auf ihr Smartphone. Tina hingegen sprang fröhlich auf und kam zu ihm gerannt, um ihn zu umarmen und zu küssen.

„Du bist der beste Papa weit und breit. Grießbrei. Lecker. Ich decke dann schon mal den Tisch."

Beide verschwanden Richtung Küche, nicht ohne einen besorgten Blick von Alexander auf Lena. Was war nur mit ihr?, fragte er sich.

Eine Weile später saßen sie zu dritt am Küchentisch, jeder eine Portion Grießbrei auf dem Teller, darin die roten Sauerkirschen mit etwas Saft und Sago eingedickt. Eigene Ernte der Nachbarin, die natürlich immer viel mehr einkochte, als sie je verwenden konnte, in Alexander und den Kindern aber dankbare Abnehmer fand.

„Was haltet ihr eigentlich mal von einem Ferienkurs für Kinder zur Selbstbehauptung?“, erkundigte sich Alexander kauend. Eben war ihm eingefallen, dass der Polizeisport- und Präventionsverein in Kooperation mit der Kreispolizeibehörde gerade solche von speziellen Trainern betreute Kurse anbot, die natürlich von Polizisten begleitet wurden.

„Kamikaze?“, wollte Tina wissen, woraufhin Alex sich ein Lachen verkneifen musste. Aber das Thema war dann doch zu ernst. So lenkte er nur ein.

„Nein, das ist was ganz anderes. Dabei handelte es sich um einen japanischen Kampfflieger im Zweiten Weltkrieg, der sich mit seinem Flugzeug auf das feindliche Ziel stürzte.“

„Aber dann ist er doch dabei bestimmt gestorben“, zog Tina die Stirn kraus und stopfte sich einen nächsten Bissen hinter.

„Allerdings. Doch darum geht es ja nicht. Vielleicht meinst du Karate oder Judo, das sind dann sportliche Methoden einer waffenlosen Selbstverteidigung.“

Das Interesse der Kleinen war noch wach und sie schaute ihren Vater mit großen Augen fragend an.

„Es geht bei den Kursen um Selbstbehauptung, Gewaltprävention und Konfliktbewältigung.“

„Hm. Klingt spannend. Kannst uns ja mal anmelden, Papa. Nicht wahr Lena?“

Tina schaute zu ihrer großen Schwester, die aber offensichtlich nichts wahrgenommen hatte. Die Kleine aß mit großem Appetit, während Lena nur in ihrem Essen herumstocherte und die Kirschen an immer einem anderen Platz positionierte. Alexander bemerkte Letzteres allerdings erst, als er seinen Teller geleert hatte.

„Nanu, Lenchen, heute keinen Hunger? Du wirst mir doch nicht etwa krank?", erkundigte er sich fürsorglich und legte ihr flüchtig den Handrücken an die Stirn.

Lena schüttelte den Kopf.

„Geht das vielleicht auch mit einem vollständigen Satz?", wollte Alexander wissen.

„Nein."

„Was, nein? Keinen Hunger oder keinen Satz sagen?"

„Ach, Papa, du nun wieder ..."

„Oh, doch mehrere Wörter aneinandergereiht! Sieh da, es funktioniert."

„Hm."

„Ich glaube, wir sollten uns nachher doch mal unterhalten. Irgendwas stimmt nicht mit dir!"

Tina sah triumphierend auf ihre Schwester, so als habe sie das vorhergesehen.

„Du hast ja vielleicht noch Schularbeiten zu machen?", schlug Alexander vor. „Während ich mich mit Lena ins Wohnzimmer zurückziehe. Wir wollen dann einfach mal ein Weilchen ungestört sein."

Lena blickte angstvoll auf, sagte aber kein Wort und ging dann ins Wohnzimmer voran, nachdem Alexander aufgestanden war.

„Papa, ist doch schon alles erledigt und keiner macht zusätzlich freiwillig Schularbeiten. Nur Streber. Ich räume das Geschirr in den Spüler", erklärte Tina bereitwillig und erhob sich, um damit anzufangen.

„Das ist lieb von dir", lobte Alexander und drückte sie kurz an sich. „Aber wenn du fertig bist, gehst du in dein Zimmer. Nicht an der Tür lauschen!"

Die Küche grenzte direkt ans Wohnzimmer. Nachdem Alexander mit Lena darin verschwunden war und die Tür hinter beiden verschlossen hatte, stand Tina kurz überlegend an der Spüle. Dann gab sie sich einen Ruck und räumte alles unter heftigem Geklapper ein. Nachdem sie die Tür des Geschirrspülers wieder geschlossen hatte, wanderten ihre Blicke durch den Raum und blieben unweigerlich an der Wohnzimmertür hängen. Als würde sie magisch davon angezogen, bewegte sie sich vorsichtig, Schritt für Schritt, darauf zu. Dann lehnte sie sich behutsam an die Tür, ohne auch nur ein Geräusch zu verursachen, und drückte ihr Ohr daran.

Alexander und Lena hatten im Wohnzimmer auf dem Sofa Platz genommen. Kater Albert lag auf einem Sessel, hatte nur kurz zwischen den schmalen Augenlidern hindurchgeblinzelt und die Situation als harmlos eingeschätzt. Sein Kopf blieb ruhig auf den beiden darunter verschränkten Vorderpfoten liegen.

„Was macht denn die Schule?", wollte Alexander zunächst wissen und hoffte, über diese Frage das Eis zu brechen.

„Geht so", war die knappe Antwort von Lena.

Eigentlich wollte sich Alex darüber beschweren, aber dann ließ er es sein. Er wusste, seine große Tochter würde sonst überhaupt nichts mehr sagen, wenn sie sich in die Enge getrieben fühlte.

„Wie läuft es mit Mathe? Ist schon einige Zeit her, dass du mir eine Zensur von einer Arbeit mitgeteilt hast."

„Alles in Ordnung."

„Na, das klingt ja prima, hat sich also die Nachhilfe von Heike gelohnt", warf Alex freundlich ein. „Aber irgendwo habe ich das Gefühl, dir liegt was auf dem Herzen. Du musst keine Angst haben. Ich bin immer für dich da. Und auch wenn du denkst, du hast Mist gebaut, dann kannst du dich bei mir aussprechen. Dafür sind Väter schließlich da."

Lenas Augen füllten sich mit Tränen, aber noch schwieg sie.

„Hat dich jemand verletzt? Brauchst du Hilfe?", bohrte Alexander weiter und legte einen Arm um seine Tochter, die sich ihm aber wieder entwand.

„Leni, ich mache mir Gedanken um dich ..."

„Papa, ich ..."

„Ja?!"

„Papa, ich hab Scheiße gebaut."

„Nicht so schlimm. Man kann über alles reden."

„Darüber nicht."

„Doch. Darüber auch. Was ist es denn überhaupt?"

„Fotos ..."

„Und?"

„... mit denen ich erpresst werde."

„Was?"

Mehr fiel Alexander dazu spontan nicht ein, fast wäre ihm die Kinnlade heruntergeklappt und der Mund offen geblieben.

„Du hast schon richtig gehört. Ich werde mit Fotos erpresst. Kennst du ja von der Arbeit."

„Schon, aber wie kann man dich denn mit Fotos erpressen? Was für Aufnahmen sind es überhaupt?"

Alex ahnte, was seine Tochter ihm jetzt sagen würde, und genau das wollte er partout nicht hören.

„Ich hab nichts an darauf!"

„Nacktfotos?"

Das Wort schrie Alexander fast und Tina zuckte an der Tür mit ihrem Ohr weg.

„Wieso um alles in der Welt bist du denn auf die Schnapsidee gekommen, Nacktfotos von dir zu versenden?"

„Das war zunächst wie ein Spiel. Alle haben das gemacht über WhatsApp. War doch überhaupt nichts dabei, außerdem war ich allein bei den Selfies ..."

Alexander atmete tief durch.

„Und weil das alle gemacht haben, musstest du es auch tun?"

Lena nickte und heulte nun hemmungslos.

„Ich hab mir nichts dabei gedacht", schluckte das Mädchen.

Alexander schaute zunächst noch entrüstet, dann nahm er sein Kind in die Arme und strich ihm tröstend über den Kopf.

„Das kriegen wir alles wieder hin", flüsterte er, es selbst inständig hoffend. Warum hatte sie nicht eher ihr Gehirn eingeschaltet ...

„Nein, das ist es ja", schluchzte Lena auf. „Ich werde erpresst, und wenn ich nicht zahle, dann hört das nie auf."

„Moment mal!"

Alexander stockte der Atem.

„Bezahlen? Hast du etwa schon mal was bezahlt?"

Lena nickte.

„Wie viel?"

„Zehn Euro. Aber diesmal müssen es zwanzig Euro sein. Dann hat es bestimmt ein Ende, hat Leo gesagt."

Leo? Leo? Der Name kam Alexander irgendwie bekannt vor. Aber erst einmal wollte er die Fotos sehen, die da von seiner Tochter kursierten.

„Zeig mir mal, was da an Bildern von dir umgeht."

Lena drückte sich enger an die Rückenlehne der Couch. „Nein, Papa, das ist mir unangenehm."

„Ach, und wildfremden Leuten kannst du so was präsentieren?"

„Ich glaubte doch ..."

„Hättest du mal wirklich nachgedacht und vorher mit mir geredet", polterte Alexander, „dann wäre da sicher nichts passiert. Und jetzt zeigst du mir sofort dein Smartphone. Ich will das sehen, worum es hier geht. Schließlich bin ich für dich verantwortlich!"

Zögerlich stand Lena auf und lief zur Wohnzimmertür, hinter der sich Tina raschen Schrittes wieder ins Kinderzimmer zurückzog. Sie hatte genug gehört und es hatte ihre Vermutungen bestätigt. Schon seit einer Weile hatte sie mitbekommen, was da mit Lena abging, und die Fotos, um die es sich handelte, kannte sie natürlich auch. Lena eben nackend, aber das war ja nun nichts Besonderes ... Außerdem hatte die große Schwester doch eine gute Figur, im Gegensatz zu ihrer eigenen. Tina ärgerte sich momentan über zu viel Speck am Bauch und auf den Hüften. Babyspeck nannte es Lena immer, wenn sie sie aufziehen wollte.

Rasch sprang Tina auf ihr Bett und stülpte sich erneut die Kopfhörer auf. Dann legte sie sich hin, schloss die Augen und tat so, als sei sie völlig konzentriert.

Als Lena das Kinderzimmer betrat, warf sie zunächst einen Blick auf ihre Schwester. Nein, die schien nichts mitbekommen zu haben. Ein Glück auch, dachte Lena und schob sich eine glatte Strähne hinters Ohr. Wo war nur ihr Smartphone? Vorhin hatte es auf dem Schreibtisch gelegen oder war es doch wieder in der Schultasche gelandet? Auf dem Tisch befand es sich nicht, also kramte sie in der Tasche und wurde fündig.

Sie zog es heraus und verließ damit das Kinderzimmer. Lenas Schritte verlangsamten sich, je näher sie ihrem Vater kam, der immer noch auf dem Sofa saß und aus dem Fenster starrte, ohne die schöne Aussicht wahrzunehmen.

„Hier, Papa."

Lena hielt ihrem Vater das Smartphone hin, darauf schon das erste Bild von ihr. Splitterfasernackt. Alexander schluckte. Dann wechselte er von einem Bild zum nächsten. Seine Tochter in immer aufreizenderen Posen. Den Kopf kokett zurückgeworfen oder schräg gelegt, sodass die offenen, dunkelbraunen Haare über den zarten Brustansatz fielen. Alexander wurde speiübel und er legte das Gerät umgedreht auf den Tisch, so als ob er damit die Bilder ungesehen oder besser noch ungeschehen machen könnte. Er spürte ein Würgen im Hals. Wenn er nicht sofort einen klaren Gedanken fassen könnte, würde er hemmungslos auf den Boden kotzen. Jetzt, hier und sofort im Wohnzimmer.

„Papa, ist dir nicht gut?", erkundigte sich Lena mitfühlend.

„Das kann man wohl sagen", antwortete Alexander nach einer gefühlten Ewigkeit. „Ich bin sprachlos. Wie konntest du das nur tun?"

Das Mädchen zuckte mit den Schultern, antwortete aber nicht auf die Frage.

„Ja, ich weiß, die anderen haben es auch gemacht. Heißt der Leo zufällig Schneider mit Nachnamen und geht in deine Schule?"

Alexander hatte in der Zwischenzeit kombiniert. Von dem Jungen war schon häufiger die Rede gewesen, allerdings eher so nebenher, wie es ihm schien. Aber nun wohl doch nicht. Leo war zwei Klassen über

Lena und der Sohn einer Familie, mit denen sie locker über die Mädchen befreundet waren. Der große Bruder eben. Von wegen nur ein großer Bruder, der hatte es ja faustdick hinter den Ohren!

„Du ziehst dir jetzt was Ordentliches an und dann fahren wir sofort zu Leo und seinen Eltern", beschloss Alexander.

„Nein", schrie Lena auf und erbleichte. „Das mache ich nie und nimmer. Du blamierst mich bis auf die Knochen."

„Das hast du schon selbst getan, mein Kind. Jetzt müssen wir sehen, wie wir da wieder einigermaßen ungeschoren rauskommen. Aber dalli."

Alexander erhob sich und zog Lena am Arm. Sie ließ es widerwillig mit sich geschehen.

Inzwischen war es Nachmittag geworden. Wenn Familie Schneider nicht weggefahren war, dann müssten sie zu Hause zu erreichen sein. Auf jeden Fall waren sie mit einem Handwerksunternehmen selbstständig und hätten sich jetzt bestimmt - einfach so zwischendurch - keinen Betriebsurlaub genehmigt, überlegte Alexander.

Während Lena sich anzog, stand Alexander im Türrahmen und blickte durch das Zimmer mit all den Puppen und Spielsachen. Auf Tinas Seite niedliche Fotos von Trickfilmfiguren, von der Farbigkeit eher in Pink gehalten, auf Lenas Seite ein paar Poster von Boygroups, die er nicht wirklich kannte. Hier dominierten dunkle Töne, sehr viel Schwarz war dabei. Wohin driftete denn sein Kind da gerade ab?

„Tina", er streichelte seiner Jüngsten sanft über den Arm.

„Ja, Papa, was ist denn?", wollte Tina wissen und schaute ihn aus erstaunten Augen an.

„Deine Schwester und ich, wir müssen mal kurz was erledigen. Dauert hoffentlich nicht lange. Bleibst du derweil bei Albert und leistest ihm Gesellschaft?"

„Ich kann ja auch mitkommen", schlug Tina vor und war mit einem Satz aus dem Bett. „Eigentlich habe ich gerade überhaupt nichts vor und der Albert braucht doch keinen Babysitter ..."

„Nein!", fauchte Lena und Alexander schüttelte den Kopf dazu.

„Passt gerade nicht, Kleines. Bleib du mal hier und hör dir deine Geschichte von vorhin in Ruhe zu Ende an. Das wäre ganz lieb von dir!"

„Da bin ich doch schon durch damit!", entgegnete Tina. „Außerdem bin ich ja immer lieb", fügte sie noch an, mit der Betonung auf dem ich, und schaute abfällig auf ihre Schwester, was Alexander durchaus bemerkte, aber als Fehlinterpretation abtat. Tina konnte von dem Gespräch eben doch unmöglich etwas mitbekommen haben ...

Eine Viertelstunde später hielt der Wagen mit Vater und Tochter vor dem Anwesen der Familie Schneider. Alexander hatte auf dem Hinweg noch überlegt, ob er vorneweg anrufen sollte, die Idee aber wieder verworfen. Was hätte er auch sagen sollen? Außerdem waren solche spontanen Aktionen meist eher von Erfolg gekrönt. Dann konnte sich niemand vorbereiten, dann waren alle Antworten wenigstens einigermaßen ehrlich und nicht schon zurechtgelegt.

Im Hintergrund befand sich der Schornstein der Alten Brennerei von Hille, auf dem ein Storchenpärchen stand und miteinander schnäbelte. Alexander erinnerte sich daran, wie sie in den Anfängen hier schon Station gemacht hatten und den Nachwuchs der Vögel auf den Bildschirmen verfolgten. Anfangs mitunter bis zu acht Eier, die sich im Laufe der Zeit immer mehr reduzierten. Meist blieben zwei Junge übrig, wenn überhaupt. Oft spielte das Wetter nicht mit, war es ausgerechnet zur brisanten Zeit unwirtlich und besonders kalt. Und hatten die Kleinen dann noch kein Federkleid entwickelt, war es aus mit ihnen, dann half auch die Wärme der Eltern nicht mehr.

An zwei Orten konnten sie gebannt auf die Bildschirme starren: Einmal draußen an dem ehemaligen, wunderschön restaurierten Betriebsgebäude mit den kräftigen Schriftzügen auf dem schlohweißen Untergrund und einmal drinnen im Supermarkt beim Kassenbereich, gleich gegenüber dem hölzernen Bankrondell. Hier kauften sie sowieso häufiger ein und immer stieg der Blick nach dem Bezahlen in die Höhe, wie denn gerade der Stand der Dinge im Storchennest war ...

Alexander fiel der Spruch ein „Kleine Kinder, kleine Sorgen - große Kinder, große Sorgen", auch einer von seiner Mutter. Was da wohl noch alles kommen wollte? Besser, dass man nicht in die Zukunft schauen konnte.

Alex umrundete den Wagen und öffnete die Beifahrertür. Lena saß wie angewurzelt auf dem Sitz.

„Willst du nicht aussteigen?", forderte er sie auf.

Lena schüttelte den Kopf und krallte sich mit beiden Händen im Sitz fest.

„Das bringt jetzt aber nichts", betonte Alexander. „Du hast dir die Suppe eingebrockt und musst sie jetzt auslöffeln. Dein Problem beziehungsweise unseres. Komm, mach es uns nicht noch schwerer."

Mit verzögerten Bewegungen stieg das Mädchen aus dem Auto und Alexander warf die Tür ins Schloss. Er betätigte die Zentralverriegelung, verzichtete aber auf ein prüfendes Nachfassen. Schließlich stand er direkt vor dem Anwesen der Familie Schneider und hier parkten nur Besucher oder Kunden.

„Hallo", begrüßte Henriette Schneider, die gerade vor die Tür getreten war, weil sie ein Auto bemerkt hatte, die beiden. „Was führt euch denn zu uns? Hättet ihr mal angerufen, dann hätte ich mich drauf einstellen können. Aber ein paar Kekse sind immer da und Kaffee beziehungsweise Kakao geht ganz fix."

„Wir sind hier nicht zu Kaffee und Kuchen aufgetaucht", erklärte Alexander ernst und kurz angebunden.

„Welche Laus ist dir denn über die Leber gelaufen?", wollte Henriette wissen und lächelte spöttisch. „Ist doch sonst gar nicht deine Art, dieses Ruppige."

„Lass uns mal reingehen. Das ist hier nichts für die Öffentlichkeit", wiegelte Alexander ab und zog seine Tochter hinter sich her.

„Wenn du meinst", ließ Henriette erstaunt fallen und machte den Weg ins Haus frei.

„Dann kommt mal rein. Clarissa ist allerdings zu einem Schreibworkshop an der Stadtbibliothek von Minden, unter dem Motto: Schreib Dir Deine Welt! Ich dachte, Lena, du bist auch dabei? Mir war so, als hätte Clarissa davon gesprochen ..."

Lena schüttelte den Kopf und murmelte: „Keine Zeit ..."

„Ist Dieter auch da?", erkundigte sich Alex.

Henriette nickte.

„Und Leo?"

„Was wollt ihr denn von dem? Ich glaube, der surft irgendwo durchs Internet und hört dazu seine Musik, dass einem die Ohren abfallen“, sagte Henriette, während auch schon Bässe durchs Haus dröhnten. Sie ging in die Wohnküche voraus. „Setzt euch doch schon hin. Ich schau mal, wo die beiden sind. Willst du dich aber nicht vorher wenigstens erklären?“, forderte sie Alexander auf.

„Nein“, kam seine schroffe Antwort.

Nachdem Henriette kopfschüttelnd die Küche verlassen hatte, saßen Alexander und Lena schweigend am Tisch, ohne sich anzuschauen. Beide offensichtlich voll auf das konzentriert, was gleich folgen würde. Lenas Gesicht legte eine deutliche Röte auf, was immer und unvermeidlich geschah, wenn sie aufgeregt war.

„Na, mein Bester, auch mal wieder im Hauptdorf zugange? Etwa in Ermittlungen unterwegs?“, lachte Dieter, als er die Küche betrat, und strahlte über sein rundes Gesicht. Aber noch im Lachen verschwand das Strahlen aus seinen Augenwinkeln und plötzlich zog sich die Stirn in Falten.

„Hab ich dich auf dem falschen Fuß erwischt? Wo drückt denn der Schuh?“

Leo, lang und schlaksig, die Hände in den Taschen der tiefhängenden Hose vergraben, war kurz nach seinem Vater aufgetaucht, seine Mutter schob ihn vor sich her. Dann drückte er sich in eine Ecke auf die Küchenbank, ohne die Hände aus den Taschen zu nehmen. Die Kinder wechselten keinen Blick.

Alexander atmete tief durch, ehe er loslegte und die Geschichte von den Fotos und der Erpressung durch Leo erzählte. Kurz und knapp und äußerst präzise.

Leo sprang währenddessen auf, lief in der Küche aufgeregt hin und her und leugnete alles.

„Nein, das stimmt nicht. Wie kommt man denn auf solche irren Ideen. Lena hat ja nicht alle Tassen im Schrank, die spinnt ja."

„So, so", sagte Alexander. „Lena spinnt also. Und was sind das hier für Fotos, die du in die Weltgeschichte weiterverteilen wolltest? Hinzu kommen deine erpresserischen Botschaften. Zehn Euro hast du schon von Lena eingefordert, jetzt sollten es zwanzig Euro sein und wer weiß, welche Summen du demnächst ins Auge gefasst hast ..."

Er zückte das Smartphone von Lena und hielt es Henriette hin, in deren Gesicht Schamröte stieg. Dieter hatte mit einem Seitenblick das Motiv wahrgenommen – Lena in einer fast schon koketten Pose, mit beginnender Weiblichkeit –, steuerte stracks auf seinen Sohn zu, griff ihn mit der Linken an der Schulter und versetzte ihm mit der Rechten zwei schallende Ohrfeigen, kurz hintereinander. Der Vater atmete wie eine Lokomotive und schien unmittelbar vor dem Explodieren zu sein.

„Hab ich es mir doch gedacht, du Früchtchen. Deine Heimlichtuerei die ganze Zeit. Da war also doch mehr dahinter. Und plötzlich die vielen technischen Neuerungen in deinem Zimmer. Von wegen von Kumpels geschenkt bekommen oder geliehen! Aus Erpressergeldern. Ich schlag dich windelweich!"

Jetzt fiel Alexander Dieter in den Arm.

„Das kannst du nicht machen!"

„Was kann ich nicht? Ich kann noch ganz andere Sachen. Das ist schließlich meine Brut ..."

„Versündige dich nicht", bat Henriette flehentlich. „Lass uns darüber reden!"

„Reden, na, du bist lustig. Der feine Herr hier bringt uns in Teufels Küche und du willst mal eben drüber reden. Typisch Weiber ..."

„Jetzt langt es aber", fiel Alexander ihm ins Wort. „Mit Schlägen kommst du auch nicht weiter. Wir sind genau deshalb hier, um darüber zu reden. Euer Sohn ist vierzehn und macht mir nicht unbedingt einen erwachsenen Eindruck ... Meine Tochter ist zwölf Jahre alt und noch ein Kind!"

Bei dieser Bemerkung zog Lena die Stirn kraus und blickte vorwurfsvoll zu ihrem Vater, der aber gleich fortfuhr.

„Die Sache muss ausgesprochen werden und Leo muss sich bei Lena entschuldigen. Wir werden zusehen, dass wir die Daten alle wieder gelöscht kriegen. Einer meiner Kollegen kennt sich mit der Materie sehr gut aus und wird das diskret erledigen ... Außerdem werde ich in der Schule vorbeischauen, um das mit den Lehrern zu bereden!"

„Wer steht denn demnächst noch hier bei uns auf der Matte?", wollte Dieter erzürnt von seinem Sohn wissen. „Wen hast du außerdem mit solchen Fotos erpresst, du Verbrecher?"

Leo hatte sich wieder auf der Küchenbank in die Ecke verkrochen und verkniff sich die Tränen. Sowohl auf der rechten als auch auf der linken Gesichtshälfte markierten sich die beiden Schläge seines Vaters, die Konturen der Finger waren deutlich zu erkennen. Leo schien zu grübeln, ob sich weiteres Leugnen lohnte oder doch die Wahrheit angebracht war.

„Die Amelie, Anna, Corinna und ..."

„Und?", bohrte der Vater nach, immer noch zornesrot.

„... Clarissa."

„Was", schrie Henriette, „deine eigene Schwester?! Das ist ja wohl das Letzte."

„Genau", sagte jetzt Dieter.

„Und nun raus mit der Sprache, was hast du da alles angestellt?"

Mit leiser Stimme und ganz langsam gestand Leo seine Taten. Den Kopf hielt er dabei gesenkt.

„Es tut mir leid, Lena", stieß er zuletzt, kaum hörbar, hervor.

„Lauter", forderte sein Vater.

„Es tut mir leid, Lena. Ich habe das ... nicht gewollt. Jedenfalls ... nicht so. Es sollte nur ... ein Spaß sein!"

Leo stotterte herum.

„Ich mach das auch nie, nie wieder", beteuerte er schließlich.

Lena hob jetzt den Kopf und forderte mit fester Stimme: „Dann schwör das jetzt hier vor uns allen."

„Ich schwöre."

„Bei allem, was dir heilig ist?", wollte Lena noch wissen.

Leo nickte.

„Bei allem, was mir heilig ist."

„Genug der Rührseligkeiten", warf jetzt Dieter ein. „Du gehst sofort auf dein Zimmer. Hausarrest die nächsten vier Wochen und Computer- beziehungsweise Technikverbot. Kannst ja mal ein Buch lesen. Das Geld zahlst du den Mädchen selbstverständlich zurück und bei den anderen entschuldigst du dich auch noch. Wir fahren mit dir zu ihnen hin."

Leo schien vor Scham im Boden versinken zu wollen.

„Geht klar", würgte der Junge hervor.

„Deine Lässigkeit treiben wir dir schon noch aus. Du bist ein Ganove, weißt du das überhaupt. Du kannst froh sein, wenn Alexander jetzt nicht Anzeige gegen dich erstattet. Du bist ja nicht volljährig."

Dieter hatte keine Stimme mehr. Die letzten Worte waren fast nur noch gehaucht und er war dabei auf den Stuhl gesunken, dessen Lehne er zuvor fest umklammert gehalten hatte, sodass die Knöchel der Hände weiß hervortraten. Henriette legte ihm beruhigend eine Hand auf die Schulter und blickte in die Runde.

„Ich stell uns mal was zu trinken hin", schlug sie vor, dann trat sie an den Kühlschrank und zog eine Flasche Mineralwasser und eine Cola heraus. Leo war indessen aufgesprungen und hatte Gläser aus dem Regal geholt und vor jeden eines hingestellt. Den Kopf hielt er dabei gesenkt.

„Muss denn das mit der Schule sein?", wollte Leo nach einer kleinen Weile noch von Alexander wissen.

„Ich denke schon. Vielleicht gibt es weitere Täter, die so ein schmutziges Geschäft betreiben. Ich werde es diplomatisch versuchen, schon im Sinne meiner Tochter", schlug Alexander vor.

Als Henriette gerade allen die Getränke einschenkte, fuhr ein nächstes Auto auf den Hof, aus dem Clarissa ausstieg, noch ein paar Worte mit den Insassen wechselte und dann fröhlich lächelnd zum Haus kam.

„Nanu?", sagte sie und schüttelte entrüstet ihren rotblonden Lockenkopf, als sie die Küche betrat, deren Fenster zum Parkplatz hin lag. „Ist heute eine Feier angesagt? Da hättet ihr mich auch einweihen können und ich hätte mich beeilt. So haben wir am Königswall noch rumgetrödelt, die anderen und ich. War wieder ein spannender Workshop. Wir haben Geschichten am Stück gebastelt. Immer jeder einen Satz auf ein Blatt Papier und dann ging das reihum, wobei der Nachbar immer einen nächsten, logischen Satz ergänzen musste. Bis man seinen Text wieder vor sich liegen hatte und die Geschichte vollenden konnte. Das war ja so super. Demnächst haben wir auch einen Auftritt mit unseren Texten. Da müsst ihr alle unbedingt mitkommen, wir brauchen Publikum. Und ihr hier? Was hab ich versäumt?"

Clarissa hatte ohne Punkt und Komma hintereinander erzählt, sich zu ihrer Freundin Lena gesetzt und sie mit einem Arm umschlungen. Sie griff sich das Glas von Lena und nahm einen großen Schluck daraus.

Alexander forderte seine Tochter mit einem Nicken auf, ihm zu folgen, und sah Clarissa noch direkt an.

„Das können dir deine Eltern und dein Bruder sicherlich in Ruhe erzählen. Im Grunde weißt du es ja selbst schon. Wir beide machen uns jetzt auf den Weg. Tina wartet zu Hause. Ich will sie nicht so lange allein lassen, sonst kommt sie nur noch auf Dummheiten ..."

Ohne einen Abschiedsgruß verließen Vater und Tochter das Haus und stiegen wieder in den Wagen ein. Alexander wusste nicht, ob er nun erleichtert sein sollte. Eigentlich hätte er bei den Ohrfeigen eher einschreiten und sie verhindern sollen. Er war prinzipiell ein Feind von Prügeln, ob nun von Erziehungsberechtigten gegen Kinder oder von Partnern innerhalb einer Beziehung eingesetzt, Schläge vom Stärkeren dem Schwächeren gegenüber als Druckmittel. Aber er fühlte sich während des Gespräches im Hause Schneider irgendwie gelähmt und unfähig, vernünftig zu handeln.

Alex spürte, dass ihn Lena ansah, als er das Auto startete. Während der Motor lief, drehte er sich seitlich zu seiner Tochter.

„Komm mal in meinen Arm, Leni. Das wird schon wieder. Gemeinsam bekommen wir alles im Leben hin. Aber mach so einen Blödsinn nie wieder! Versprochen?"

„Versprochen!", kam es kleinlaut von Lena, die sich an ihren Vater kuschelte wie ein kleines Kind.

„Versprochen! Unbedingt!", sagte Alex. „So, jetzt müssen wir uns aber sputen. Deine Schwester wird denken, wir sind verschüttgegangen."

„Und was soll das jetzt heißen?", erkundigte sich Lena, froh, dass endlich ein anderes Gesprächsthema angeschnitten wurde.

„Na: verlorengegangen. Ist quasi Gaunersprache."

Ein feines Lächeln stahl sich in Lenas Gesicht.

„Danke Papa."

„Dafür nicht", rutschte es Alex raus und er ärgerte sich über den belanglosen Spruch, den er sich seit einem Weilchen angewöhnt hatte, auch weil ihn seine Umgebung immer wieder benutzte. „Ich setze mich aber auf jeden Fall noch mit eurer Schule in Verbindung. Das muss geklärt werden", fügte Alexander ganz dienstlich an.

„Nein, Papa, um Himmels willen. Was sollen denn die anderen sagen, wenn das rauskommt? Außerdem haben wir die Sache doch eben geklärt!"

Lena schrie fast.

„Reg dich nicht so auf! Ich nehme mal an, das wissen schon sehr viel mehr Leute, als du glaubst. Und ich könnte mir durchaus vorstellen, dass der Leo nicht der einzige Schüler ist, der solche kriminelle Energie entwickelt. Da hilft nur Aufklärung. Bei allen. Ich werde zunächst deine Klassenlehrerin anrufen und einen Termin mit ihr ausmachen."

Lena schluchzte vor sich hin, sagte aber kein Wort dazu. Ihre Schultern zuckten und sie hielt den Kopf gesenkt. Alexander setzte den Wagen langsam in Bewegung. In seinem Kopf schien es zu blitzen und zu donnern. Eine Migräneattacke vom Allerfeinsten. Er griff sich an die Schläfe und rieb mit Zeige- und Mittelfinger der linken Hand, aber es tat sich nichts. Der Schmerz steigerte sich.

Als die Mädchen im Bett waren, hatte Alexander immer noch rasende Kopfschmerzen und das dringende Bedürfnis, mit irgendjemandem über diese Katastrophe zu reden. Mit seinen Eltern? Das konnte er ihnen eigentlich nicht antun. Sein Vater hatte aktuell genügend eigene Probleme zu bewältigen und bei seiner Mutter war er sich unsicher, ob sie überhaupt begreifen würde, was da geschehen war.

Alexander zückte sein Handy und starrte darauf. Wen dann? Seine einstigen Schwiegereltern? Mit denen hatte er schon ein Weilchen nicht telefoniert. Er müsste sich sowieso melden, auch um den Ferienaufenthalt der Kinder im Sommer abzusprechen. Er suchte die Nummer aus Bayern heraus und aktivierte sie.

„Alex, du?", fragte Edwina mit einem unwirschen Unterton. „Hast dich ja ewig nicht gemeldet. Momentan kann ich aber nicht mit dir reden. Das Essen steht auf dem Herd. Ich muss mich drum kümmern, sonst brennt es an. Warte mal, ich gebe dich weiter an Josef ..."

Alexander zog die Stirn kraus. Typisch seine Schwiegermutter. Mit der hätte er jetzt sowieso nicht reden wollen. Josef war dagegen ein ganz anderes Kaliber. Vor allem im Zusammenhang mit dem Tod von Olga waren sie sich sehr nahe gekommen, viel näher als je zuvor.

„Na, mein Junge, wie ist der Stand der Dinge?", wollte Josef wissen und klang erfreut.

„Wenigstens du machst mir nicht gleich Vorwürfe", sagte Alex.

„Das steht mir nicht zu", entgegnete Josef. „Warte mal, ich suche mir ein ruhiges Plätzchen. Eddi veranstaltet so einen Höllenlärm, dass ich mein eigenes Wort nicht verstehe."

Für einen Moment herrschte Ruhe. Alexander hörte nur das Klappen einer Tür.

„Außerdem kennst du doch Edwina", fuhr jetzt Josef fort. „Entschuldigung, das wollte ich nicht in ihrem Beisein sagen. Aber seit unser Kind tot ist, ist sie nicht mehr wie früher. Immer gereizt ..."

„Kann ich mir vorstellen", entgegnete Alexander. „Nichts ist da mehr wie früher."

Beide schwiegen einen bedachtsamen Augenblick.

„Und nun erzähl doch mal von dir, Alex. Was macht die Kunst? Alle gesund und munter?"

„Ja, so weit schon."

„Hm, das klingt jetzt nicht nach völliger Ordnung. Außerdem würdest du doch nicht bei uns anrufen, wenn du nicht was auf dem Herzen hättest. Bis zu den Ferien ist es ja noch etwas hin. Wir haben die üblichen ersten beiden Wochen mit den Mädchen geplant, dann überschneidet es sich nicht mit der Schulferienzeit hier bei uns in Bayern."

„Prima. So habe ich mir das bereits notiert. Dann ist bei euch nicht ganz so viel Betrieb. Tina und Lena freuen sich auch schon drauf."

„Ach, Junge, sag doch den Mädchen mal, dass sie ihre Omi anrufen sollen. Die würde sich unheimlich drüber freuen. Ich natürlich auch! Meist kommen die Kinder nicht von allein auf so eine Idee. Und es würde Eddi unheimlich guttun, mit ihnen zu plaudern!"

„Mach ich“, bestätigte Alexander. „Und, weshalb ich anrufe ...“

„Ja? Ich bin ganz Ohr. Deine Schwiegermutter hat mindestens noch eine Viertelstunde am Herd zu tun. Sie kocht gerade einen Möhreneintopf für mich. Und dazu gibt es einen Vanillepudding.“

„Oh, lecker. Da beame ich uns mal zu euch rüber und wir setzen uns gemeinsam an den gedeckten Tisch.“

„Das wär was. Bestimmt kriegen sie das eines Tages bei all der Technisierung noch hin. Stelle ich mir so vor wie auf der Enterprise ...“

Josef lachte und Alexander stimmte ein.

„Josef!“

„Ja, Alex.“

„Ich muss jetzt einfach mit jemandem darüber reden, sonst platze ich noch.“

„Solche Situationen kenne ich. Dann erleichtere mal deine Seele. Ich bin ganz Ohr.“

„Du musst mir aber vorab versprechen, mit keinem darüber zu sprechen.“

„Na, du bist gut. Auch nicht mit Eddi?“

Alexander druckste herum.

„Ja, vielleicht. Aber sie darf sich den Mädchen später gegenüber nichts anmerken lassen.“

„Du klingst wie das Orakel von Delphi. Mach es doch nicht so spannend ...“

„Also, von Lena kursieren Nacktfotos. Sie hat die selbst mit dem Handy aufgenommen. Selfies eben, aber in richtig koketter Pose.“

„Das ist ja heftig.“

„Warte mal, es wird noch schlimmer. Heutzutage macht man ja solche Fotos nicht für sich allein, sondern man teilt sie anderen mit, sogenannten Freunden. Und das Früchtchen hat sich doch tatsächlich von einem Jungen, der zwei Klassen weiter ist, erpressen lassen."

„Das verschlägt mir nun aber die Sprache! Meine Lena? Das hätte ich dem Kind gar nicht zugetraut. Sie ist doch sonst eher die Vernünftige von den beiden."

„Da siehst du, wie man sich täuschen kann. Ich bin mit ihr zu den Eltern des Jungen und habe alles aufgeklärt. In der Schule will ich mich auch mit der Klassenlehrerin von Lena verabreden. Das muss generell unterbunden werden. Wer weiß, was da noch so alles abgeht. Vielleicht ist es nur die Spitze des Eisbergs."

„Das würde ich an deiner Stelle auch tun", sagte Josef. „Und was haben die Eltern des Jungen dazu gesagt?"

„Leo hat von seinem Erzeuger erst mal ein paar schallende Ohrfeigen bekommen."

„Liegt zwar nicht im Trend heutzutage, aber in dem Fall würde ich mal sagen: Recht so!"

„Ich habe mich da auch überhaupt nicht eingemischt. Der Vater macht ansonsten nicht unbedingt den Eindruck, als ob er seinen Sohn regelmäßig verprügeln würde. Vielleicht hat ihn das nun aber mal zur Besinnung gebracht."

„Zu wünschen wäre es", antwortete Josef und schlug vor: „Also mit Eddi muss ich das schon besprechen. Wir haben keine Geheimnisse voreinander. Aber wir verpflichten uns zu absolutem Stillschweigen den Kindern gegenüber. Von dir haben wir jedenfalls nichts erfahren. Wenn die Große es uns erzählen will, dann ist es gut. Und wenn die Kleine mitteilsam wird, dann soll sie sich aussprechen. Schließlich muss man in der Familie über solche Dinge reden. Dafür ist man da."

„Ach, Josef. Danke, dass du mir zugehört hast. Und von Tina kommt da bestimmt nichts, die ist doch noch viel zu naiv ..."

„Na, wenn du dich da mal nicht täuschst. Übrigens: Das mit dem Drüberreden gilt für kleine und große Leute. Du machst dich ja wirklich rar in letzter Zeit. Dabei verbindet uns doch so viel. Und wenn ich daran denke, wie wir in den letzten Stunden von Olga an ihrem Krankenbett gewacht haben, dann sehe ich uns beide immer, wie wir uns gegenseitig Kraft gegeben haben."

Jetzt schluckte es am anderen Ende und Josef schwieg.

„Ja, Josef, auch ich werde diese Erinnerung nicht los. Es ist furchtbar, wenn man einen nahen Angehörigen auf diese Art und Weise verlieren muss. Da hilft es wenig, wenn man den Schuldigen hinter Gittern weiß. Außerdem bleibt der nicht allzu lange im Gefängnis und verkorkst hat er sich sein Leben mit dieser Tat ohnehin."

„Jetzt hast du doch aber nicht etwa Mitleid mit diesem Verbrecher?"

„Mitleid trifft es nicht. Aber wir müssen in unserem Job natürlich beide Seiten sehen. Die der Opfer und die der Täter. So ganz von allein hat sich der junge Mann nicht in so eine Richtung entwickelt, so voller Aggressionen ..."

„Weißt du übrigens, dass ich seitdem nicht mehr U-Bahn gefahren bin?", gab Josef noch von sich, kaum hörbar.

Alexander nickte vor sich hin.

„Das kann ich nachvollziehen. Man meidet natürlich solche Orte, an denen viel Leid verursacht wurde."

„Wenn ich könnte, dann würde ich dich jetzt in den Arm nehmen, Junge! Und dann würde ich mit dir ein ordentliches Bier trinken, vielleicht auch ein zweites und drittes, und einfach mal über Fußball plaudern. Über Bayern München zum Beispiel ..."

„... oder über Hertha BSC?"

Jetzt lachten beide auf.

Schon zwei Tage später hatte Alexander einen Termin in der Verbundschule.

„Worum geht es denn?", hatte Anke Wittlich, die Klassenlehrerin, am Telefon wissen wollen. „Ihre Lena hat doch ganz ordentliche Noten. Ist zwar momentan etwas verschlossen, aber das ist normal in dem Alter. Die Pubertät geht eben nicht folgenlos an den Kindern vorüber."

„Nein", hatte Alexander gesagt, „es dreht sich schlicht und ergreifend um Erpressung."

Daraufhin hatte Stille am anderen Ende geherrscht, bis sich die Lehrerin offensichtlich wieder gefasst hatte.

„Erpressung? An unserer Schule? Das kann ich mir überhaupt nicht vorstellen."

„Lassen Sie uns einfach drüber reden. Am Telefon halte ich das für keine gute Sache. Man sollte sich dazu schon in die Augen schauen können."

„Soll der Schulleiter dazukommen?", hatte Anke Wittlich etwas atemlos wissen wollen.

„Ich glaube noch nicht", hatte Alexander gemeint.

Als er nun mit seinem Pkw auf den Schulparkplatz fuhr und direkt mit Blick aufs Sekretariat und das Lehrerzimmer parkte, blieb er noch einen Moment sitzen. Fünf Minuten waren Zeit bis zum verabredeten Treffen. Die ließ Alex verstreichen. Dann gab er sich einen Ruck und stieg aus.

Während er zum Sekretariat lief, wo sie sich verabredet hatten, begrüßten ihn ein paar Schüler und er grüßte freundlich zurück. Gut erzogen, die Kids, dachte Alex. Schon im Eingangsbereich zum Lehrerzimmer kam ihm Anke Wittlich entgegen.

„Am besten gehen wir in die Cafeteria“, schlug die Lehrerin vor, nachdem sie einander begrüßt hatten, und blickte besorgt um sich. Auf ihrer Stirn saß eine senkrechte Falte.

„Gute Idee“, bestätigte Alexander. „Hier ist ja auch ein Betrieb ...“

„Ja, wir haben gerade Pause und ich habe jetzt eine Freistunde. Insofern passt das gut mit unserer Verabredung. Früher habe ich auch mal nebenan in der Grundschule unterrichtet. Die Kleinen sind ja eher verhaltenskreativ und äußerst lebhaft. Das ist auch immer eine große Herausforderung. Jetzt mit der Oberstufe kommen die Heranwachsenden mir anspruchsvoll oder auch tiefenentspannt entgegen. Hat alles seine Vor- und Nachteile ...“

Schweigend liefen sie den Flur entlang, Richtung Aula.

„Ich lade Sie ein. Tee oder Kaffee?“, wollte Anke Wittlich wissen, als sie in der Aula vor dem Automaten standen.

„Kaffee bei mir. Nichts sonst und schwarz bitte.“

„Kommt sofort.“

Anke betätigte die Tasten an dem Automaten, dann stellte sie die zwei gefüllten Tassen auf ein Tablett und trug es zur Kasse, wo sie ihre Karte vorlegte, von der die Summe abgebucht wurde.

„Das ist wirklich praktisch bei Ihnen“, plauderte Alexander. „Da müssen die Kinder kein Bargeld mit sich rumtragen. Könnte nur geklaut werden ...“

Anke nickte und trug das Tablett in die gemütliche Sitzecke, die gerade menschenleer war. Dabei atmete sie auf.

Beide setzten sich. Alexander ergriff den Henkel seiner Tasse, nahm einen Schluck und fing an, die Geschichte von Lena und Leo zu erzählen. Anke unterbrach ihn kein einziges Mal, sondern hörte nur mit weit geöffneten Augen, in denen blankes Entsetzen stand, zu.

Heikes Handy gab ein Signal. Eine SMS von Sylvia.

„Würde mich gern mit dir treffen. Wann passt es? LG Sylvi"

Nur kurz dachte Heike nach, dann entschied sie sich gegen eine SMS und für ein Telefonat. Direkte Kommunikation konnte durchaus zeitsparend sein.

„Hallo, Sylvi. Freut mich, von dir zu hören. Ich hoffe, ich störe dich momentan nicht."

„Keineswegs, Heike. Prima, dass du dich gleich meldest."

Sylvia schien etwas verblüfft.

„Du machst es ja spannend. Wollen wir etwa unseren unterbrochenen Theaterabend fortsetzen? Dieses mörderische Fiasko?", fragte Heike.

Für einen Moment herrschte Stille am anderen Ende.

„Wie kommst du denn darauf? Im Grunde ja. Es geht auch nicht am Telefon, was ich da mit dir bereden will. Das ist mir zu unsicher, wo doch heute alles und jeder beständig überwacht wird ..."

Sylvia holte ganz kurz deutlich hörbar Luft und fuhr fort: „Ich bewundere immer deine Kombinationsfähigkeit. Ist wohl berufsbedingt. Ich wollte, ich hätte ein Stück davon. Dann könnten mich meine Zwillinge nicht immer so anlügen. Jedes Mal falle ich wieder drauf rein ..."

Heike sah auf ihre Armbanduhr. Sie wurde ungeduldig. Den Bericht zur aktuellen Spurensuche bei dem Einbruch an der Tankstelle musste sie unbedingt noch fertigbekommen, also keine Zeit für längere Plaudereien.

Und auch zu dem Blitzeinbruch am Elektronikmarkt in Barkhausen hatte sie sich noch einmal die Unterlagen herausgesucht. Das war ja eine Wiederholung. Schon zwei Jahre zuvor hatte es eine solche Aktion gegeben, bei der die Täter mit einem geklauten Fahrzeug rückwärts in den Eingangsbereich gebrettert waren. Windfang, Metallpoller, Eisengitter – alles keine echten Hindernisse für die Gang. Das Ganze hatte kaum fünf Minuten gedauert. Rein, handliche Ware aus den Vitrinen geklaut und wieder raus. Die drei Männer hatten sich von der Videokamera filmen lassen, wie der eine schon mal mit einem Vorschlaghammer Vitrinen einschlug und die anderen beiden die Ware in großen Taschen verstauten. Geflüchtet waren sie dann offensichtlich mit einem nächsten Fahrzeug, denn der vierrädrige Einbruchshelfer war danach natürlich nicht mehr fahrtüchtig.

Wenn es da Parallelen zum ersten Fall im Gewerbegebiet von Porta Westfalica gab, dann fand sie die möglicherweise. Sie wollte unbedingt noch einmal alles in Sachen Spuren prüfen und vergleichen. Vielleicht hätte sie doch lieber erst am Abend von zu Hause aus zurückrufen sollen.

„Lass uns einfach einen Termin ausmachen“, unterbrach sie ihre Freundin. „Mir passt es morgen ganz gut. Direkt nach dem Dienst?“

„Prima“, antwortete Sylvia. „Ich will allerdings daheim erst fürs Essen sorgen und dann könnte ich mich noch einmal freimachen. Ich kann ja den Jungs und meinem Mann ein paar belegte Brote mit Gürkchen zaubern und stelle ihnen alles hin. Dann vermissen sie mich nicht. Wie wäre es mit 18 Uhr?“

„Na, du verwöhnst ja deine Lieben“, seufzte Heike und dachte, dass sie das ebenso gern täte. „Und wo soll es sein?“

„Lübbecker Straße ist doch so ein Drive in von der Bäckerei Bertermann, an der Ecke, wo es zur Kotelettschmiede geht. Ich glaube, die haben bis 19 Uhr auf. Dann könnte ich im Anschluss auch noch beim Supermarkt ein Stückchen weiter meinen Einkaufszettel abarbeiten. Der ist schon wieder extrem lang ..."

„Hm. Ich weiß, wo du meinst", antwortete Heike. „Also bis dahin."

Sie beendete das Gespräch und grübelte. Was mochte es so Geheimnisvolles geben, dass es ihr Sylvia nicht mal eben so am Telefon mitteilen konnte? Heike rieb sich die Hände und spürte eine Spannung in sich aufsteigen. Sie liebte abenteuerlich anmutende Dinge, die forderten sie regelrecht heraus.

Heike überflog noch einmal die letzten Zeilen, die sie in ihrem Bericht geschrieben hatte, korrigierte ein paar Flüchtigkeitsfehler und beendete die Arbeit. So, nun konnte der Feierabend starten, dachte sie.

Nachts träumte Heike von dem Theaterstück an der Porta. Auf der Bühne gab es ein Hauen und Stechen, die Schauspieler fielen übereinander her, mit ellenlangen Dolchen, die sie sich gegenseitig in die Leiber bohrten. Blut floss in Strömen. Und sie dachte immer nur daran, dass das alles wunderbare Spuren sein würden, wollte hinzueilen, um schon die ersten zu sichern, konnte sich aber keinen Schritt fortbewegen, sondern klebte mit den Füßen am Boden. Daneben ihre überdimensionale Handtasche, aus der das rot-weiße Flatterband der Polizei quoll, so wie der süße Brei im Märchen.

Schweißgebadet wachte sie auf und stellte auf dem Wecker fest, dass ihr noch vier Stunden bis zum Aufstehen blieben. Kein schlechter Albtraum, dachte

Heike, mal schauen, ob ich in den noch einmal abtauchen kann, das war jetzt echt spannend. Sie drehte sich auf die andere Seite und zog sich die Decke ein Stück weit über den Kopf. Der Rest der Nacht verlief indes traumlos.

Am nächsten Tag in der Dienststelle gab es keine besonderen Vorkommnisse. Alexander schaute mal rein, um sich zu erkundigen, was aus den Spuren im Hinterland des Freilichttheaters geworden war. Die Sonderkommission käme nicht weiter, hatte er gemeint und die Stirn gerunzelt. Ob sie nicht mal wieder die berühmte Stecknadel im Heuhaufen finden oder Kommissar Zufall auf die Sprünge helfen könnte? Doch, am Tatwerkzeug, dem roten Schal, an dem war sie noch dran und ihr schien diese Spur ziemlich heiß, vor allem in Verbindung mit dem gefundenen auffälligen Knopf und dem Abzeichen ...

Dann hatten sie sich noch zur Kinderbetreuung verabredet, weil Alexander zu seinen Eltern wollte und Lena zwar schon alt genug, aber momentan nicht wirklich zuverlässig war, um auf ihre kleine Schwester aufzupassen.

„Klar, ich komme zu euch“, hatte Heike mit einem strahlenden Blick gesagt, in dem immer noch eine ganz bestimmte Hoffnung keimte.

Alexander hatte dankbar genickt.

„Wenn ich dich nicht hätte ...“

„... und die großen Kartoffeln ...“

„... dann müssten wir immer kleine essen ...“

Beide lachten. Den Spruch hatten sie völlig unabhängig voneinander von ihren Müttern mit auf den Weg bekommen und amüsierten sich jedes Mal, wenn er sich im Gespräch ergab.

Zwanzig Minuten vor sechs machte sich Heike auf den Weg zum vereinbarten Termin mit Sylvia. Sie entschied sich für die Route über die Ringstraße, bog an der Birne in die Lübbecker Straße ab und fuhr am Südring linkerhand auf den großzügigen Parkplatz, einmal um das Objekt herum. Eine Abstellmöglichkeit fürs Fahrzeug konnte sie sich aussuchen, es war gähnend leer. Das Auto ihrer Freundin hatte sie gleich entdeckt. Es stand unmittelbar vor dem Eingang.

Sylvia lehnte an der Fahrertür, winkte und Heike setzte ihr Auto elegant direkt daneben. Zuletzt legte sie noch den ersten Gang ein und zog die Handbremse an, dann stieg sie aus und warf die Tür hinter sich ins Schloss. Mit einem Druck auf den Schlüssel war die Zentralverriegelung aktiviert.

„Hallo, meine Süße", sagte Sylvia und umarmte Heike.

„Na, Süße passt ja, bei der Lokalität ...", erwiderte Heike, während sie an ihrer Freundin herunterblickte. Man sollte diese Leggins verbieten. Es gab doch höchstens eine Frau von hundert, die so eine Hose auch wirklich tragen konnte. Bei allen anderen betonte sie die Figur auf eine Art, die nicht im Geringsten vorteilhaft war, vor allem, wenn das Oberteil ebenfalls knapp bemessen war. Jeder Huckel, jede Delle präsentierten sich überdeutlich und Sylvia hatte reichlich vor allem von Ersterem. Außerdem markierten ihre Beine ein X. Aber jeden Kommentar hätte sie wahrscheinlich nur in den falschen Hals bekommen. Stattdessen sagte Heike lediglich: „Ziemlich leer, wie es scheint."

„Ja, jetzt um die Zeit tauchen vorrangig die Leute auf, die noch frische Brötchen fürs Abendbrot holen wollen. Aber ansonsten bekommst du hier manchmal keinen Fuß auf den Boden, vor allem am Wochenende", antwortete Sylvia und zog an ihrer Bluse, was die Optik aber nicht verbesserte. Heikes Blick musste sie verunsichert haben.

„Ihr seid wohl öfter hier?", erkundigte sich Heike, ohne es wirklich wissen zu wollen.

„Ach ja, gelegentlich. Ich backe zwar gern, aber das kostet eben auch verdammt viel Zeit und hier kann sich jeder von meinen Männern seine Spezialität aussuchen. Die sind ja so wählerisch und jeder von ihnen hat andere Vorlieben", sagte Sylvia. „Aber jetzt lass uns mal reingehen. Die Auswahl wird bestimmt nicht mehr so groß sein."

„Hast du auch schon den Drive-in-Schalter benutzt?", wollte Heike noch wissen und öffnete den Reißverschluss ihrer Tasche, um nach ihrem Portemonnaie zu suchen. Hoffentlich hatte sie das nicht wieder auf dem Schreibtisch liegengelassen! Aber sie fand es unter allerlei anderen wichtigen Dingen und atmete durch. Diesmal war sie nämlich mit Bezahlen dran und nichts war peinlicher, als dann zu erklären, man hätte eben zufällig kein Geld dabei. Das war ihr schon passiert und sollte es nie wieder!

Sylvia stand bereits am Tresen und schaute sich die schon nicht mehr so üppigen Auslagen an. Heike gesellte sich rasch zu ihr.

„Nein, Drive in wäre nicht so mein Ding. Das ist eher was für junge Leute."

„Aha", meinte Heike und grinste dazu.

Jede suchte sich ein Stück Kuchen aus. Heike nahm einen großen Kaffee Latte und Sylvia einen Cappuccino.

„Wenn schon, denn schon. Ist eh schon egal mit dem Hüftspeck", kommentierte Heike und schob einen Geldschein über den Tresen.

„Stimmt so."

Der Verkäufer schaute sie erstaunt an, bedankte sich dann aber herzlich.

„Das ist nett von Ihnen. Guten Appetit wünsche ich noch."

„Den werden wir haben!", bestätigte Heike und warf einen suchenden Blick in die großzügig gestalteten Räumlichkeiten, die einen Durchblick in alle Richtungen ermöglichten.

„Wohin?", fragte sie Sylvia, die aber im selben Augenblick schon zielstrebig auf einen Tisch in der Ecke am Fenster zustrebte.

„Passt", sagte Heike, folgte ihr und stellte ihr Tablett ab.

Die beiden Frauen griffen sich, kaum dass sie saßen, die Kuchengabeln und teilten zeitgleich ein kleines Stück ab, um es sich schmecken zu lassen.

„Hm", kommentierte Heike mit vollem Mund. „So hatte ich mir das vorgestellt. Da werde ich allerdings heute aufs Abendbrot verzichten. Und jetzt rück mal raus mit der Sprache, wo drückt dir denn der Schuh?"

„Ich weiß gar nicht, wo ich anfangen soll und ob ich es dir überhaupt erzählen soll. Jetzt, wo ich hier sitze, bin ich total verunsichert."

„Na, du bist lustig. Erst spannst du mich auf die Folter, bestellst mich extra hierher und dann willst du einen Rückzieher machen. Das geht ja überhaupt nicht! Was ist es? Wenn man drüber redet, wird es viel leichter! Alte Lebensweisheit – nicht nur von mir!"

„Das habe ich Norbert auch gesagt."

„Aha, also um Norbert geht es! Eine heimliche Flamme von dir, was du mir heute unter vier Augen anvertrauen willst?", kombinierte Heike mit wachem, wenn auch sehr erstauntem Blick.

„Wie kommst du denn darauf?!“, entgegnete Sylvia und schüttelte sich erschrocken. „Nie im Leben! Das ist einer aus unserer Theatergruppe. Du hast ihn neulich auf der Bühne erlebt, als es das jähe Ende gab.“

„Kann ich mich noch gut dran erinnern. Schließlich arbeiten wir an dem besagten Fall. Und die Fortsetzung des Stücks fehlt mir richtig! Aber was ist mit deinem Norbert?“

„Ist nicht mein Norbert, das muss ich wohl noch einmal betonen! Er wollte mich dieser Tage anpumpen.“

„Na, das ist ja noch kein Fall für die Polizei“, scherzte Heike.

„... es wird aber einer“, ergänzte Sylvia und Heike rutschte ein Kuchenstückchen von der Gabel.

„Nein, wirklich?“

„Mensch, Heike, lass mich doch mal ausreden und unterbrich mich nicht immer. Ich verliere sonst noch den Faden ...“

Sylvia klang jetzt ernst und hatte hektische Flecken im Gesicht bekommen.

Heike machte mit Daumen und Zeigefinger eine Bewegung über den Mund, so als wolle sie einen Reißverschluss zumachen, und Sylvia fuhr fort.

„Norbert hat mir jetzt sein Herz ausgeschüttet. Unter Tränen. Das kannst du dir überhaupt nicht vorstellen. Er steht kurz vor seiner Hochzeit, die ja nun auch ziemlich spät für ihn kommt! Keiner von uns hat geglaubt, dass er überhaupt noch in den heiligen Bund der Ehe tritt. Na, jedenfalls hatte er sich dafür etwas Geld zurückgelegt und das wiederum an Stefan von Sangerhausen verliehen, der ihn wortreich darum gebeten hatte. Eine ziemlich vertrackte Geschichte, bei der es um seine pflegebedürftige Mutter ging. Norbert hat sich erweichen lassen, konnte nicht nein sagen und es sollte auch nur für eine kurze Zeit sein, weil er dann ja wegen seiner Hochzeit selbst allerlei Verpflichtungen hatte. Am Tag der Premiere nun hat Norbert Stefan zur Rede gestellt. Er solle ihm unbedingt die 10.000 Euro wieder zurückgeben, sonst käme er in Teufels Küche. In der Pause hatten sich die beiden etwas die Beine vertreten wollen und dann kam es zu einer Auseinandersetzung. Stefan hat zu Norbert gesagt, da könne er lange warten. Momentan sei er nicht flüssig. Außerdem hat er ihm noch an den Kopf geworfen, er wäre ein minderbemittelter Schauspieler oder so ähnlich und solle lieber die Finger vom Theater lassen. Und das Norbert! Wo er doch sonst immer so viel Zuspruch bekommt. Jedenfalls ist es in ein Handgemenge ausgeartet. Stefan soll angefangen haben, indem er Norbert einen Schubs nach dem anderen gab, so mit dem Finger auf die Brust. Was der ja nun überhaupt nicht verknusen kann. Körperkontakt ja, aber nie auf diese Weise. Das wissen wir alle. Muss wohl ein Trauma aus seiner Kindheit sein. Norbert hat sich gewehrt, irgendwann den roten Schal von Stefan in die Hände bekommen und ihn dann zusammengedreht. Er hat wohl rot gesehen! So kann er sich irgendwie erinnern, aber zwischendurch fehlt ihm das eine oder andere Stück Film, da hat er Aussetzer. Aber vielleicht kommt das auch wieder, wenn ihr ihn zur Rede stellt."

Sylvia beendete ihre Ausführungen, die sie, scheinbar ohne Luft zu holen, von sich gegeben hatte. Sie nahm wieder ihre Kuchengabel auf, setzte sie gezielt auf dem Stück an und schob sich das abgeteilte Eckchen in den Mund, dann nahm sie einen großen Schluck aus ihrer Tasse.

„Jetzt bin ich aber baff“, sagte Heike und schob sich eine Strähne aus der Stirn. „Mir ist so, als habt ihr schon mal was ganz anderes ausgesagt ... Aber darum geht es jetzt nicht! Wenn das alles so stimmt, was durchaus sein könnte, dann rate ich deinem Norbert unbedingt, dass er zu uns kommt und ein Geständnis ablegt.“

„Das habe ich ihm auch schon gesagt“, warf Sylvia ein und zerkleinerte das Kuchenstück weiter. Im Hintergrund klapperten die Angestellten beim Aufräumen mit dem Geschirr.

„Und? Was hat er gemeint?“

„Das würde nichts bringen. Keiner würde ihm glauben und er wolle nicht den Rest seines Lebens im Knast verbringen. Außerdem wäre sein Geld, das er verliehen hat, auch noch futsch.“

„Was wohl stimmt“, sagte Heike und schüttelte den Kopf. Das war eine ziemlich schwierige Kiste. „Hast du ihm denn jetzt die Summe vorgeschossen, um die er dich bat?“, wollte sie noch wissen.

Sylvia druckste etwas herum, doch dann antwortete sie.

„Ja, was sollte ich denn anderes tun. Er hat mich aus seinen großen Bernhardineraugen so traurig angeschaut, da konnte ich einfach nicht anders. Wir stehen doch schon so unheimlich lange gemeinsam auf der Bühne und sind richtig befreundet miteinander. Ich wollte ja seinem Glück auch nicht im Wege stehen. Stell dir doch nur vor, seine Braut bekommt das alles mit ...“

„Na, das wird sich jetzt wohl nicht ändern lassen“, murmelte Heike und griff sich den letzten Bissen ihres Kuchenstücks.

„Was meinst du?“, wollte Sylvia wissen, obwohl sie ziemlich genau verstanden hatte, was die Freundin eben von sich gab.

„Es geht einfach nicht anders. Er muss zu uns in die Marienstraße kommen. Ruf ihn am besten gleich an und dann soll er morgen früh erscheinen. Ich weiß jedenfalls von nichts und du hast mir auch nichts erzählt. Wenn er von sich aus gesteht, dann hat er auf jeden Fall bessere Karten. Und wenn es im Affekt passiert ist beziehungsweise Notwehr war, was sich ja sicher nachweisen lässt, dann wird es vielleicht auch nicht ganz so schlimm ..."

An ihre letzte Äußerung glaubte Heike nicht wirklich, sie wollte ihre Freundin nur nicht entmutigen.

„Wann soll denn die Hochzeit sein?", wollte sie noch wissen.

„Kommendes Wochenende und anschließend gleich die Flitterwochen auf Haiti."

Heike schluckte. Da würde wohl weder aus dem einen noch aus dem anderen etwas werden. Aber wenn die Braut ihren Norbert wirklich liebte, dann würde sie eventuell warten. Eventuell.

Die Zeiger der Uhr gingen auf die volle Stunde zu. Hinter der Theke wurde schon die letzte Ware beräumt.

„Ich glaube, wir sollten uns dann mal auf den Weg machen", beschloss Heike. „Wenn du mit Norbert telefonieren willst, dann mach das doch am besten in deinem Auto. Dann hast du keine Zeugen. Auch mich nicht."

Mannomann! Sie redete sich hier um Kopf und Kragen. Wenn das einer in der Dienststelle mitbekam, dann würde das mit Sicherheit Konsequenzen nach sich ziehen, wenn nicht gar ein Disziplinarverfahren. Aber das hier war ja ihre Freundin, die in Schwierigkeiten steckte, da musste sie doch helfen. Es gab schon fatale Situationen im Leben! Heike erhob sich und Sylvia tat es ihr gleich.

„Danke, dass du dir die Zeit genommen hast", sagte Sylvia. „Und von mir erfährt niemand ein Sterbenswörtchen. Ich rede einfach noch einmal auf Norbert ein, so unter Freunden, dass alles andere keinen Sinn hat. Wie furchtbar, dass es erst so weit kommen musste. Er hat es bestimmt nicht gewollt, das hat er mir auch versichert und ich glaube ihm, wie er mir das so erzählt hat ..."

Ihr standen Tränen in den Augen und Heike nahm ihre Freundin jetzt tröstend in die Arme.

„Das wird sich schon alles klären lassen", sagte sie beschwichtigend und glaubte wieder nur teilweise daran. Immerhin hatte auch Sylvia Norbert ein Alibi für die Pausenzeit gegeben und demzufolge eine Falschaussage gemacht. Mann, war das kompliziert, seufzte Heike auf.

Als Sylvia in ihrem Auto saß, zückte sie ihr Handy und starrte auf die Kreuzung. Eine Ampelphase nach der anderen verging, ehe sie zu einer Aktion fähig war. Autos fuhren heran, stoppten, nahmen dann den Weg geradeaus oder bogen nach rechts beziehungsweise links ab. Doch, sie musste Norbert anrufen. Sein schlechtes Gewissen würde ihm sonst sein ganzes Leben lang zu schaffen machen. Das war eine Argumentation, die sie auch immer ihren Söhnen gegenüber benutzte. Außerdem blieben Tötungsdelikte in den seltensten Fällen ungeklärt. Das wusste sie von Heike.

Sylvia suchte die Nummer von Norbert heraus, blickte zweifelnd darauf, zögerte weiter und startete schließlich den Anruf. Es hatte gar nicht richtig geklingelt, da war er bereits am Apparat.

„Hallo Sylvi. Wie geht's, wie steht's? Gibt es etwa eine Veränderung mit den Probenterminen?"

„Nein, deshalb rufe ich nicht an", sagte Sylvia.

Eine nächste Ampelphase verging ohne ein Wort.

„Ich kann es mir denken, weshalb du dich meldest", setzte Norbert jetzt an. „Du willst mir ins Gewissen reden."

„Genau", bestätigte Sylvia erleichtert. „Es geht einfach nicht anders. Bestimmt haben die bei der Polizei schon eindeutige Hinweise, wer der Täter ist. Spuren werden da doch immer hinterlassen. Du kannst das nicht einfach aussitzen. Früher oder später kommen sie auf dich. Das ist so sicher wie das Amen in der Kirche. Du musst dich stellen. Fahr gleich morgen früh zur Kreispolizeibehörde und melde dich da bei der Kripo, ich bitte dich, Norbert!"

Die Frau klang fast flehentlich.

Norbert atmete am anderen Ende schwer.

„Und meine Hochzeit? Jetzt, wo du mir mit dem Geld dankenswerterweise aus der Patsche geholfen hast, könnten wir doch alles friedlich klären und ich zahle dir auch wie abgesprochen alles in kleinen Raten wieder zurück. Meine Zukünftige muss gar nichts davon wissen ..."

Norbert war kleinlaut.

„... auf solchen Lügengebäuden baut man keine Zukunft auf", rutschte es Sylvia heraus. Sie biss sich auf die Lippe, aber im Grunde stimmte es doch. Nur mit der Wahrheit kam man im Leben weiter. Eine Maxime, die ihr bei der Erziehung ihrer Söhne besonders wichtig war.

„Und wenn wir erst noch die Hochzeit abwarten und die Flitterwochen? Das ist doch auch schon alles gebucht, das Geld bekommen wir nie wieder!"

Norbert klang bei diesem Vorschlag sehr verzweifelt.

„Nein. Nur diese einzige Nacht noch. Erklär dich deiner Braut. Wenn sie dich wirklich liebt, dann hat sie Verständnis für deine verfahrene Situation und steht zu dir ..."

„Meinst du?"

„Ja. Unbedingt."

Sylvia hatte einen zuversichtlichen Ton in ihre Stimme gelegt, obwohl ihr gar nicht danach war, Optimismus auszustrahlen. Nicht, dass er jetzt doch wieder unschlüssig wurde und es sich vielleicht anders überlegte.

„Dann mach ich das so. Danke für deine Ratschläge und überhaupt. Sollte ich ins Gefängnis müssen, dann bekommst du dein Geld über meine Eltern. Das kläre ich auch noch heute", versicherte Norbert und seine Stimme klang dabei gebrochen.

Sylvia fiel ein Stein vom Herzen. Sie hatte es nicht gewagt, dieses Thema noch zu berühren. Aber jetzt war sie richtig froh, denn auch sie hatte diese Aktion heimlich unternommen, ohne ihren Mann vorher zu fragen. In Gelddingen war er immer so knauserig, wie sie fand. Aber 10.000 Euro waren schon eine stattliche Summe, die man nicht eben mal so verschmerzen konnte. Zumindest hatte sie ihn nicht angelogen, sondern einfach gar nichts gesagt und das Geld aus ihrer heimlichen Sparbüchse unter dem Backpulver entnommen. Eine Rücklage für äußerste Notfälle, von der niemand etwas wusste. Und an den Backzutaten vergriff sich keiner aus der Familie. So viel war sicher.

„Ich drück dir die Daumen", sagte Sylvia zuletzt.

„Das kann ich gebrauchen", erwiderte Norbert.

Nachdem das Gespräch beendet war, saß Sylvia noch ein Weilchen in ihrem Auto, unfähig, den Wagen zu starten. Norbert hatte das Handy sinken lassen und starrte auf seinen Hochzeitsanzug, der schon am Schlafzimmerschrank hing, als sich die Zimmertür öffnete und seine Zukünftige ihn anstrahlte: „Oh, Norbi, hier finde ich dich. Ich mach mich nur noch ein bisschen frisch, dann bin ich gleich bei dir!"

Alexander war mit den Mädchen zu einer Radtour aufgebrochen. Die Sonne strahlte machtvoll vom Himmel und es blies ein kräftiger Ostwind. Ein Stück weit vom Haus entfernt stoppte er mit ihnen an einem schon etwas heruntergekommenen und mit Graffiti bemalten Schild. „Arminiusweg" stand darauf und: „Auf den Spuren der Germanen und Römer, von der Porta Westfalica bis Kalkriese/Bramsche (rund hundert Kilometer). Fundort Hille, Keramikfunde bei Hilferdingsen – vor beziehungsweise in der Augusteischen Zeit."

Das Konzept stamme aus dem Jahr 2000 war im unteren Teil des verwitterten Lageplans noch zu erfahren.

Tina und Lena wollten schon weiterfahren, aber Alex wies sie darauf hin.

„Seht mal Kinder, wie historisch bedeutsam unsere Ecke ist. Das hätte ich gar nicht gedacht. Ich glaube, hier soll sogar früher mal die Weser langgeflossen sein."

„Aber Papa", antwortete Tina, „die fließt doch ganz woanders. Flüsse sind doch nicht heute hier und morgen mal dort."

Und Lena zog die Augenbrauen hoch und die Stirn kraus: „Mensch, Papa, ich dachte, wir wollen Fahrrad fahren!"

„Genau, mein Kind, aber so ganz nebenbei kann man doch auch mal was für seine Bildung tun. Übrigens verlagern sich Flüsse durchaus über Jahrtausende hinweg."

Tina schlug sich jetzt auf die Seite ihres Vaters und zeigte sich interessiert.

„Was genau ist denn hier passiert?"

„Also, meine Lieben, solche Funde zeugen natürlich davon, dass schon ganz lange vor unserer heutigen Zeit Menschen hier gelebt haben. Das ist doch schon mal außerordentlich spannend. Und bei Ausgrabungen hat man eben so allerlei gefunden, was davon noch gewissermaßen berichten konnte, Zeugnisse von damals."

„Liegen also bei uns auf dem Grundstück auch so alte Sachen?", wollte Tina wissen und hielt ihr Fahrrad mit beiden Händen an der Lenkstange umklammert, während Lena ihr Rad schon Schritt für Schritt auf dem Feldweg ein wenig voranschob. Sie schien deutlich sichtbar gelangweilt.

Aber Alexander wollte in dem Augenblick seiner Erzieherrolle nachkommen und erklärte ausführlich, um welche Funde es sich da handeln konnte, die sich in der Erde verbargen. Alte Scherben von Tonkrügen, von Essgeschirr, Knochen einstiger Bewohner, vielleicht gar Speerspitzen oder goldene Schmuckstücke der Frauen.

Beim Stichwort Schmuckstücke hatten Tinas Augen aufgeleuchtet, aber Alex war inzwischen der Text ausgegangen und so setzten sie ihre Fahrt Richtung Hiller Moor fort. Teilweise war das Grün auf den eher selten genutzten Feldwegen recht hoch gewachsen und machte die Tour beschwerlich.

„Wolltest du mir nicht zum Geburtstag ein Elektrofahrrad schenken?", begehrte Lena an einer Weggabelung auf.

„Ein was?"

„Du hast schon richtig gehört, Papa. Ein Elektrofahrrad. Haben jetzt alle."

Oh, nein, schon wieder diese Formulierung, von wegen, alle hätten irgendwas und nur er sei quasi ein Rabenvater, der seinen Töchtern nichts gönnte. Dabei hatte noch nicht einmal er an so ein Fortbewegungsmittel gedacht. Wozu hatte man denn zwei funktionierende Beine, mit denen man strampeln konnte? War doch viel gesünder.

„Ich benötige so etwas nicht und ihr zwei folglich auch noch nicht. Ist das klar, meine Damen?!"

Tina hatte ihr Rad in der Zwischenzeit ebenfalls dazugestellt.

„Ich habe doch gar nicht gesagt, dass ich so was will. Das ist nur Lenas Fantasie entsprungen", wehrte sich die Kleine und schaute böse zu ihrer Schwester. „Immer schiebst du mich vor, wenn du bei Papa was erreichen willst."

„Stimmt gar nicht, du blöde Ziege."

„Selber!"

„Wie kommt ihr eigentlich darauf, dass Ziegen blöd sind. Kennt einer von euch überhaupt eine?"

„Na, die da", wies Lena auf Tina.

„Jetzt reicht es aber, Mädels. Aufgesessen und dann ab in die Pedalen getreten. Oder ich überlege mir das noch mit dem Eisessen als Belohnung."

Er hatte die letzte Bemerkung noch gar nicht ausgesprochen, da saßen bereits beide Kinder wieder im Sattel und sorgten für einen ordentlichen Abstand zu ihm. Alexander musste sich sputen, um sie wieder einzuholen.

Alexander hatte diesen Fahrradausflug fast vergessen, als er eines Tages nach Hause kam und seine Jüngste im Garten suchte. Die Große war über Nacht bei einer Freundin einquartiert und er wollte sich einen gemütlichen Abend mit seiner Kleinen machen. Sie könnten ein paar Runden Mensch-ärgere-dich-nicht spielen oder eine DVD sehen oder er wollte ihr etwas vorlesen. Die Angebote hatte er zumindest schon einmal parat. Seine Gedanken kreisten allerdings noch um die Fundstücke im Dienst. Der Knopf und das auffällige Abzeichen.

Auf dem Küchentisch stand eine große Schüssel mit einem Geschirrtuch darüber. Alexander hob es an einer Ecke ein wenig hoch. Vielleicht eine leckere Überraschung zum Abendbrot? Enttäuscht blickte er auf einen Haufen muffig riechenden Unrats. Was hatte der nun aber auf dem Essenstisch zu suchen.

„Tinchen, wo bist du denn“, rief er in den Garten, nachdem er das Haus durchquert hatte, bei dem sämtliche Türen unverschlossen waren. Hatte er seinen Kindern nicht wieder und wieder gesagt, sie sollten alles abschließen? Das ging wohl tatsächlich in ein Ohr hinein und aus dem anderen unverarbeitet wieder hinaus. Da konnte man ja gleich sein Bargeld auf die Eingangstreppe legen.

„Tina!“

Kein Echo. So groß war der Garten aber nun auch wieder nicht. Alexander stand auf der Schwelle des hinteren Ausgangs. Das Beet?, fiel ihm gerade ein. Seine Jüngste hatte doch seit Tagen irgendwas von einem Erdbeerbeet erzählt, das sie anlegen wollte, um endlich über eine eigene Ernte verfügen zu können. Ihm war es egal. Er hatte lediglich für das entsprechende Handwerkszeug gesorgt. Sollte sie sich einfach austoben. Hauptsache, sie stellte keine Dummheiten an.

„Ja, Papa. Ich bin hier!“, erklang es aus einer Ecke.

Alexander schlüpfte in die Gartenlatschen und lief bis ans äußere Ende des Grundstücks, das eigentlich ganz gut für ein Obst- oder Gemüsebeet geeignet war. Dort angekommen, entdeckte er Tina, verdreckt von oben bis unten, knietief in einer relativ großen Grube.

„Erdbeeren werden aber nicht unter der Erde angebaut", entfuhr es ihm.

„Mensch, Papa, du kapierst aber auch gar nichts. Das mit den Erdbeeren müssen wir noch verschieben. Du glaubst ja gar nicht, was ich alles gefunden habe! Hast du schon die Schüssel auf dem Küchentisch gesehen? Alles ganz wertvolle Dinge von meinen Ausgrabungen hier."

„Aha."

Alexander war ziemlich sprachlos.

„Und was hast du da alles gefunden bei deiner Tätigkeit als Archäologin?"

„Genau, so was bin ich. Eine Arscheologin. Wobei ich nicht verstehe, wieso man so einen Job mit einem Schimpfwort belegt. Aber egal. Wie bei Indiana Jones jedenfalls, den wir neulich mal gesehen haben ... Hoffentlich taucht keine Mumie oder deren Geist auf! Falls ich da jemanden aus seinem Tiefschlaf geweckt haben sollte."

Jetzt lacht Alexander aus vollem Herzen. Das Kind war köstlich und es schien seinen Sinn für Ironie geerbt zu haben, jedenfalls zeigten sich doch schon deutliche Ansätze.

„Dann lass uns mal schauen, was du so alles zutage gefördert hast. Vielleicht kann ja was davon ins Museum."

Tina wischte sich mit der Hand über die schweißnasse Stirn und verteilte die lehmige Erde in ihrem Gesicht.

„Ich glaube, eine Badewanne sollten wir heute auch einplanen."

„Wieso? Ich habe doch erst vorgestern gebadet!"

„Schau nachher einfach mal in den Spiegel, dann wird es dir ein Bedürfnis sein, Tinchen."

„Na, wenn du meinst, Papa. Du wirst das schon richtig im Blick haben. Und nun bin ich aber gespannt."

Tina beugte sich noch einmal in ihre Grube.

„Das hier müssen wir unbedingt mitnehmen. Ich vermute, es war ein altes Trinkgefäß der Germanen."

Sie hielt eine größere Scherbe in der Hand und ließ die Sonne hindurchscheinen.

Alexander verkniff sich das Lachen und er dachte daran, jetzt einmal seine Tochter nach ihrem aktuellen Berufswunsch zu fragen. Doch, das musste sein.

„Was willst eigentlich mal werden, wenn du groß bist?", fragte er scheinbar unverfänglich.

Tina schaute entrüstet zu ihrem Vater.

„Also erstens bin ich schon ziemlich groß. Für mein Alter jedenfalls. Das sagst du doch immer. Und als Beruf? Na ja, so als Altertumsforscherin, das ist bestimmt spannend. Da könnte ich auch in ganz viele Länder reisen!"

Sie sah auf ihre Hände.

„Aber den Dreck hier müsste ich auch nicht immer haben ..."

Beide betraten das Haus, nachdem sie ihre Schuhe im Anbau gelassen hatten.

Alexander hatte in der Zwischenzeit die Schüssel vom Tisch gehoben und ein aktuelles Tageblatt in Einzelteilen darauf ausgebreitet. Heute würde er sowieso nicht mehr zum Lesen kommen, befand er. Dann stellte er das Gefäß auf eine Ecke und packte vorsichtig Stück um Stück darauf. Tatsächlich. Es waren Knochen dabei, Scherben und bunte Perlen, die offensichtlich von einem Schmuckstück stammten.

Alex wog den Kopf hin und her.

„Vielleicht sollten wir Heike zu Rate ziehen?"

Tinas Augen weiteten sich voller Begeisterung.

„Genau. Heike weiß bestimmt, was das alles ist. Heike weiß einfach alles."

„Na ja, ist nicht so ganz ihr Fachgebiet, aber wir können alles wieder in die Schüssel tun und prüfen lassen. Möglicherweise ist das eine oder andere doch museumsreif ..."

„Das wäre ja toll", stieß Tina hervor.

Alexander allerdings hatte inzwischen natürlich Scherben Bierflaschen älteren Modells zugeordnet, die Knochen konnten unmöglich von Menschen stammen und die farbigen Perlen waren nie und nimmer Kostbarkeiten. Aber er wollte sein Kind auch nicht enttäuschen. Die Wahrheit war nicht immer die bessere Alternative. Wenn Schweigen Gold war, dann wollte er einfach nicht weiter über die Details reden und alles irgendwie im Sande verlaufen lassen. Vielleicht würde Tina die ganze Geschichte irgendwann vergessen. Meist entflammte sie kurzzeitig für irgendeine Sache und wandte sich schon wenig später einer nächsten zu. Ausdauer war nicht so ihr Ding. Außerdem könnte er sie vertrösten, wenn sie nachfragen würde. Dann blieb immer noch das Argument der totalen Arbeitsüberlastung der Fachleute. So wollte er es machen.

Dann rollte er eine besonders schöne Perle hervor, die vielleicht einem kleinen Mädchen mal an einer Kette um den Hals gehangen hatte.

„Was meinst du? Bemerkt das einer, wenn die fehlt?", fragte er Tina, die leicht errötete.

„Bestimmt nicht“, sagte sie begierig und griff nach dem Erinnerungsstück, das sie mit einem Zellstofftuch ganz gründlich abwischte und glänzend polierte. Dann hielt sie die Perle ins Licht der Küchenlampe und genoss, wie sie schillerte.

Als Alexander wieder am Schreibtisch saß, fiel ihm noch die jüngste Begegnung mit Hertha ein. Das passte doch irgendwie alles zusammen.

„Wir werden noch berühmt!“, hatte sie ihn am Gartenzaun winkend abgefangen, als er den Rasen mähte und ihn seine Spur gerade in der Nähe ihres Hauses vorbeiführte.

„Wieso das denn?“, wollte Alex wissen und stellte den Motor ab.

„Prima. So können wir uns besser unterhalten“, kommentierte Hertha und holte aus, während Alexander verstohlen auf seine Armbanduhr blickte. Eigentlich hatte er nur die üblichen zwei Stunden für diese Gartenarbeit eingeplant. Nun musste er etliche Minuten mehr draufpacken. Das war sicher.

„Ich habe das ja schon einige Zeit beobachtet. Dieses Auto mit Krefelder Kennzeichen. Parkte immer mal bei uns in der Straße auf den Zuwegen zu den Feldern. Man muss ja als wachsamer Anwohner stets ein Auge drauf haben, was sich im Umfeld so tut.“

„Sehr löblich“, sagte Alex. „Das ist auch im Sinne der Polizei.“

„Ich weiß, mein Lieber. Wobei es bei mir natürlich auch eine Spur Neugierde sein könnte, das will ich gar nicht leugnen.“

Alexander tat so, als müsse er an seinem Rasenmäher eben mal was richten, damit sie nicht sein unterdrücktes Lachen bemerkte.

„Jedenfalls", fuhr die Nachbarin fort und steckte ihre Gartenschere in die Kitteltasche, „hatte ich mir die Nummer und die Zeiten notiert. Aber in der Zwischenzeit konnte ich den Zettel wieder entsorgen ..."

Das war gezielt auf eine Frage ihres Gesprächspartners hin formuliert.

„Wieso?", kam auch sofort das Echo von Alexander.

„Tja, es handelt sich nämlich um einen Dienstwagen vom Geologischen Dienst aus Nordrhein-Westfalen. Das habe ich dann festgestellt, als ich mal die Dorfstraße langgeschlendert bin, um mir das Gefährt aus der Nähe zu betrachten. Außerdem waren mehrere Leute in der Zeit immer auf dem Acker zugange, mit allerlei Gerätschaften."

„Aha."

„Ich habe kurz mit dem Gedanken gespielt, mich direkt zu ihnen zu stellen. Aber in den Feldern keimt ja gerade die frische Saat. Ich will mich doch nicht mit dem Bauern anlegen, indem ich darauf herumwandere."

Alexander nickte zustimmend und hatte schon wieder seine Uhr im Blick. Die Minuten verstrichen. Dann setzte er doch wieder an.

„Vielleicht suchen sie hier nach Erdöl oder Erdgas. Soll es ja alles auch in unseren Breitengraden geben."

„Das ist doch Nonsens. Weit gefehlt, mein Bester", entgegnete die Nachbarin. „Irgendwann habe ich nämlich gesehen, wie sie das Feld Richtung Auto verließen, und da habe ich mich flugs in Bewegung gesetzt, mir eine Harke geschnappt und so getan, als ob ich an der Sitzbank, wo sie parkten, etwas Ordnung machen wollte, und bei der Gelegenheit die vier in ein Gespräch verwickelt. War sehr interessant. Vor allem die eine junge Frau war sehr auskunftsfreudig. Ist ja auch schön, wenn mal jemand Interesse an einer Arbeit zeigt und Fragen stellt und man nicht immer nur so dröge vor sich hinschuftet. Eine solche Tätigkeit stelle ich mir jedenfalls gelegentlich sehr einsam vor und da freut man sich bestimmt über einen netten Plausch."

Alexander verkniff sich ein Gähnen.

„Und was haben Sie erfahren?", versuchte er das Tempo der Unterhaltung zu beschleunigen.

„Also, zum einen erfassen sie gerade das gesamte Areal, nehmen dazu Bodenproben und analysieren diese. Sie hatten auch allerlei Plastiktütchen mit schwarzbraunem Zeugs darin. Also Moorproben aus dem Untergrund von verschiedenen Stellen und aus verschiedenen Tiefen. Die nette junge Frau hatte eine Liste in der Hand und trug dann immer die Zahlen ein, die ihr ein Kollege zurief, nachdem er Tütchen um Tütchen durchgetestet hatte. Insgesamt wird das eben kartografiert und quasi ein Lageplan von unserem Zuhause erstellt. Wobei ein anderer meinte, die Werte wären besser gewesen, als noch alles unbeackert war und kein Dünger ins Erdreich dringen konnte. Da hab ich mich doch sofort an unsere Brennnesselwiesen erinnert. Wissen Sie noch? Das ging ja gar nicht. Höchstens mal, um einen Ellbogen reinzuhalten. Ist schließlich gut gegen die Schmerzen in den Gelenken ..."

Alexander vergnügte sich nun doch.

„So ein paar Karten sind doch nun aber nicht gerade weltbewegend ...", warf er ein.

„Ha! Das ist es ja. Wir haben hier viel Moorboden, und wenn der Bauer den umpflügt, dann bringt der eben Stück um Stück das wieder zutage, was mal liegenblieb. Auch vor Hunderten oder gar Tausenden von Jahren! Offensichtlich sind wir eine ganz geschichtsträchtige Ecke und sie hatten auch allerlei in einem Behälter zusammengetragen. Ich durfte mal einen Blick draufwerfen. Wobei das insgesamt bei mir im Restmüll gelandet wäre, ohne mit der Wimper zu zucken. Aber ich bin eben nicht die Fachfrau."

Alex rang sich zu einem verständnisvollen Nicken durch.

„Unterm Strich also sieht es so aus, als ob hier langfristig noch allerlei zu holen ist. Vielleicht befinden wir uns auf einer römischen Siedlung und die wird nun peu à peu ausgebuddelt. Und sobald sie an unsere Häuser ranmüssen, bekommen wir eine Entschädigung und schicke neue Anwesen mit all dem angesagten technischen Zeug!"

„Hat das jemand gesagt?", wollte Alex wissen und musterte aus einem Augenwinkel sein deutlich in die Jahre gekommenes Wohnhaus.

„Nicht so direkt. Aber ich lasse da mal meine Fantasie sprießen."

Alexander riss sich aus dieser Erinnerung und arbeitete die aufgelaufenen Mails ab. Von dem Gespräch mit der Nachbarin wollte er seiner Jüngsten lieber nichts erzählen, sonst kam die noch auf die Idee, bei nächstbester Gelegenheit den Acker auf der anderen Seite gründlichst zu inspizieren und ihre Ausgrabungen dorthin auszuweiten.

„Da wartet schon jemand auf uns“, sagte Dennis, nachdem er die Tür zum Büro von Alexander geöffnet hatte.

Alex schaute fragend auf.

„Ein gewisser Norbert Nolting. Neben seinem Beruf als Prüfingenieur auch Schauspieler in der Theatergruppe, die an der Porta auftritt. Er will ein Geständnis ablegen.“

„Wow“, entgegnete Alexander, der gerade seine Mails gesichtet hatte, darunter eine von der Ferieninsel Teneriffa, „das nenne ich mal einen wunderbaren Arbeitsbeginn. Unsere Kollegen aus Santa Cruz de Tenerife haben mir gerade ein paar eingescannte Seiten aus einem Notizbuch von Stefan von Sangerhausen geschickt. Darauf ausschließlich die Namen von Männern, Daten und die üblichen 10.000 Euro. Das war ihnen vorher entgangen.“

„Und eben dieser Norbert Nolting war dabei?“, erstaunte sich Dennis.

„Ja, Wunder gibt es immer wieder. Passt vom Timing her genau in die Spielzeit hier an der Portabühne. Unsere Ermittlungen hatten ja ergeben, dass Stefan von Sangerhausen während der Proben mal einen kurzen Abstecher mit seiner Kollegin Melissa de la Motte dorthin unternommen hatte. Insofern wird es sich wohl kaum um einen Doppelgänger von Herrn Nolting handeln. Organisiere bitte jemanden fürs Protokoll und schau, ob der Raum für die Befragung frei ist. Ach, Blödsinn, der muss ja frei sein, sonst wüsste ich das.“

Dennis nickte nur.

„Schon erledigt, Chef."

Dann lief Dennis den Flur entlang, um bei Elsa Kupfer ins Büro zu schauen. Vorhin waren sie sich am Eingang begegnet, Elsa, wie stets adrett gekleidet in Rock und hübscher Bluse, äußerst gepflegt und mit einem zarten Duft nach frischer Seife. Sie musste also Dienst haben und war immer die erste Wahl, jedenfalls für Alexander und auch für ihn. Ihre Arbeit erledigte sie mit äußerster Gewissenhaftigkeit und dabei strahlte sie eine unschlagbare Ruhe aus, die sich auf ihr gesamtes Umfeld übertrug, ob man es wollte oder nicht. Selbst Choleriker fuhren in ihrer Gegenwart wieder herunter, wenn sie sich im Laufe einer Vernehmung hochgeschaukelt hatten.

„Elsa?", schob Dennis Sommer seinen Kopf hinter der Tür hervor.

„Ja? Was gibt es denn, Dennis?", wollte Elsa wissen und legte vor sich auf dem Schreibtisch ein paar Unterlagen zurecht. Ihre schmalen Hände wirkten äußerst gepflegt, die Fingernägel waren ganz kurz gefeilt, nur mit einem winzigen Bogen über den Kuppen.

„Hast du jetzt Zeit? Wir brauchen dich sofort im Vernehmungsraum. Es will jemand ein Geständnis in unserem aktuellen Fall ablegen. Könnte sein, dass die Sonderkommission bald ihre Tätigkeit einstellen kann. Vielleicht haben wir hiermit den Täter ..."

Dennis ärgerte sich über seine letzte Aussage. Damit war er deutlich zu weit gegangen. Aber Elsa würde ihn nicht irgendwo anschwärzen, da war er sich absolut sicher.

Elsa erhob sich, warf einen raschen Blick um sich, griff sich einen Block und mehrere Bleistifte für die Stenonotizen. Sie schien kurz zu überlegen, aber dann entschloss sie sich – entgegen ihrer sonstigen Art – zu einer Bemerkung, wobei sie leicht errötete.

„Das klingt ja gut. Ihr habt schon so viel Zeit und Kraft in die Lösung dieses Falls gesteckt. Ich bewundere euch, wie ihr das immer macht."

Dennis strahlte über das ganze Gesicht.

„Danke, Elsa. So ein Lob von dir tut jetzt unheimlich gut."

„Ich weiß", lächelte sie fein. „Mit lobenden Worten tun sich die meisten Menschen schwer. Dabei ist das eigentlich so einfach!"

Dennis und Elsa liefen gemeinsam durchs Haus.

Alexander hatte sich schon vor dem für die Befragungen vorgesehenen Raum eingefunden und im selben Augenblick brachte eine Polizistin Norbert Nolting. Er war leichenblass und schwitzte offensichtlich stark. Man sah die Schweißflecken unter seinen Armen auf dem hellgrünen Sweatshirt hervortreten. Sie markierten deutliche Flächen.

In dessen Haut möchte ich auch nicht stecken, dachte Dennis und öffnete die Tür, um alle hereinzulassen.

„Nehmen Sie bitte Platz", wies Alexander auf einen einzelnen freien Stuhl an der Frontseite des Tisches. Norbert tat wie ihm geheißen und sank schwer auf den Stuhl, der dabei geräuschvoll knarrte.

Dann stellte Alexander sich und seine Kollegen vor und erklärte das weitere Procedere, auch dass sich Norbert natürlich unbedingt anwaltlichen Beistand holen könne. Er müsse hier nicht allein aussagen.

„Doch", erklärte Norbert, „ich muss. Ich kann einfach nicht anders. Mein Gewissen lässt mir keine Ruhe mehr. Seit diesem schrecklichen Abend habe ich keine Nacht mehr durchgeschlafen. Immer bin ich panikartig aufgewacht, mit diesen fürchterlichen Bildern aus meiner Erinnerung. Ach, könnte ich doch alles ungeschehen machen."

Alexander und Dennis sahen sich bedeutungsvoll an und beide dachten daran, dass schon einmal der Punkt Reue festgehalten werden konnte.

„Am besten erzählen Sie uns einfach mal die Geschichte von jenem Abend an der Freilichtbühne. Sie können ruhig etwas weiter ausholen. Wir haben Zeit."

Alexander lehnte sich zurück, verschränkte erst die Arme, zog dann einen wieder heraus und stützte seinen Kopf auf einer Hand auf, um aufmerksam der Schilderung von Norbert Nolting zuzuhören.

Norbert griff in seine Jackentasche, fingerte einen Augenblick darin herum und zog seine schwitzende Hand schließlich heraus. Dann legte er sie auf den Tisch und öffnete sie. Heraus fielen ein paar Uniformknöpfe und einige Abzeichen mit Totenköpfen. Er starrte darauf, während sich die Beamten mit einer Frage danach zurückhielten. Beiden dämmerte es, worum es sich dabei handelte.

Norbert steckte sich den Zeigefinger zwischen Sweatshirt und Hals und versuchte erfolglos den Ausschnitt zu weiten. Offensichtlich hatte er Atemprobleme.

„Soll ich mal das Fenster öffnen und frische Luft reinlassen?", schlug Dennis vor.

Norbert nickte dankbar.

Dennis stand auf, lief zum Fenster und öffnete es in angekippter Position. Weit aufzumachen, das verbot sich. Sie befanden sich zwar nicht im Erdgeschoss, aber man wusste bei solchen Befragungen nie, ob nicht jemand plötzlich durchdrehte und auf die sinnlose Idee kam zu fliehen. Und ein Sprung aus dieser Höhe könnte zwar kaum zum Tod, aber sicher zu Brüchen oder Verletzungen führen.

„Ich habe ihn sehr gemocht", fing Norbert ganz leise, aber doch verständlich an. „Als wir uns kennenlernten, da hatte ich gleich große Hochachtung vor ihm. Schließlich war er ja der bedeutende, bekannte und allseits geschätzte Stefan von Sangerhausen. Alle Welt lag ihm zu Füßen, nicht nur die Frauen, auch die Männer. Und dann kommt so eine Größe zu uns und tritt hier, mit uns, auf! Das war schier nicht zu fassen. Bei den Proben hat er sich auch völlig normal verhalten, mich im Anschluss sogar mal auf ein Bier eingeladen. Wobei das dann ein paar mehr wurden. Allerdings musste ich die Zeche bezahlen, weil er zufällig seine Geldbörse nicht dabeihatte. Das hätte mir eine Warnung sein sollen. Aber ich habe mir nichts dabei gedacht, war ja auch keine allzu große Summe."

Alexander war schon drauf und dran, Norbert zu drängen, endlich auf den Punkt zu kommen. Dass er mal mit Stefan ein Bier getrunken hatte, tat eigentlich nichts zur Sache. Aber er rief sich innerlich zur Ruhe auf. Jeder Täter hatte seine Art, ein Geständnis abzulegen, wenn er denn dann so weit war. Und dieser hier hatte offensichtlich den Entschluss gefasst, mit der Wahrheit herauszurücken, wozu eben auch solche scheinbar unwichtigen Details gehörten. Da mussten sie wohl durch. Alex schaute unauffällig auf die Wanduhr, hörte aber weiter konzentriert zu.

„Wir waren noch ziemlich am Anfang der Proben, da hat er mich dann mal ganz im Vertrauen beiseite genommen und mir von seinem großen Problem erzählt. Ich fand das auch wirklich anerkennenswert, wie er sich da für seine schwerstkranke Mutter einsetzte. Im Grunde habe ich keinen Augenblick gezögert, als er mich um Geld bat. Sobald die Gage vom Stück fließen würde, bekäme ich alles zurück, sogar mit einem kleinen Sümmchen obendrauf. Patricia hätte ihm für den Premierenabend einen größeren Abschlag versprochen, aber bis dahin müsste er eine gewisse Zeit überbrücken. Man könne doch nicht zulassen, dass seine Mutter aus der gewohnten Pflege in ein zwar bezahlbares, aber gänzlich fremdes Heim käme, ohne die exzellente professionelle Hilfe, die sie gewöhnt war ..."

Alexander musste sich zur Konzentration zwingen, denn beim Stichwort Heim glitten seine Gedanken sofort zu seiner Mutter ab. In der Zwischenzeit hatte er sich in Hille, schräg gegenüber vom Rathaus, eine solche Einrichtung angeschaut. Er war dort auch sehr warmherzig aufgenommen worden. Alles strahlte Freundlichkeit aus, nicht nur das Objekt nebst Mobiliar, sondern ebenso die Mitarbeiter. Und die älteren Herrschaften, die er angetroffen hatte, machten einen durchaus zufriedenen Eindruck. Sie waren gerade beim Kegeln, als er unangemeldet vorbeischaute.

„Gar kein Problem", hatte die Leiterin ihm versichert. „Schauen Sie sich ruhig um. Wenn Sie sich einen Moment gedulden, dann kann ich mich gleich um Sie kümmern und Ihre Fragen beantworten."

Da war ihm schon einmal ein Stein vom Herzen gefallen. Jemand wollte ihm seine Fragen beantworten, ganz freiwillig und hoffentlich würde ihn das ein Stück weit einer Lösung seines familiären Problems näherbringen. Ein gutes Gefühl hatte sich bei ihm eingestellt und Alexander hatte weiter aufmerksam die kleine Gruppe beobachtet, die reihum mit dem Kegeln dran war.

Die maßstabgerecht verkleinerte, hölzerne Bahn stand auf Stelzen, damit sich niemand bücken musste. An einem Ende saß voller Stolz eine graugelockte alte Dame – eine sehr gepflegte Erscheinung – mit einer violetten Weste, auf deren Taschen kleine goldene Stickereien. Jedes Mal, wenn Kegel gefallen waren, stellte sie sie sorgsam wieder auf und nickte dann als Kommando: Bahn frei! Der nächste Spieler war dran, unterstützt von einer Schwester, nicht aufdringlich, sondern ganz behutsam, irgendwie selbstverständlich.

Also, wenn ich mal Bedarf haben sollte, hatte Alex gedacht, dann quartiere ich mich hier ein. Kann ich ja Tina und Lena schon einmal sagen. Oder ich schreibe das in meine Vorsorgevollmacht als besonderen Wunsch ...

„So, jetzt könnten wir uns in mein Büro zurückziehen", hatte ihn die Leiterin aus seinen Gedanken gerissen.

„Gern", hatte Alex gesagt und war ihr gefolgt.

Er hatte seine Situation geschildert, in kurzen, knappen Worten, so wie er es auch dienstlich gewohnt war. Sein Gegenüber hatte sich ein paar Notizen gemacht und Zwischenfragen gestellt. Irgendwann brachte Alex auch das Thema auf den Punkt.

„Ich glaube, meine Mutter hat Alzheimer. Jedenfalls deuten alle Symptome darauf hin. Ich habe mich auch belesen. Wenn wir alle alt genug werden, dann steht uns diese Volkskrankheit fast zwangsläufig bevor. Jeder Vierte der 85- bis 89-Jährigen leidet ja in Deutschland inzwischen daran. Ab 90 Jahren sind es dann etwa vierzig Prozent. Alles in allem etwa anderthalb Millionen Menschen hierzulande! Eiweißfragmente lagern sich im Gehirn ab und bleiben haften, was die Reizübertragung zwischen den Hirnzellen stört. Die werden dann funktionsuntüchtig und sterben ab. Ich glaube, das nannte man früher einfach verkalken! Macht aber auch vor den Reichen und Berühmten nicht halt. Man nehme nur Omar Sharif und Inge Meysel, Karl-Heinz Böhm und Rudi Assauer sowie Lady Margaret Thatcher. Alt werden ist also nicht wirklich erstrebenswert ..."

Die Leiterin der Tagespflegeeinrichtung hatte Alexander aufmerksam zugehört, dann unterbrach sie ihn aber doch.

„So würde ich das nicht sehen. Nehmen Sie einmal die älteren Herrschaften, die hier einen Teil des Tages verbringen. Die sind froh, lachen in der Runde, sind aufgeschlossen, essen mit Appetit! Ernährung und Lebensstil wirken sich übrigens auch auf den Ausbruch einer Demenz aus. Wer Sport treibt, geistig beweglich und neugierig bleibt, bei dem stehen die Chancen gut, die Krankheit weit hinauszuzögern. Andererseits gibt es auch genetische Veranlagungen ..."

„Ich weiß", sagte Alexander. „Davon habe ich auch gehört. Allerdings fällt dann so mancher in tiefe Depression, wenn er so eine Diagnose erhält. Das bringt doch nichts. Ich möchte das nicht vorher wissen, wie es mal mit mir zu Ende geht!"

Die Leiterin musterte Alexander mit einem Lächeln.

„Da dürften Sie aber noch ein ganzes Weilchen Zeit haben!"

Alexander atmete tief durch.

„Ja. Genau."

„Hat Ihr Hausarzt denn Ihre Mutter schon gründlicher untersucht? Man kann ein paar relativ einfache psychologische Tests anwenden, die auch schon sehr aufschlussreich sind. MRT- beziehungsweise CT-Aufnahmen des Gehirns beziehungsweise eine Untersuchung des Nervenwassers geben dann definitiven Aufschluss, ob eine Alzheimer-Erkrankung vorliegt. Im Grunde geht es ja darum, dass Hirnzellen absterben und das Gedächtnis verloren geht. Auch das Wesen verändert sich dadurch. Schreitet das Stadium voran, weiß der Betroffene nicht mehr, wo er sich befindet, wie er heißt. Angehörige werden nicht mehr erkannt. Manch einer wird in der Phase auch äußerst aggressiv. Da hilft dann eigentlich nur Beaufsichtigung rund um die Uhr, was wir hier natürlich nicht leisten können."

Alexander nickte.

„Ich glaube, ganz so schlimm ist es noch nicht."

Er sann kurz nach.

„Wobei mich meine Mutter neulich für ihren Vater gehalten hat. Das tat mir richtig weh. Gibt es denn keine wirksamen Medikamente gegen diese Krankheit? Wo doch heutzutage so viel erfunden wird. Eine vorbeugende Impfung vielleicht?"

„Noch nicht wirklich, lediglich Mittel, die die Beschwerden hinauszögern und den Prozess insgesamt verlangsamen, was ja auch schon hilfreich ist. Von Musiktherapie verspricht man sich ebenfalls einiges ..."

„Oh, Musiktherapie klingt gut. Meine Mutter hört außerordentlich gern Musik, vor allem Klassik. Vielleicht können wir daheim mehr davon in den Alltag integrieren. Das muss ich meinem Vater mal erzählen ..."

„Tun Sie das!"

Schließlich hatten sie sich auf einen Probetag geeinigt. Alexander hatte einen Termin genommen, der ihm gut passte. Bei seinen Eltern würde es sich schon einrichten lassen. Auf jeden Fall wollte er die beiden hinfahren und im Anschluss wieder nach Hause bringen und möglichst auch ein paar Stunden dabei sein.

„Wir haben übrigens einen schönen Garten", erzählte die Leiterin noch. „Wollen Sie sich dort kurz umschauen, ehe Sie gehen? In den praktischen Hochbeeten stehen gerade ganz viele Blumen, und wer mag, der kann sich einen schönen Strauß pflücken."

Alexander nickte, aber es fehlten ihm die passenden Worte. Blumen, das war ja toll. Genau das Richtige für seine Mutter, die alles liebte, was blühte und grünte. Hoffentlich würde sie ebenso überzeugt sein, wie er es jetzt schon war.

„Ich muss Sie dann allerdings allein lassen, die Tagesplanung für die nächste Woche ist noch in Arbeit mit Bingo und Zeitungsschau und allem, was dazugehört", erklärte die Leiterin, als sie mit Alexander am Eingang zum Garten stand. „Sie finden ja sicher hinaus. Und wir sehen uns dann."

Alexander hatte sich bedankt und war ins Freie gegangen. Ein Herr in dunkelbraunem Anzug, mit cremefarbenem Hemd und grün gemusterter Krawatte saß auf einer besonnten Bank, hatte die Hände gefaltet und drehte die Daumen umeinander, dabei schaute er freundlich zu dem Besucher hinüber.

„Schön haben wir es hier, nicht wahr?", sagte er.

„Das können Sie aber laut sagen", meinte Alexander.

„Was, habe ich für Sie zu leise gesprochen? Sonst sind wir es doch, denen man nachsagt, wir würden schlecht hören", lächelte der alte Mann verschmitzt.

„Überhaupt nicht. Ich finde es nur ebenfalls wunderbar hier bei Ihnen", bestätigte Alex und freute sich, dass da jemand zumindest ein klein wenig auf seinen ironischen Unterton eingegangen war.

„Nur eine Angelegenheit sollten sie hier in Hartum mal in den Griff kriegen", hatte der Mann gemeint.

„Und das wäre?", wollte Alexander wissen.

„Na, die Sache mit der Kirchturmuhr."

Alex blickte in die ihm gewiesene Richtung, entdeckte zwar hinter dicht belaubten Bäumen das Gotteshaus, konnte aber keine Details erkennen.

„Welche Sache denn? Ich sehe gar keine Kirchturmuhr!"

„Genau. Das ist es!"

„Aha."

„Ja, sie sollten mal die Baumwipfel ein wenig stutzen, damit wir auch sehen, was die Glocke geschlagen hat. Sobald alles voller Blätter ist, gibt es keinen Durchblick mehr."

„Ach so", lachte Alexander. „Das meinen Sie. Na, da lässt sich doch bestimmt was machen, wo Sie hier direkt am Rathaus auch gleich an der Quelle sitzen, um Ihre Bitte loszuwerden ..."

„Unser Wunsch ist wohl auch schon weitergeleitet worden, aber manchmal, da mahlen die Mühlen eben langsam. Ich will es ja zumindest noch erleben, ha, ha ..."

Der Mann, der da auf einer Gartenbank saß und sich auf einen urig gedrehten Krückstock aufstützte, brach in ausgelassene Heiterkeit aus.

„Ich muss mich dann auch zurückziehen", sagte Alexander höflich und verabschiedete sich noch. „Danke für das nette Gespräch."

„Ich habe zu danken", erwiderte der alte Herr.

Alexander hatte auf seine Armbanduhr gestarrt, als ihm die letzte Sequenz mit der Kirchturmuhr durch den Kopf ging. Jetzt schaute er Norbert wieder prüfend an.

„Jedenfalls hatte ich keine Hintergedanken, als ich Stefan schließlich das Geld aushändigte. So ein netter

Kollege, dachte ich ... Bis es dann bei mir zu Hause eng wurde. Wir wollen ja heiraten, alles ist geplant, inklusive Hochzeitsreise und ich muss mich jetzt da und dort schon mal ehrlich machen. Genau genommen hatte ich auch das kleine Extra von Stefan als Gegenleistung für die Ausleihe schon mit eingeplant. Also habe ich Stefan in der Pause zur Rede gestellt."

Norbert atmete tief durch. Eine Hürde hatte er schon genommen. Seine Kehle war trocken. So, als hätte man es geahnt, wurde ihm plötzlich ein Glas mit Mineralwasser hingestellt, von Dennis, der ihm auffordernd zunickte.

„Danke. Das ist eine gute Idee von Ihnen. Ich bin es zwar als Schauspieler gewohnt, viel zu reden. Aber nicht solche mich persönlich betreffenden Texte ... Das ist doch etwas ganz anderes, wie ich gerade bemerke."

„Und wie ist das in der Pause dann abgelaufen?", wollte Alexander wissen.

„Stefan war erst ziemlich abweisend, ließ sich dann aber herab, sich mit mir etwas zu entfernen, damit nicht alle Leute der Umgebung zu hören bekamen, was wir zu bereden hatten. Es gibt ja viele Möglichkeiten im Umfeld der Freilichtbühne, um mal ein Stückchen zu gehen. Und ich kenne mich dort gut aus. Wir sind also losgezogen, Richtung Schießanlage. An einer Seite war der Zaun ein Stück offen, dort, wo ein Pfad früher immer weiterführte. Da sind wir einfach weitergelaufen. Ich war dermaßen aufgeregt, dass ich mich kaum daran erinnern kann, ob wir schon auf dem Weg was geredet haben. An einer Stelle jedenfalls sind wir stehengeblieben und ich habe ihn aufgefordert, mir endlich mein Geld wieder auszuhändigen."

„Ist er denn darauf eingegangen?", fragte Alex.

„Nicht wirklich. Hohn und Spott habe ich geerntet. Ich hatte fast das Gefühl, als ob ich in seiner Schuld gestanden hätte."

„Was ja nicht der Fall war", ergänzte Dennis.

„Stefan hat nur nach Ausflüchten gesucht. Unterm Strich war klar, dass ich mein Geld an diesem Abend und voraussichtlich auch nicht in der kommenden Zeit wiedersehen würde ... Aber das war nicht der Grund ..."

„Der Grund, ihn umzubringen?", hakte Alex nach.

„Ich wollte nur, dass er aufhört, mich zu beleidigen. Das habe ich einfach nicht ertragen. Aber er hat immer noch nachgelegt, was mich rasend gemacht hat. Außerdem diese körperliche Annäherung mit seinem Finger, so ein Stupsen auf der Brust. Schier unerträglich. So etwas kann ich einfach nicht haben. Wer mich kennt, der weiß das eigentlich. Nur die Hintergründe habe ich bislang niemandem verraten. Mein Vater tat das früher immer, wenn ich was verbockt hatte. Wieder und wieder, damit ich mit der Sprache herausrückte und um mich anschließend mit dem Teppichklopfer zu verprügeln ... Dann habe ich Stefans Schal zu greifen gekriegt und den zusammengedreht und zugezogen, damit ..."

„Damit?", half Alexander weiter.

„Damit endlich Ruhe herrscht."

Jetzt war es heraus.

Alexander und Dennis schauten sich reglos an. Dann stellte Alex noch ein paar Fragen nach dem weiteren Vorgehen, ob Norbert beispielsweise geprüft hätte, ob Stefan wirklich tot gewesen sei. Und was Norbert dann getan hätte.

Schließlich landeten sie bei dem Moment, als der Schrei im Hinterland der Bühne allem eine Wendung gab. Da, wo etliche Leute im Publikum gedacht hatten, es wäre ein Geniestreich der Regisseurin, so aufmerksamkeitsstark nach der Pause einzusteigen.

„Und die Knöpfe und Abzeichen hier?", wies Alex auf den Tisch.

Norbert senkte den Kopf.

„Als ich wieder zur Besinnung kam und Sylvia mir mit einem Taschentuch im Gesicht rumfuchtelte, um irgendwelche Spuren zu beseitigen, blickte ich an mir herunter und entdeckte, dass mein Abzeichen und ein Knopf direkt an der vorderen Leiste fehlten. Ich habe gar nicht groß darüber nachgedacht, sondern die Aufgeregtheit der anderen genutzt, um von ein paar anderen Uniformen auch so was zu entfernen."

„Damit andere in Verdacht gerieten?"

Alexander klang sehr ernst.

„Nein, nicht wirklich. Ich wollte vielleicht einfach nur von mir ablenken. Irgendwie weiß ich gar nicht, was ich da wollte. Das war wie ein Automatismus ..."

Norbert liefen ein paar Tränen über die Wangen.

„Wir müssen Sie hierbehalten", sagte Alexander.

„Das dachte ich mir fast", gab Norbert tonlos von sich. „Ich habe vorsorglich ein paar Sachen mitgebracht. Eine Zahnbürste, etwas zum Wechseln ..."

„Ich gehe mit Ihnen ins Untergeschoss zu den Gewahrsamszellen", erklärte Dennis und Alex nickte dazu.

„Sie werden umgehend dem Haftrichter vorgeführt", fügte Alexander noch an.

Norbert nickte zwar dazu, aber er sah nicht so aus, als ob er das alles begreifen würde.

„Was meinst du? Müssen wir uns bei dem besonders Gedanken machen?“, wollte der eine Polizist wissen.

„Ich glaube nicht. Er machte mir jetzt einen relativ gefassten Eindruck.“

„Obwohl er unter Mordverdacht steht.“

„Ich glaube, ich würde da nicht so ruhig reagieren.“

„Na, du steckst ja auch nicht in dieser unangenehmen Situation.“

Beide Polizisten zogen sich in ihren Bereich zurück, setzten sich an den Tisch und redeten noch über die landesweite Aktion, wo alle Gewahrsamsbereiche modernisiert wurden, die nicht den aktuellen Richtlinien entsprachen. Bei aller kargen Möblierung hatten Gefangene eben inzwischen Anspruch auf allerlei Standards. In erster Linie aber war die Sicherheit wichtig – für alle Beteiligten.

„Wird ja auch Zeit, wenn ich mal daran denke, dass es da Einrichtungen gab, wo die Fenster innen Kanten hatten, die gelegentlich für einen Suizid genutzt wurden. Oder Fenster, die sich öffnen ließen, was auch gar nicht mehr geht. Muss aber dafür der Zellenbereich mit einer entsprechenden Lüftung ausgestattet sein. Und das kostet alles ... Von den ganzen aufwendigen Umbauarbeiten mal ganz zu schweigen.“

„Und die Beobachtungszellen brauchen unbedingt alle eine robuste Überwachungstechnik. Sonst knallt dir der erste randalierende Suffkopp die Kamera kaputt. Ich kann mich da noch erinnern ...“

Beide nickten einvernehmlich und waren schon bei dem Betrunkenen, den die Kollegen erst neulich eingeliefert hatten. Hatte mitten auf einer stark befahrenen Straße geparkt, wahrscheinlich um seinen Rausch auszuschlafen. Und wie es der Zufall wollte, war eine Streifenwagenbesatzung auf ihn aufmerksam geworden, als der Pkw an dem Parkenden vorüberfuhr. Anhalten und den im Wagen sitzenden Mann ansprechen war dann die sofortige Aktion, wobei ihnen eine starke Alkoholfahne entgegenschlug.

„Das wurde dann ja noch heftig", erinnerte sich Claas. „Hat der Typ doch aggressiv reagiert, im Polizeiauto gegen alles getreten und rumrandaliert. Kurz vor der Wache hat er dann beim Aussteigen versucht zu flüchten und sich in einem Gebüsch versteckt, dass ich nicht lache ..."

„Ach ja, irgendwann kehrte seine innere Ruhe zurück beziehungsweise sackte der Alkoholspiegel. Aber Strafe muss sein: eben ein Strafverfahren wegen Trunkenheit am Steuer, Widerstand gegen Vollstreckungsbeamte, Sachbeschädigung und Beleidigung. Hätte nicht sein müssen, hat er sich alles allein eingebrockt", resümierte sein Kollege, öffnete seine Cola-Flasche und streckte die Beine weit von sich.

„Da war die Aktion mit den Knirpsen aus dem Kindergarten schon witziger", meinte Claas.

„Welche meinst du?"

„Na die, von der neulich Joachim erzählt hat. Bei denen auf der Dienststelle waren doch die Kleinen aus dem nahegelegenen Kindergarten zum informativen Besuch. Siebzehn Rangen insgesamt. Und so ein Sechsjähriger hatte doch dann unbemerkt auf den Alarmknopf gedrückt, obwohl das vorher ausdrücklich untersagt worden war. Gab allerlei Aufregung. Ich weiß auch nicht, wie ich da reagiert hätte. Von mir hätte er vielleicht eine gelangt bekommen ..."

„Ach was, sind doch Kinder. Die machen eben Blödsinn und sich überhaupt keine Gedanken um die Folgen. Vor allem nicht in dem Alter. Da kannst du eher den Aufsichtspersonen die Schuld geben."

„Stimmt, die Kleinen sind ja nicht allein zu Besuch zur Polizei gekommen. Aber der wird ihnen bestimmt in der Erinnerung haften bleiben. Hat Joachim ja berichtet. Wir sollten bloß vorsichtig sein, wenn sich bei uns die nächste Gruppe ankündigt. Am besten bleibt dann einer von uns immer in der Nähe der Alarmknöpfe oder wir lassen die Kinder erst gar nicht dorthin kommen ..."

„Aber authentisch soll es schon sein. Und Alarm gehört eben zur Polizei dazu, ha, ha ..."

Jetzt lachten beide.

Als Norbert die Tür hinter sich ins Schloss fallen hörte, klang es hohl in dem kahlen Raum nach. Seine Schuhe hatte er vor der Tür stehenlassen und seinen Gürtel aus der Jeans herausziehen müssen. Glaubten die etwa, er wolle sich etwas antun? Er sah auf die in den Boden eingelassene Liegemöglichkeit und daneben das Toilettenbecken. Das würde wohl eine ziemlich unbequeme Nacht werden, falls er etwa hier übernachten musste, aber ihm war ohnehin nicht nach Schlaf.

Norbert startete sein Kopfkino und dachte an seine Auftritte auf der Portabühne, sah das Publikum jubeln und Bravo rufen. Schon so lange war er dabei, hatte erlebt wie sie sogar vor nur fünfzehn Leuten gespielt hatten, mit nicht weniger Enthusiasmus als wenn die Zuschauerreihen dicht gefüllt gewesen wären.

Inzwischen saßen die Gäste ja im Trockenen, aber früher hatten sie keine so großzügige Überdachung. Da mussten alle im Regen leiden. Inzwischen galt das nur noch für die Künstler auf der Bühne. Aber in der Leidenschaft des Spiels vergaß man jeden Nieselregen und jeden Schauer, selbst Blitz und Donner. Meist integrierte sich die Witterung ganz spannend ins Stück.

Und die Akustik war unschätzbar, selbst zur Seite gesprochene Worte waren für alle gut vernehmbar. Außerdem hatten sie ein gut eingespieltes Technikteam, das jede Herausforderung in den Griff bekam. Inzwischen konnte die Truppe von ihrem Arbeitsplatz aus, hoch über der letzten Zuschauerreihe, mit perfektem Blick auf die Bühne und die Ränge, den Sound am Digitalmischpult optimal einstellen. Für die Arbeiten hoch droben unterhalb des Daches bedurfte es schon absoluter Schwindelfreiheit, dort jedenfalls waren die weit über hundert Strahler montiert, die die Schauspieler ins beste Rampenlicht setzten, außerdem die Notbeleuchtung für Extremfälle, die aber selten zum Einsatz kam.

Ein wenig vermisste Norbert die Souffleuse. Sie hatten sie gern gehabt und es gab auch einen extra Kasten auf der Bühne, an dem sich während der Aufführungen allerlei Schabernack abspielte. Inzwischen war die Stelle dem Erdboden gleichgemacht und nur Eingeweihte wussten noch, wo sich der Souffleurkasten einst befunden hatte.

Norbert erinnerte sich daran, wie einer der älteren Kollegen immer wieder davon schwärmte, wie er sich schon in seiner Kindheit vom elterlichen Wohnhaus in Barkhausen zur Freilichtbühne geschlichen hatte, sooft dort etwas los war. Bis ihn eine – für seine damaligen Begriffe – ältere Dame an die Hand nahm und zur Theatergruppe führte. An sein erstes Stück: den Götz von Berlichingen. Aus Zeiten, in denen der spätere Dichterfürst Goethe wohl noch ein relativ unbekannter Autor war, aber mit dieser spannenden Geschichte und auch dem Arschleck-Zitat auf sich aufmerksam machte. Leuchtende Augen hatte er jedes Mal beim Erzählen dieser Geschichte bekommen und die anderen hörten sie immer wieder gern, hatten sie doch ähnliche emotionale Einstiege ins Theaterleben.

Norbert dachte daran, wie er sich im Laufe der Jahre zum Stammspieler der Gruppe entwickelt und sich unersetzbar gemacht hatte; so um die zwanzig Leute waren sie da aktuell. Daran, wie sie sich immer zum ersten Lesen eines neuen Stückes trafen, noch voller Aufregung und ungeklärter Fragen, wie denn alles am besten umzusetzen sei. Und er, er hatte stets seine Texte dabei, wo auch immer er sich aufhielt. Auf seinen Knien befand sich seine Rolle, die er Satz für Satz in sich aufsog, bis alles saß. Da gab es keine andere Freizeitbeschäftigung. Nicht einmal die Tagesschau war vorgesehen. In jenen Zeiten lebte Norbert außerhalb des großen Weltgeschehens.

Irgendwie waren sie schon Freaks, wie sie da in andere Persönlichkeiten abtauchten. So mancher von ihnen konnte die alten Stücke auch nach Jahren noch aus dem Effeff und konnte problemlos als Springer eingesetzt werden, wenn jemand mal krankheitshalber ausfiel. Einen Worst Case hatte er nie gehabt, den schlechtesten oder ungünstigsten Fall totalen Vergessens. Über den gesamten Kontext hinweg behielt er den Text seiner Rolle, fand Gedankenbrücken über Gegenstände, die er in der Hand hielt, oder über Personen, die vor ihm standen.

Und prächtig, wie Norbert befand, dass es immer noch deutlich mehr männliche Rollen gab, weshalb er meist eine große Auswahl an Besetzungsmöglichkeiten hatte. Die künstlerische Leitung der Bühne hielt nichts von Kompromissen, wenn Frauen in Männerrollen schlüpften. Schließlich würden sie sich dennoch anders bewegen, was zu ungewollter Komik führen könnte. Dem stimmte Norbert unbedingt zu. Ein Mephisto war ein Mephisto und ein König Lear ein König Lear - richtige Männer eben. Es sei denn, man wolle Klamauk inszenieren. Mit sämtlichen Regisseuren war er gut ausgekommen. Die nämlich wechselten relativ häufig, auch um die Inszenierungen zu bereichern und nicht immer nur eine Handschrift anzuwenden.

Nachwuchsprobleme hatte das Amateurtheater keine. Bei den regelmäßig zwischen sechzig bis achtzig mitwirkenden Mädchen und Jungen in den Kinderstücken fuhren einige Eltern sie sogar von Bielefeld, Bünde, Herford und Obernkirchen zu Proben und den Aufführungen. Wenn das kein Enthusiasmus war?! Ebenso wie bei all den anderen Ehrenamtlichen, den Bühnenbauern, den Kostüm- und Maskenbildnern, dem Technikteam ...

Schließlich folgten die Proben, meist zweimal pro Woche, je näher es der Premiere kam, desto enger wurde der Rhythmus. In seinen Anfängen war es die große, breite Treppe, die sich vom Zuschauerbereich nach oben hin entwickelte. Auf dieser Bühne spielte sich das Leben ab. Und der Ab- beziehungsweise Aufgang war nur auf der linken Seite möglich. Heute konnten die Darsteller im oberen Bereich sowohl rechts als auch links auftauchen und wieder verschwinden. Das bot inzwischen ganz andere Überraschungseffekte.

Außerdem nutzte man jetzt die Vorbühne, die dichter an den Zuschauern dran war, um Aktionen zu konzentrieren. Vor allem die Akustik war hier unschlagbar gut. Und im Notfall konnte man für die sehr weiten Entfernungen immer noch Headsets einsetzen.

Nach einer erfolgreichen Premierenveranstaltung machten sie in der Regel einen Zug durch Porta, nahmen dort ein Bierchen und da eins. Zum Schluss waren es nur wenige Standhafte, die den abendlichen Ausklang durchhielten.

Dann dachte Norbert an die jüngere Vergangenheit. Vor allem seine Rolle im Jahr zuvor, als er in dem Stück von Umberto Eco „Name der Rose" spielte, einfach grandios in der natürlichen Kulisse des Freilichttheaters. Die Truppe hätte sich nicht hinter dem Epos mit dem Leinwandhelden Sean Connery verstecken müssen, hatte es später in der Presse geheißen. Den Beitrag hatte er sich zu Hause eingerahmt!

Oder in der Vorweihnachtszeit, als er bei der Aufführung im Mindener Stadttheater im Klassiker von Oscar Wilde „Das Gespenst von Canterville" an der Seite jenes Sir Simon de Canterville mimen durfte, jener mit wunderbar zotteliger Perücke und rasselnden Ketten und auch er bestens kostümiert. Die Presse überschlug sich fast vor Begeisterung, vom Publikum ganz zu schweigen.

Norbert lief auf und ab, die Hände dabei auf dem Rücken verschränkt. Sonst machte er das gern, um Texte vor sich hin zu deklamieren, aber diesmal spulten sich seine Gedanken unweigerlich in jene Nacht zurück.

„Ich muss dich nachher unbedingt sprechen", flüsterte Norbert Stefan zu, als er von der Bühne abtrat. Stefan von Sangerhausen tat allerdings so, als habe er nichts vernommen, ging einen Schritt nach vorn, in die direkte Position, und zog seine dunkle Uniform gerade, um gleich auf sein Stichwort hin vor dem Publikum zu erscheinen.

Verdammt, fluchte Norbert innerlich, wenn Stefan mir nicht heute wenigstens einen Teil des Geldes zurückgibt, dann kann ich mich einsargen lassen. Meine Zukünftige verzeiht mir das nie, dass ich mich mit so einer Summe aus dem Fenster gelehnt habe.

Vor der Pause hatte Norbert keinen Auftritt mehr, also blieb er an dem Abgang stehen, den auch später Stefan wieder nehmen musste. Diesmal würde er ihm nicht ausweichen können. Keinesfalls.

Währenddessen hatte Stefan auf der Bühne die Lacher auf seiner Seite und das Publikum applaudierte überaus lang anhaltend und freundlich. Selbst Bravorufe gab es schon am Ende des ersten Teils. Die Schauspieler, die gerade ihren Auftritt absolviert hatten, sahen sich erfreut an und verließen die Bühne. Jetzt erst einmal Luft holen in den nächsten etwa zwanzig Minuten. Dann würde es weitergehen und sicher einen erfolgreichen Abschluss geben. Also stand einer feuchtfröhlichen Premierenfeier gar nichts mehr im Wege.

Mit strammem Schritt marschierte Stefan von der Bühne. Die Uniform war ihm irgendwie schon in Fleisch und Blut übergegangen. Durch die beginnende Nacht segelten ein paar Fledermäuse, ein Käuzchen war zu hören. An der Treppe griff er sich seinen roten Schal, der dort über einem Geländer hing, als ihn plötzlich jemand am Ärmel festhielt. Norbert. Stefan zog die Stirn kraus.

„Was willst du denn jetzt? Mitten im Stück bringst du mich völlig aus dem Konzept. Ich kann jetzt nur in der Kategorie Leslie denken."

„Entschuldige vielmals", sagte Norbert kleinlaut. „Das will ich natürlich überhaupt nicht. Aber lass uns doch bitte ein paar Schritte gehen. Ich muss dringend mit dir reden."

Stefan überlegte kurz, aber Norbert schien festen Willens, jetzt auf den Punkt zu kommen. Und vor versammelter Mannschaft wollte er, Stefan von Sangerhausen, diese Frage natürlich überhaupt nicht erörtern. Es gab hier zwar keine Wände, die Ohren hatten, aber ausreichend Bäume, und irgendeiner aus der Schauspielertruppe würde bestimmt lauschen und Dinge aufschnappen, die ihn nichts angingen, sie gegebenenfalls fehlinterpretieren oder gar richtig deuten. Die waren ja alle heftige Tratschtanten ...

„Nun gut", erklärte Stefan großzügig. „Dann lass uns ein Stück von der Meute hier weggehen. Ich weiß zwar im Moment nicht, was denn so wichtig sein könnte, das nicht Zeit bis morgen oder übermorgen hätte ...?"

Norbert nahm allen Mut zusammen und sagte halblaut: „Es geht um das Geld, das ich dir geliehen habe. Ich brauche es unbedingt zurück. Heute noch!"

Währenddessen waren die beiden Männer zwischen den beiden mit dunklem Holz verkleideten Häusern, die den Schauspielern als Probenraum, für die Maske und überhaupt zum Aufenthalt dienten, hindurchgegangen und hatten einen Pfad in den Wald eingeschlagen, hinter ihnen wurde die Musik der Pause, gemischt mit dem Geplauder der Zuschauer, leiser.

Norbert hatte eine kleine Taschenlampe in seinen Gürtel eingehängt. Das Licht sollte ausreichen, um den Gehweg gegebenenfalls einigermaßen auszuleuchten und die Wurzeln der Bäume zu markieren, die eventuelle Stolperstellen bildeten.

„Wie weit willst du denn noch spazieren?“, erkundigte sich Stefan, überhaupt nicht auf die Forderung von Norbert eingehend. „Irgendwann geht es ja auch mit dem letzten Akt weiter und ich muss noch einmal in die Maske. Da gibt es bestimmt etwas auszubessern ... Außerdem habe ich Durst und würde gern einen Schluck trinken.“

„Du lenkst jetzt hier nur ab“, sagte Norbert, um wieder auf sein Thema zu kommen. Er wollte nur weit genug weg von den anderen sein, um diese Peinlichkeit wirklich unter vier Augen zu klären. „Ich brauche dringend wieder dieses Geld für meine Vorhaben!“

„Ja, das liebe Geld. Du glaubst doch nicht, dass ich es hier in meiner Hosentasche mit mir rumtrage. Ich hatte ganz dringende private Verpflichtungen, dafür habe ich es eingesetzt. Das hatte ich dir doch vorher klar und deutlich erklärt. Und von heute auf morgen lässt sich das nicht rückgängig machen. Da braucht es schon etwas Zeit und Geduld ...“

„Aber du hast mir doch versprochen, wenn dir Patricia heute einen Abschlag aushändigt ... Und da hatte ich einfach gehofft ...“

„Ich kann mich nicht entsinnen, dass ich dir irgendwas versprochen hätte.“

Der Ton von Stefan wurde jetzt schärfer.

„Außerdem habe ich Erkundigungen eingezogen“, fing jetzt Norbert an.

„Erkundigungen?“

Stefan versuchte, gelassen zu bleiben, wurde aber etwas unruhig.

„Ja, genau. Es gibt nämlich jede Menge Leute, denen du ebenfalls Geld schuldest. Ich bin ja nicht der Einzige, dem du etwas aus den Rippen geleiert hast. Selbst

Melissa gehört dazu, vom Tontechniker und ein paar Statisten mal ganz abgesehen."

Norbert redete sich in Rage.

Nun aber wurde Stefan aktiv und stellte sich breitbeinig vor Norbert hin.

„Was willst du Würmchen eigentlich von mir?"

Dabei stieß er mit dem Zeigefinger seiner Rechten auf die Brust von Norbert.

„Das sind doch Peanuts. Andere Leute bezeichnen das als ihre Portokasse ..."

„10.000 Euro?"

Norbert spürte schmerzhaft, wie der Finger von Stefan wieder und wieder auf seine Brust schnellte. Und diese widerliche Kindheitserinnerung an den prügelnden Vater, dem er sich nicht erwehren konnte, tauchte auf.

„Ja, meinetwegen 10.000 Euro. Wenn du es sagst, wird es vielleicht so sein. Aber: Lächerlich! Ein Tropfen auf den heißen Stein, wenn man solche Außenstände wie ich hat. Außerdem: Hast du was Schriftliches in der Hand?"

Norbert erschrak, denn es gab kein Papier, auf dem die Übergabe dieser Summe gestanden hätte oder die konkrete Zeit für die Rückzahlung.

Stefan hatte so lange auf ihn eingeredet und ihn eingelullt, bis er ihm sogar bereitwillig sein Erbe überschrieben hätte. Dazu hatten immer seine blauen Augen gestrahlt und er hatte gelächelt. Und dann war einen Tag später das gewünschte Geld von einer Hand in die andere gereicht worden. Es schien alles so leicht und selbstverständlich und völlig unproblematisch. Norbert wäre sich schurkisch vorgekommen, wenn er auf diese Bitte eines guten Freundes nicht eingegangen wäre.

„Aber du hast es mir doch bei deiner Ehre versprochen", hauchte Norbert.

„Dass ich nicht lache, Ehre. Wie kommst du denn auf solche aberwitzigen Gedanken. Und überhaupt, feile erst mal an deinen schauspielerischen Fähigkeiten, ehe du es mit mir aufnimmst. Es war ja unter aller Kanone, was du da bei unserer kleinen Weltreise zum Besten gegeben hast."

Stefan lachte ein hysterisches Lachen.

„Was will man auch von einem jämmerlichen Provinzschauspieler erwarten ..."

Jetzt stupste er Norbert so heftig gegen die Brust, dass dieser strauchelte und beinahe nach hinten auf den Waldboden gefallen wäre. Dabei hatte Norbert instinktiv mit den Händen nach vorn gefasst und den roten Schal seines Kontrahenten zu packen gekriegt, der plötzlich das Gesicht seines Vaters zu haben schien.

„Provinzschauspieler", dröhnte es in seinem Kopf. Das war doch zu starker Tobak. Die örtliche Presse hatte ihm regelmäßig bescheinigt, wie sehr er sich in die Rollen hineingefunden hätte und wie atmosphärisch-ausdrucksstark sein Spiel war. Sogar den Mephisto im Faust hatte er unschlagbar verkörpert. Verschiedene Kritiker waren sich einig in den lobenden Worten, selbst die Chefin der Kulturabteilung der hiesigen Tageszeitung. Das sollte was heißen.

Im Hintergrund ertönte das erste Signal zum Beendigen der Pause und im selben Augenblick drehte Norbert den Schal zusammen. Mit großer Geschwindigkeit und enormer Kraft, in der all seine Enttäuschung lag.

Stefan schaute ungläubig auf ihn, japste nach Luft und fing an zu röcheln.

„Bist du bescheuert? Was fällt dir denn ein? Hör sofort auf damit ..."

Die Sätze kamen gequält heraus.

Aber Norbert sah nur noch rot und er wollte Stefan von Sangerhausen zum Schweigen bringen, indem er den Schal noch mehr verengte. Oder war es sein Vater, den er von weiteren Schlägen abhalten wollte? Seine Hände griffen fester und fester zu. Schließlich sackte Stefan wortlos in sich zusammen. Nicht einmal einen Schrei hatte er von sich gegeben. Und dann: kein Atemzug mehr, nichts. Leblos lag der Schauspieler auf dem würzig duftenden Waldboden.

Norbert verfiel in Panik, würdigte Stefan keines Blickes mehr, sondern rannte davon, stolperte über eine Wurzel und landete auf dem Boden. Dann rappelte er sich wieder auf. Zur Besinnung kam er erst, als er hinter der Bühne stand und Sylvia zu ihm sagte: „Mensch, Norbi, wie siehst du denn aus? Bist du durchs Unterholz gerobbt? Wir müssen doch auch gleich wieder auf die Bühne!"

Dann griff sie sich ein Zellstofftaschentuch und rieb erst in seinem Gesicht herum, um ihm dann die Kleidung abzuklopfen. Bis jener Schrei die Nacht zerschnitt, Norbert zu sich zu kommen schien und energisch zu Sylvia sagte: „Ich war jetzt die ganze Zeit in deiner Nähe! Falls einer das wissen will!"

Dann verschwand er im Bühnenhintergrund und machte sich an den Kostümen zu schaffen.

Norbert hatte sich in der Zwischenzeit doch auf der Liege niedergelassen und sich die grobe Decke über den Körper gezogen. Er vernahm das Klappern von Schlüsseln, aber das galt nicht seiner Zelle.

Alexander hatte Dennis beauftragt, sich um den Einsatz des Haftrichters zu kümmern. Aber er konnte ihn erst für den darauffolgenden Morgen herbeiordern.

Dann doch schon einmal eine erste Nacht in sicherer Verwahrung. Wie mochte man sich da fühlen?, fuhr Alex eine Frage durch die Gedankenwelt. Aber eigentlich interessierte ihn das nicht wirklich. Er war schließlich weit entfernt davon, jemals in seinem Leben auch nur ein paar Stunden hinter Gittern zu verbringen.

Alexander hatte die Nacht gut geschlafen. Irgendwie war er gelöst und fühlte sich frisch, wie immer, wenn ein Fall aufgeklärt war. Sie hatten den Täter. Insofern war seine wichtigste Aufgabe erfüllt. Um Schuld und Sühne wollte er sich nicht allzu viel sorgen. Er spürte keinerlei kriminelle Energie in sich. Seine Energien nutzte er für andere Dinge des Lebens.

Kaum hatte Alexander sein Bürozimmer betreten, da klingelte auch schon sein Telefon. Konnte es der Haftrichter nicht erwarten? Ein Blick auf die Wanduhr bestätigte Alex, dass er wie immer sehr zeitig an seinem Arbeitsplatz aufgetaucht war, auch dem Umstand geschuldet, dass ja die Mädchen früh in die Schule mussten.

Alexander umrundete seinen Schreibtisch und blickte aufs Display. Wolfhard?

„Na, mein Lieber, hast du schon wieder Sehnsucht und mir ganz wichtige Dinge in Sachen Hundemafia mitzuteilen?“, sprudelte es aus ihm heraus.

Am anderen Ende vernahm er nur leises Schluchzen.

„Wolfhard? Bist du das?“

„Nein, ich, Rita ...“, kam es kläglich.

Alex schüttelte den Kopf und überlegte, warum denn ausgerechnet die Frau seines früheren Kollegen bei ihm anrief. Im selben Augenblick gestand er sich aber ein, dass es doch eine ernste Angelegenheit sein musste. Sonst hätte Rita nie zum Telefon gegriffen. Er konnte sich gar nicht daran erinnern, jemals mit ihr telefoniert zu haben.

Das Schluchzen seiner Gesprächspartnerin wurde stärker.

„Rita, nun beruhige dich doch mal. Was ist denn los? Ich nehme mal an, es geht um Wolfhard?"

„Ja ..."

„Und was ist mit deinem Mann los? Warum kommt er denn nicht ans Telefon?"

„Er kann nicht. Wolfhard liegt in Frankfurt im Krankenhaus. Im Koma. Man hat ihn vorhin dort eingeliefert ..."

Was um alles in der Welt machte denn Wolfhard allein in der Mainmetropole, grübelte Alexander, aber Rita klärte das sofort auf.

„Nicht, dass du denkst, er wäre in Frankfurt am Main, nein, an der Oder!"

„Und was hat ihn dorthin verschlagen?", wollte Alex wissen, obwohl er sich eigentlich schon längst einen Reim darauf machte.

„Na, du müsstest das doch eigentlich wissen. Er hat mit dir ja über alles geredet, was er in Sachen Hundemafia schon aufgedeckt hatte ..."

„... also nicht über alles", warf Alex ein.

„Ach, das ist im Grunde jetzt auch egal", fuhr Rita weiter fort. „Wolfhard hatte es sich in den Kopf gesetzt, der Sache auf den Grund zu gehen und zumindest ein paar von den Tätern zu fassen."

Auch wenn er überhaupt nicht mehr im Dienst war und keinerlei Kompetenzen hatte. Alexander verkniff sich diese Bemerkung und massierte sich mit der Linken den verspannten Nacken.

„Aber was ist denn so Schlimmes passiert?", wollte Alex wissen.

„Wolfhard hatte sich undercover in die Szene eingeschlichen. Hat so getan, als ob er in Deutschland jede

Menge Kunden vermitteln könnte. Dabei hat er heimlich Fotos von den drangsalierten Welpen gemacht und ist natürlich erwischt worden."

Es herrschte kurzzeitig Ruhe am anderen Ende. Rita schien erst einmal Luft zu holen.

„Daraufhin haben sie ihn zusammengeschlagen, ihm einen Denkzettel verpasst. Ganz brutal. Die Ärzte haben ihn in ein künstliches Koma versetzt, Alex. Ist das nicht furchtbar ..."

Das ist es, dachte Alexander und war sofort in Gedanken am Sterbebett seiner Frau. Nicht schon wieder eine solche Situation, flehte er sehnlichst. Dann versuchte er, mit fester Stimme zu sprechen. Schließlich musste er Rita Mut zusprechen. Das war jetzt seine Aufgabe.

„Wie kann ich dir helfen?", erkundigte er sich sachlich.

„Das ist lieb, dass du fragst. Ich muss doch jetzt zu ihm. Aber allein traue ich mir den weiten Weg auf der Autobahn nicht zu. Außerdem müsste ich Gonzo mitnehmen ... Könntest du mich nicht eventuell begleiten?"

Das kam davon, wenn man seine Hilfe anbot. Alexander grübelte. Aber es musste sich ein Weg finden. Heike sprang sicherlich ein, wenn es um die Mädchen ging oder auch die Nachbarin Hertha. Dienstlich standen jetzt, nachdem der Fall Stefan von Sangerhausen geklärt war, lediglich Routineaufgaben an. Die schob er zwar ungern vor sich her, weil sie sich dadurch ja mitnichten erledigten. Aber es musste wohl sein.

„Wir kriegen das hin. Ich sehe zu, was ich einrichten kann, und dann fahren wir gleich morgen früh los. Heute wird das allerdings nichts mehr. Erst muss ich allerlei klären und die Kinder versorgen."

Alexander blickte auf die Zeitanzeige an seinem Computerbildschirm. Bis zum Feierabend würde er es schaffen, alles in die Wege zu leiten.

„Ich kläre das, Rita, und rufe dich nachher von zu Hause aus noch an, damit wir uns konkret verabreden können."

„Danke, Alex. Das vergesse ich dir nie."

„Schon gut. Vielleicht geht es ja Wolfhard morgen auch schon ein wenig besser. Wie heißt eigentlich das Krankenhaus, in dem er liegt?"

Rita gab Alexander noch die Details durch. Dann verabschiedeten sich beide voneinander.

„So eine verdammte Scheiße", fluchte Alexander halblaut vor sich hin und schlug mit der Faust auf den Tisch. „Was hat Wolfhard sich dabei nur gedacht. Solche Alleingänge bringen doch nichts."

Dann zog Alexander die Schublade seines Schreibtischs heraus, in der die Gummibärchentüte lag. Noch fünf Stück darin. Er steckte sich alle in den Mund und warf die leere Tüte in den Papierkorb. Bleib jetzt ganz ruhig und konzentrier dich, forderte er sich auf. Aber ihm zitterten doch die Hände, als er sich ein paar Stichpunkte machte, wen er zunächst alles erreichen musste, um die geplante Reise in die Wege zu leiten. Reinhold Riechmann erwischte er umgehend. Als er die Sachlage kurz erklärt hatte, wurde ihm der kurzfristige Urlaub sofort genehmigt.

„Wenn ich könnte, würde ich Sie glatt begleiten!", erklärte der Kriminaloberrat. „Das ist wirklich schrecklich. Ich habe den Kollegen immer sehr geschätzt. Hoffentlich kommt er wieder auf die Beine. Richten Sie ihm bitte meine allerbesten Genesungswünsche aus."

„Danke. Das werde ich tun."

Alexander ließ die Hand mit dem Telefon sinken. Heike oder Hertha? Er hatte Heike schon überstrapaziert in den letzten Wochen und Monaten. Zu sehr wollte er sie auch nicht belasten. Außerdem hatte Alex den Eindruck, als ob sie mehr von ihm wollte. Zwischendurch kam so eine Familienidylle auf, bei der ihm irgendwie unbehaglich war. Also doch die Nachbarin.

„Hallo, Frau Jendritzky, hier Rosenbaum. Ihr Nachbar."

„Na, als ob ich Ihre Stimme nicht erkennen würde, mein Lieber. Was ist denn los? Warum klingeln Sie nicht an meiner Tür?"

„Das wird mir zu spät", erklärte Alexander. „Haben Sie denn morgen und übermorgen schon was vor? Ich bräuchte Ihre Unterstützung, was Tina und Lena angeht."

„Aber immer wieder gern. Die beiden sind ja so liebe Mädchen", sagte Hertha und man hörte regelrecht ihr Lächeln heraus.

Na ja, nicht immer, dachte Alexander, doch das spielte momentan keine Rolle. Er erklärte die Umstände.

„Um Gottes willen. Das ist ja eine Tragödie", entfuhr es Hertha. „Der arme Mann, und vor allem seine arme Frau! Die kann bestimmt keinen klaren Gedanken fassen. Das ist sehr lobenswert von Ihnen, dass Sie nach Frankfurt fahren. Liegt das nicht schon in Polen? Ich würde so etwas auch nicht allein überstehen wollen."

Am Ende des Tages räumte Alexander seinen Schreibtisch auf und verließ sein Büro. In Rothenuffeln fuhr er noch zu seiner Lieblingstankstelle, damit für die Fahrt genügend Sprit im Tank war. Er wollte möglichst keine größeren Pausen einlegen müssen.

Tina und Lena reagierten mit Verständnis, als er ihnen erklärte, was passiert war. Er spielte die Situation ein wenig herunter, aber nur ein wenig. Schließlich waren die Kinder allerlei gewohnt.

„Oh, sturmfreie Bude", reagierte Tina und hopste auf einem Bein durch den Flur.

„Warum hast du denn nicht Heike gefragt, ob sie zu uns kommt? Sie hätte doch hier übernachten können", erkundigte sich Lena, blickte bedeutungsvoll und legte dabei ihren Kopf schräg.

„Heike ist schon verplant, die hat keine Zeit", griff Alexander ohne weitere Überlegung zu einer Notlüge. Er ärgerte sich im selben Augenblick, denn das war viel zu einfach zu überprüfen. Hoffentlich telefonierten die Mädchen nicht mit Heike, dachte er noch. Aber der Satz war nun mal nicht mehr zurückzunehmen.

Die Kinder bereiteten das Abendbrot vor, während Alexander noch mit Rita telefonierte und die Abreisezeit ausmachte. Start sechs Uhr am nächsten Morgen. Dann kamen sie hoffentlich gut voran.

„Ich habe mein Auto schon vollgetankt", erzählte Alexander noch.

„Eigentlich dachte ich, dass wir mit meinem Auto fahren. Da ist auch eine Box für Gonzo drin."

„Hinten im Auto ist bei mir auch genügend Platz, wo er sich hinlegen kann. Ich denke, euer Hund ist gut erzogen?"

„Ach, darum geht es nicht. Er muss im Auto gesichert sein, sonst kannst du bei einer Kontrolle mit einer Strafe und sogar mit Punkten in Flensburg rechnen."

„Na, das hätte mir noch gefehlt ..."

„Genau. Aber wenn du lieber mit deinem Auto fährst, dann können wir ja die Kiste für Gonzo einfach umladen."

„Geht klar. Bis morgen also. Und versuche, einigermaßen zu schlafen!"
„Danke."

Während Alexander am folgenden Morgen über die A2 Richtung Osten fuhr, waren sowohl Gonzo als auch Rita eingenickt. Wolfhards Frau sicherlich vor Erschöpfung. Sie hätte die ganze Nacht kein Auge zugetan, wie sie beim Einsteigen versichert hatte. Der Terrier hatte seine Transportbox in dem fremden Fahrzeug sofort akzeptiert, vor allem, als ihm Rita noch seinen Plüschhasen und eine Schweineohrhälfte hineingelegt hatte. Das Spieltier sicherte er mit einer Pfote, mit der anderen rückte er sich den Imbiss zurecht.

Während der Fahrt über die Autobahn dachte Alex gleich wieder an die Arbeit und seine Kollegen, die auf dieser viel befahrenen Trasse ständig im Einsatz waren. Sie hatte sich zu einem Tummelplatz für Kriminelle entwickelt, kein Wunder. War sie doch die Hauptverkehrsader zwischen West- und Osteuropa und reisende Täter nutzten diese perfekte Infrastruktur. Schmuggler, Schwarzarbeiter, Diebesbanden – es war die gesamte Spannbreite –, und mit ihnen hatten die Beamten von Polizei und Zoll zu tun. Deren Job möchte ich auch nicht machen, überlegte Alexander.

Stichprobenartig wurde nach Zigaretten, Rauschgift, Waffen und Sprengstoff gesucht, aber das war nur ein Tropfen auf den heißen Stein. Die A2 galt sogar als Verschubroute für entwendete Fahrzeuge Richtung Osteuropa. Manche Fahrzeuge waren dafür komplett zerlegt und nur sehr schwer zuzuordnen. Im Gegenzug kamen beispielsweise in Deutschland nicht zugelassenen Feuerwerkskörper aus Polen.

Alexander ließ sich ungerührt von etlichen Autos überholen, die weit mehr als die Höchstgeschwindigkeit draufhatten. Er blieb innerhalb der vorgeschriebenen Grenzen, auch weil er Rita und den Hund an Bord hatte.

Alexander hatte am Abend noch mit seinem Berliner Kollegen Frank Richter Kontakt aufgenommen und ihm die ganze Geschichte erzählt. Natürlich war er ebenso betroffen und knüpfte gleich eine Verbindung zur Frankfurter Polizei. Schließlich stellte sich heraus, dass es einen Bekannten aus ihrer Ausbildungszeit gab, den es dorthin verschlagen hatte.

„Frankfurt an der Oder! Nicht gerade die erste Adresse", hatte Alex gesagt.

„Wie man es nimmt", hatte Frank geantwortet. „Auf jeden Fall wird es einem dort nie langweilig."

„Genau wie in Berlin", hatte Alex gelacht.

„Und in Minden!", hatte Frank noch ergänzt.

Wolfhard war ins Klinikum an der Müllroser Chaussee eingeliefert worden. Auch dort kannte Frank jemanden. Bei dem Namen Karl-Günter Schwedtke verschlug es Alexander fast die Sprache. Das war doch der Notarzt, der damals zur Stelle gewesen war, als seine Frau Olga in der U-Bahn zusammengeschlagen worden war. Man begegnete sich offensichtlich doch mehrfach im Leben.

„Genau", hatte Frank kommentiert. „Der Doktor wollte ruhiger treten. Das Berliner Pflaster war ihm zu hektisch geworden. Ha, ha ..."

„Irgendwie erinnert mich das an meinen Umzug von der Hauptstadt in die Provinz. Ich hatte mir das auch alles ganz, ganz anders vorgestellt."

Schließlich tauschten die Männer sich noch über ein paar private Dinge aus und beschlossen, in wirklich naher Zukunft ein Treffen zu vereinbaren. Man wolle sich eben doch nicht so ganz aus den Augen verlieren.

„Das kann ich vielleicht ganz gut mit einem Besuch bei meiner Cousine verbinden", schlug Alex vor. „Die hat auch schon wieder Sehnsucht nach mir."

„Aha", meinte Frank bedeutungsvoll, „deine Cousine also!"

Alexander wiegelte ab, dass sich da niemand Gedanken machen müsse. Es sei und bleibe einfach nur seine Lieblingscousine, auch Häschen genannt. Außerdem sei sie bei ihrem Mann in besten Händen.

Unmittelbar nach Helmstedt legten Alexander und Rita eine Rast auf einem Parkplatz ein. Solange das Auto schnell fuhr, war der Hund ganz ruhig gewesen. Kaum verlangsamte es sein Tempo, fing Gonzo an zu knurren und beim Halt setzte ein lautes Bellen ein.

„Ich glaube, das ist jetzt allerhöchste Eisenbahn", sagte Rita, als sie ausstieg.

„Wieso?", wollte Alexander wissen.

Doch die Frage erübrigte sich, als Rita den Hund angeleint und aus dem Auto herausgelassen hatte. Das nächste winzige Fleckchen Rasen war seins und er hockte sich zum Pinkeln hin.

„Heben Hunde nicht das Bein?", entfuhr es Alex.

Jetzt musste Rita doch lachen.

„Du kennst dich mit ihnen nicht wirklich aus?"

„Nee, keine Spur!"

„Also momentan ist er noch zu jung und quasi zu wacklig auf den Beinen. Der würde beim stilechten Pinkeln glatt umkippen. Sobald er größer ist, packt er das auch locker dreibeinig, mit einer angehobenen Hinterpfote."

„Aha, ganz schön kompliziert."

„Überhaupt nicht. Ich bin ja so froh, dass ich den Hund bei mir habe. Der hat mich sogar getröstet, als ich in Tränen ausgebrochen bin. Außerdem schaut er mich auch so besorgt an, als ob er wüsste, dass mit Herrchen was passiert ist. Das tut mir einfach gut."

Alle drei vertraten sich ein wenig die Beine und liefen ein paar Meter auf und ab.

„Ich hab übrigens ein paar belegte Brote eingepackt. Hast du Hunger, Alex?"

„Klar. Heute früh habe ich ehrlich gesagt gar nichts runtergekriegt und jetzt knurrt mir der Magen. Hörst du ...?"

Ein deutliches Knurren ertönte.

„Kannst du das auf Befehl?", wollte Rita wissen und lächelte.

„Nee. Aber ich habe so meine festen Zeiten, wo ich einfach an die Nahrungsaufnahme denken sollte. Wunderbar, dass du vorgesorgt hast. Und Gonzo?"

„Der hat gefrühstückt und bekommt erst zum Abend seine nächste Portion."

Rita griff im Auto nach ihrem großen Beutel und zog ein Stullenpaket hervor.

„Leberwurst oder Kräuterfrischkäse?"

„In der Reihenfolge!"

Alexander nahm das erste angebotene Brot und biss herzhaft hinein. Rita wühlte in ihrem Beutel ein Weilchen und fischte dann eine Tüte heraus, in der sich verschiedenartigste Häppchen befanden. Ihre Wahl fiel auf eine Minisalami, die sie herauszog. Dann drehte sie sich auf dem Beifahrersitz um und schob sie zwischen den Gitterstäben der Hundetransportbox hindurch, während Gonzo schon vorsichtig danach schnappte.

„Also bei dem Gebiss hätte ich aber Bedenken", sagte Alex, der die Aktion beobachtete.

„Musst du aber nicht haben. Anfangs hat er mal nach allem geschnappt, was ihm in die Quere kam. Da waren seine Milchzähne auch noch äußerst spitz. Gelegentlich richtig unangenehm. Aber inzwischen kann ich ihm meine Hand bedenkenlos in die Schnauze legen."

Alexander wollte das Auto schon starten, als er noch einmal überlegte.

„Willst du nicht vielleicht noch einmal auf der Station anrufen? Vier Stunden und einundzwanzig Minuten sollten wir von mir zu Hause bis zur Klinik in Frankfurt/Oder benötigen. Stimmt zwar nicht ganz, aber momentan sieht es so aus, als ob wir doch gegen elf Uhr bei Wolfhard sein könnten."

„Danke, Alex. Ich habe mich jetzt gar nicht getraut zu fragen."

Rita holte ihr Handy hervor und betätigte die eingespeicherte Nummer. Alexander beobachtete sie während des Telefonats, aber es schien zumindest keine bedrohlichen Neuigkeiten zu geben.

„Alles unverändert", sagte Rita, nachdem sie das Gespräch beendet hatte. Jetzt schluckte sie und hatte Tränen in den Augen.

Alexander legte ihr seine Rechte um die Schulter.

„Mach dir keine Sorgen, Rita. Wolfhard schafft das, du hast da einen starken Mann an deiner Seite. Der kann euch beide doch nicht allein lassen ..."

Dann startete Alex den Wagen. Die Blende ließ er noch heruntergeklappt, um von den Strahlen der Stück um Stück höher steigenden Sonne nicht in der Sicht behindert zu werden.

Alexanders Gedanken wanderten in die Vergangenheit. Irgendwann vor unendlich vielen Jahren war er mal mit Olga und den Kindern auf dem Polenmarkt in Slubice gewesen. Seine Frau hatte gedrängt und den Mädchen hatte es Spaß gemacht, weil es dort immer so großartige bunte Lutscher gab. Von Berlin aus war das ja auch überhaupt keine Entfernung. Wenn man so die Stadtbrücke über die Oder überquerte, mochte man kaum glauben, dass das einst als Teil von Frankfurt galt. Die Dammvorstadt oder auch Gartenstadt. Und seit 1945 eben zu Polen gehörig.

Rita unterbrach die gedanklichen Abschweifungen ihres Fahrers.

„Wie geht es eigentlich deiner Mutter?", wollte sie wissen. „Wolfhard hat mir einiges erzählt. Klang nicht so gut."

Alexander nickte. Im Grunde wollte er gar nicht über dieses Thema reden, aber vielleicht passte es jetzt gerade. Dann lud er ein Stück weit die Last von seiner Seele und Rita hörte geduldig zu, war sofort abgelenkt von den eigenen Sorgen um ihren schwerverletzten Mann.

„Das mit der Tagespflege halte ich für eine gute Idee. Man muss nicht alles allein stemmen. Das übersteigt irgendwann die eigenen Kräfte. Deinen Vater muss man bewundern, wie er das überhaupt so lange gemeistert hat."

„Hm. Wo du das jetzt so sagst, fällt mir ein, dass ich ihm dafür noch gar nicht meine Hochachtung ausgesprochen habe. Man nimmt solche Dinge so einfach als gegeben hin. Weißt du, Rita, ich habe auch die ganze Zeit ein schlechtes Gewissen, dass ich mich nicht mehr kümmere."

Rita schüttelte den Kopf.

„Alex, das musst du nicht haben. Du tust, was in deinen Kräften steht. Außerdem ist deine wichtigste

Aufgabe, neben deinem Job, dass du deine beiden Mädchen zu ordentlichen Menschen erziehst."

„Ordentlich klingt gut! Die sind ja manchmal dermaßen unordentlich!"

Alexander versuchte, die Stimmung etwas aufzuheitern.

„Ach, du weißt schon, was ich damit meine."

„Klar, Rita."

Sie hatten die Hauptstadt auf der Stadtautobahn südlich umrundet und befanden sich schon im engeren Einzugsgebiet von Frankfurt. Beide wurden immer wortkarger, je mehr sie sich dem Krankenhaus näherten. Der Tag zeigte sich wolkenverhangen.

Schließlich fuhr Alexander auf einen für die Klinik ausgewiesenen Parkplatz und stoppte sein Auto.

„Was machen wir denn nun aber mit eurem Gonzo?"

Erst in dem Moment war ihm bewusst geworden, dass sich ja der Hund im Fahrzeug befand und mit großer Wahrscheinlichkeit nicht auf einer Intensivstation geduldet werden würde.

„Kein Problem. Er ist es gewohnt, ein Weilchen im Auto zu bleiben. Wir können uns nachher ja vielleicht mal abwechseln und schauen, ob bei ihm noch alles in Ordnung ist", schlug Rita vor.

Alexander nickte und stieg dann aus seinem Auto aus. Rita griff sich ihre Handtasche von der Rückbank, drehte sich auf der Beifahrerseite und setzte ihre Füße auf die Straße. Dann stand sie auf und schlug die Tür hinter sich zu. Alex hatte dabei schon die hintere Klappe geöffnet.

„Mach bitte noch die Fenster seitlich ein wenig auf, damit es für Gonzo nicht zu warm wird", bat Rita, nachdem sie den Hund kurz an einen nahegelegenen Baum gelassen hatte, den er umgehend markierte.

„Ja“, sagte Alex, „und abzuschließen brauche ich eigentlich auch nicht, weil dieser Bewacher an Bord ist.“

„Eben“, erwiderte Rita mit einem ganz feinen Lächeln.

Alexander öffnete zwei Fenster und Rita sprach währenddessen beruhigend auf Gonzo ein, der dabei flach auf dem Boden liegenblieb. Schließlich schob sie ihm noch einen großen Knochen durch die Metallstäbe.

Dann tauchten Alexander und Rita in die hektischen Abläufe des Krankenhauses. Auf der einen Seite kam ein Transporter mit Sirene an, auf der anderen wurde schon eine fahrbare Trage herangeschoben. Schwestern, Ärzte, Sanitäter, Patienten, Besucher. Rita drängte sich eng an Alexander.

Auf der Station meldeten sie sich bei einer freundlichen jungen Schwester an, die mit leichtem Akzent sprach. Polin tippte Alex innerlich, behielt es aber für sich.

„Einen Augenblick. Ich bringe Sie zu ihm. Aber Sie müssen vorab noch etwas überziehen. So einfach mit Ihrer Straßenkleidung dürfen Sie nicht zum Patienten. Sie können auch nachher mit dem Stationsarzt sprechen.“

„Das ist sehr freundlich. Danke!“, sprach Alex in beider Namen. Rita nickte nur dazu.

Schließlich standen sie vor einem Bett, in dem Wolfhard, angeschlossen an allerlei Schläuche, lag. Es surrte und brummte im Raum. Die Technik funktionierte. Alexander fühlte sich an die Zeit erinnert, als Olga im

Sterben lag. Er sprach sich innerlich zu, jetzt bloß nicht die Nerven zu verlieren, sondern stark zu sein. Dabei spürte er, wie sich seine Augen mit Tränen füllten. Aber heulen wollte er auf keinen Fall. Diese Blöße konnte er sich doch nicht in Gegenwart von Rita geben.

Er musterte den Raum, sein Blick fiel auf zwei stabile Stühle. Erst zog er einen für Rita herbei und stellte ihn direkt auf die eine Seite, dann griff er sich den anderen und positionierte ihn gegenüber.

Rita streichelte über die Bettdecke und ergriff dann eine Hand ihres Mannes, um einen Kuss darauf zu hauchen.

Alexander schluckte und wollte irgendetwas sagen, nur um die Stimmung nicht ins Bodenlose abgleiten zu lassen. Wolfhards Kopf war sorgsam bandagiert, um die Augen herum zeigten sich Hämatome in kräftigen Schattierungen. Auf der Stirn war offensichtlich eine Stelle geklammert und die Nase war überdeutlich geschwollen.

„Mensch, Wolfhard, du siehst aber auch ziemlich mitgenommen aus", fiel Alex schließlich ein. Fast hauchte er den Satz.

In dem Moment öffneten sich die Augen ganz zaghaft und eine Stimme murmelte: „Da müsstest du erst mal die anderen sehen ..."

„Wolfhard?!"

Alex stieß einen Freudenschrei aus und war dabei aufgesprungen. Auch Rita hielt es nicht mehr auf dem Sitz.

In dem Moment ging die Tür zum Patientenzimmer auf und ein Arzt betrat den Raum, schwarzhaarig mit einem gut geschnittenen Vollbart, die Haut von dunklem Teint. Zu dem weißen Kittel trug er eine weiße

Hose und ebenso schlohweiße Gesundheitsschuhe, über seiner Brust baumelte ein Stethoskop.

„Oh, dann wissen Sie es jetzt schon. Ihr Angehöriger ist wieder aus dem Koma zurück und wir bekommen auch alles wieder in den Griff", sagte der Arzt in akzentfreiem Deutsch. „Gestatten, Dr. Gül, ich bin der behandelnde Arzt. Übrigens wollte sich nachher mein Kollege Doktor Karl-Günter Schwedtke mit Ihnen unterhalten. Sie kennen sich wohl aus Berlin ..."

Er hielt erst Rita und dann Alexander die Hand zum Gruß hin, die beide schüttelten. Schließlich stellte sich Dr. Gül ans Fußende des Bettes und umfasste es oberhalb rechts und links mit den Händen. Dabei sah er Wolfhard direkt an.

„Sie haben ja so ein Riesenglück gehabt. Da muss es einen Schutzengel gegeben haben, der über Ihnen geschwebt ist", versicherte der Arzt.

Stimmt, dachte Alex, wahrscheinlich war es Gonzo, der jetzt noch nicht auf sein Herrchen verzichten wollte ...

„Aber Sie müssen mir versprechen, dass Sie künftig vorsichtiger mit sich umgehen. Solchen Aktionen sind Sie in Ihrem Alter überhaupt nicht mehr gewachsen. Und wenn die Gruppe Jugendlicher Sie nicht rechtzeitig gefunden und uns alarmiert hätte, dann wäre es das sichere Aus für Sie gewesen. Doch nun vorbei mit dem kritischen Teil. Blicken Sie mit Ihrer Familie vorwärts. Das geht jetzt wieder. Ihr Sohn will doch auch noch ein Weilchen was von seinem Vater haben, nicht wahr?"

Dabei blickte der Mediziner zu Alexander und dann zu Wolfhard. Rita strahlte über das ganze Gesicht und war ohnehin unfähig, auch nur ein Wort zu sagen. Keiner klärte den Irrtum auf.

Ich hätte nicht zu träumen vermocht, dass einem ersten Fall von Kommissar Rosenbaum ein zweiter folgt, dann ein dritter ... und inzwischen schon ein sechster! Darüber bin ich unheimlich glücklich. Alexander gehört inzwischen zu meinem Leben und zu meinem Alltag dazu. Denn kaum habe ich ein Manuskript beendet, spinnt sich der Faden zur nächsten Geschichte schon weiter. Beziehungsweise entstehen die ersten Ideen zu einem folgenden Roman mitten in der Arbeit am jeweils aktuellen.

So greift eins ins andere. Die Figuren entwickeln sich, reifen. Tina und Lena sind älter geworden, aber kleine Kinder - kleine Sorgen, große Kinder - große Sorgen. Von Erziehungsproblemen bleibt auch ein Hauptkommissar nicht verschont. Er löst ja nicht nur jeden Fall, den man ihm auf den Tisch packt, und findet jeden Täter. Er hat auch ein abwechslungsreiches Privatleben, obwohl er doch eigentlich so ein ganz normaler Typ ist.

Es gibt so vieles zu berichten, aus dieser wunderbaren Region und es ist mir immer wieder ein außerordentliches Vergnügen, Berufliches und Privates zu verknüpfen. Dazu gehören eben auch das Alltägliche und das Besondere in dieser Region am Weserbergland. Wenn ich höre, dass jemand in meinen Büchern etwas gefunden hat, von dem er noch gar nichts wusste, und dass er es dann mit großem Interesse besucht hat, so freut mich das sehr. Schließlich sollte ein Regionalkrimi auch eine Art Reiseführer durch die Heimat sein.

Ein herzliches Dankeschön an alle, die mich inspirieren, anspornen und mir zur Seite stehen. Und mein spezieller Dank – für die Unterstützung bei der umfassenden Recherche und die sachdienlichen Hinweise während der Entstehung des vorliegenden Romans – gilt in diesem Fall dem schauspielvertrauten Wolfgang Freitag, meinem polizeidienstgeschulten Cousin Jürgen und meinem aufmerksamen Erstleser und -zuhörer Peter. Möge mein Kommissar Rosenbaum weiterhin auf eine geneigte Leserschaft stoßen.

DANKE SCHÖN!

Andrea Gerecke
Hille, im Frühsommer 2016

Im Verlag CW Niemeyer bereits erschienen ...

Die Beweggründe für die Versetzung aus der Hauptstadt nach Minden möchte Kommissar Rosenbaum nicht jedem erklären. Er will nur gute Arbeit leisten und auf andere Gedanken kommen. In Berlin hatte er die schlimmsten Verbrechen zu klären, doch Sexualverbrechen an Minderjährigen gehörten bislang nicht zu seinem Arbeitsfeld. Und nun ausgerechnet ein solcher erster Fall. Rasch scheint der Täter gefasst, doch es waren nur Indizien und der „Mörderische Feldzug" geht weiter ...

Andrea Gerecke. Mörderischer Feldzug
328 Seiten. Paperback. ISBN 978-3-8271-9410-7
E-Book 978-3-8271-9609-5 (Pdf)
978-3-8271-9809-9 (Epub)

Krimis finden Sie unter ...

Im Verlag CW Niemeyer bereits erschienen ...

Eine Vermisstenanzeige macht Hauptkommissar Alexander Rosenbaum zu schaffen. Er glaubt nicht an eine Entführung und auch nicht daran, dass Oswald Zehner plötzlich untergetaucht sein könnte. Sein Bauchgefühl sagt ihm, dass der angesehene Geschäftsmann ermordet worden ist, aber sein angeschlagenes Nervenkostüm behindert ihn bei seiner Ermittlungsarbeit. Als Naturfreund Walther Siekmeyer eine Leiche im Moor findet, bestätigt sich Rosenbaums Vermutung. Zehner, dessen Firma ehemalige Sowjetrepubliken mit Medizintechnik versorgt, ist das Opfer unseriöser Geschäfte und krimineller Machenschaften geworden.

Andrea Gerecke. Tödliche Begegnung im Moor
336 Seiten. Paperback. ISBN 978-3-8271-9428-2
E-Book 978-3-8271-9668-2 (Pdf)
978-3-8271-9868-6 (Epub)

Im Verlag CW Niemeyer bereits erschienen ...

Der charmante und gut aussehende Trainer Manfred Meier ist eine Ikone im Handball. Er ist heiß begehrt, was zu Eifersüchteleien unter den Spielerinnen führt. Während er mit einer Frauenmannschaft zu einem Spiel unterwegs ist, verschwindet seine Ehefrau. Als die Polizei die Ermittlungen aufnimmt, steht er den Beamten hilfreich zur Seite. Doch als in der Garage, unter dem Beton, die Leiche gefunden wird, gerät er in Erklärungsnot ...

Andrea Gerecke. Finales Foul
336 Seiten. Paperback. ISBN 978-3-8271-9434-3
E-Book 978-3-8271-9678-1 (Pdf)
978-3-8271-9878-5 (Epub)

Krimis finden Sie unter ...

Im Verlag CW Niemeyer bereits erschienen ...

Schloss Marienburg bei Hannover. Eine Person fällt kopfüber vom Schlossturm. Wer hatte Interesse, den Anwalt ins Jenseits zu befördern? Der unbekannte Schirm-Attentäter, der schon einmal in Hannover zugeschlagen hat? Hat etwa dieser merkwürdige Royalisten-Club etwas zu verbergen? Ein Mitglied des Clubs will auspacken. Doch bevor das erste Wort gefallen ist, liegt auch er tot zu Kalenbergers Füßen. Trau, schau, wem ...

Günter v. Lonski. Royal Flash
280 Seiten. Paperback. ISBN 978-3-8271-9461-9
E-Book 978-3-8271-9653-8 (Pdf)
978-3-8271-9853-2 (Epub)

Krimis finden Sie unter ...

Im Verlag CW Niemeyer bereits erschienen ...

Berlin ist in Aufruhr.

Als das Herz von Bardo Erbach, renommierter Kriminologe und Berater des Innenministeriums, aufhört zu schlagen, erschüttert gleichzeitig ein bestialischer Mord die Bundeshauptstadt.

Seine Tochter Alexa, Leiterin der Forensischen Strafanstalt, stimmt einer Studie des Innenministeriums zu. Parallel geraten Alexa, ihr siebenjähriger Sohn Josh und Tom, ihr Ehemann und Ermittler beim BKA, ins Visier des Softwareentwicklers und Psychopathen Janus. Gewalt und Tod bestimmen auf einmal Alexas Leben ...

Astrid Korten. Eiskalte Verschwörung
304 Seiten. Paperback. ISBN 978-3-8271-9437-4
E-Book 978-3-8271-9685-9 (Pdf)
978-3-8271-9885-3 (Epub)

www.niemeyer-buch.de